파리, 프랑스
그리고
서른을 그리다

파리, 프랑스 그리고
서른을 그리다

초판 1쇄 찍음 2012년 2월 20일
초판 1쇄 펴냄 2012년 3월 1일

지은이 박현정
기획 김기연
펴낸이 유정식

표지 및 편집디자인 이승현

펴낸곳 나무자전거
출판등록 2009년 8월 4일 제 25100-2009-000024호
주소 서울 노원구 상계3·4동 60-1번지 성림 101-406호
전화 02-6326-8574
팩스 02-6499-2499
전자우편 namucycle@gmail.com

ⓒ박현정 2012
ISBN : 978-89-964441-6-9(13810)
정가 : 14,800원

이 도서의 국립중앙도서관 출판시도서목록(CIP)은 e-CIP홈페이지(http://www.nl.go.kr/ecip)와 국가자료
공동목록시스템(http://www.nl.go.kr/kolisnet)에서 이용하실 수 있습니다.(CIP제어번호: CIP2012000595)

파리,
프랑스
그리고
서른을
그리
다

박현정 쓰고 그리다

나무자전거

바람이 붑니다.
모든 것들이 살랑거리며 움직임을 시작하고,
누군가는 서늘해진 옷깃을 세우고,
누군가는 차가워진 손을 맞잡고,
그리고 또 누군가는 떠날 준비를 합니다.

여행이든 유학이든 가출이든 출가든 간에
'어딘가를 향해 떠나는 행위'는
남아 있는 이들을 뒤로 한 채,
길거나 혹은 짧게 이별을 고하는 일입니다.

지금 당장의 삶이 너무 소란스럽고 힘겨워서
그런, 떠나는 것에 대한 마음가짐 따위는
감정의 사치처럼 보일지도 모르겠습니다.
하지만 어쩌면 우리는 이 떠남과 이별을 반복하고 있습니다.
저에게 이번 떠남은 좋은 결과를 위해서라기보다는,
'떠나기 위한 준비가 얼마나 힘든지를 아는 사람만이
알 수 있는 일'이었다고 생각합니다.

어렸을 땐, 내 주위의 모든 것들이
마치 '이상한 나라의 앨리스'처럼 완전히 바뀌어버리고
새로워지면 참 좋겠다고 생각한 적도 많았습니다.

사소한 싸움과 잔소리, 신경 쓰이는 것들,
꼭 그렇게 해야 하는 강요들과 편견,
도무지 보이지 않을 것만 같은 미래,
이런 모든 것들로부터 진심으로 자유로워 질 것이라고 '상상'했었으니까요.

어느 순간, 한때의 시간이었지만
내게 익숙했던 모든 것으로부터 이별을 고하고 떠나온 날,
서성대기만 하고 좀처럼 잘 보이지 않았던 내 자신이 말을 걸기 시작했습니다.
아이러니하게도, 나를 얽어맨 것 같았던 모든 것들이 추억으로 변해 있었고
그들이 있어 내가 존재한다는 사실을 알게 해준 것들에 대한 감사함과
서성이며 어설프게 제대로 놓지 못했던 미련과도
겨우 담담한 듯 이별했습니다.

파리, 프랑스, 그리고 서른
퍽이나 먼 거리와 시간 안에서 많은 것을 잠시 그리고 영원히 이별하면서
저는 많이 깨달았고 많이 성장했습니다.

여전히 서투르지만
저는 또 다시 누군가와 어떤 것과
그리고 서툴렀던 어제의 저 자신과
끊임없이 이별하는 중입니다.

이 글은 이러한 이별에 대한 기록입니다.

contents
paris, france et après

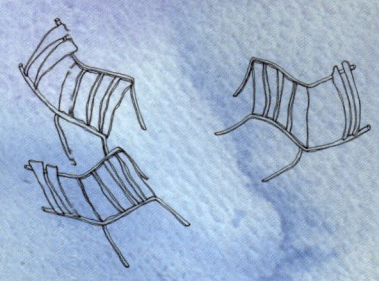

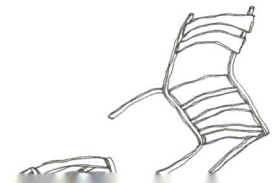

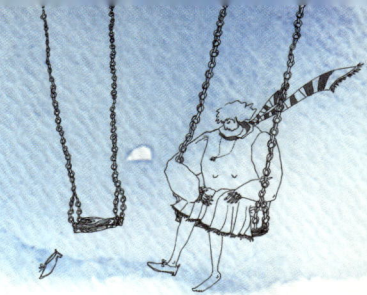

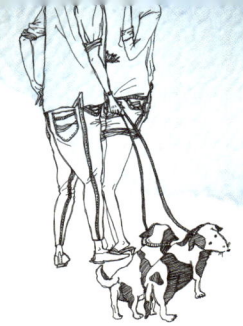

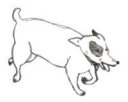

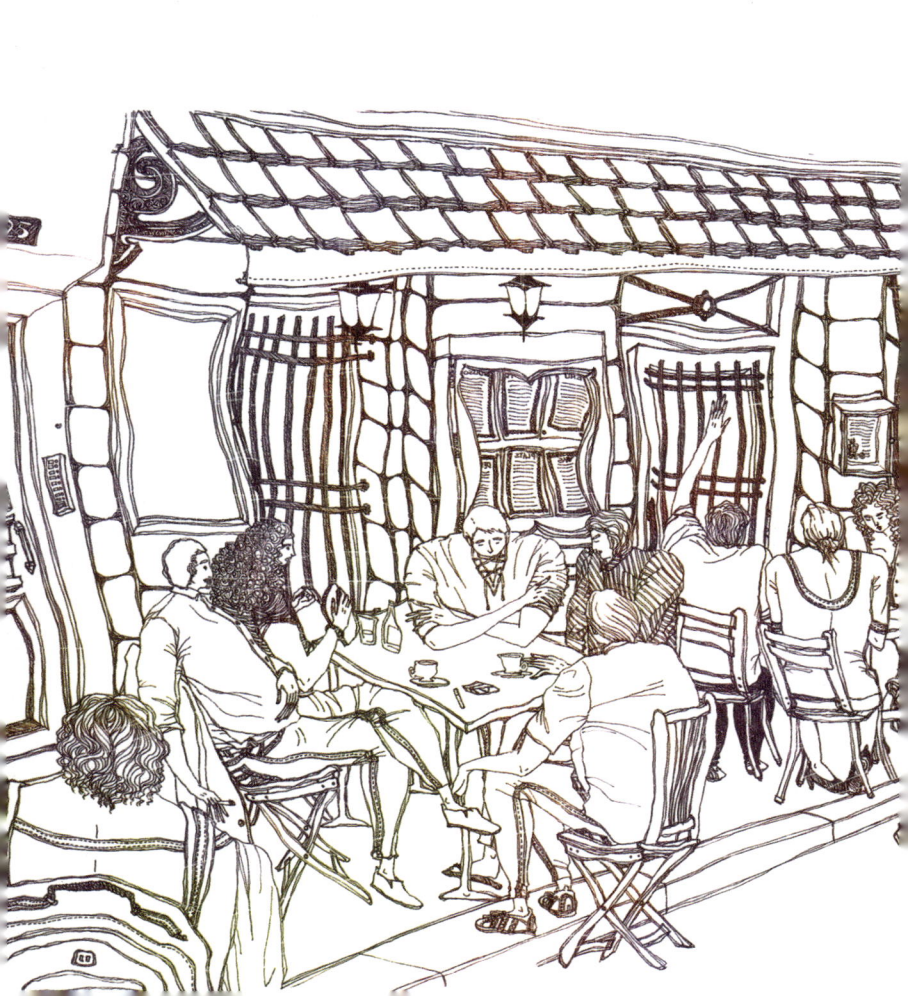

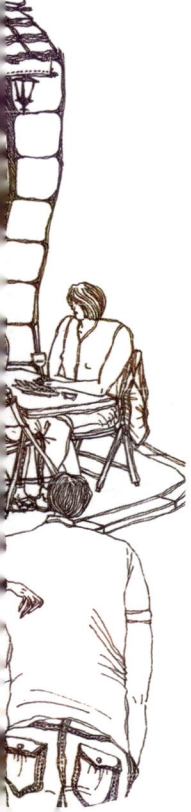

episode 1

장소에 대한 특별한 기억

책을 쓰기로 결심하고
다시 한 번 프랑스를 방문하는 기회를 갖게 되었습니다.
약간은 멀게 느껴졌던 그 소소했던 기억 속의 감정들이
프랑스로 향하는 비행기를 타면서부터
천천히 떠오르기 시작합니다.

이만큼의 시간도 흘렀고,
그 기억이 나를 이렇게나 빨리 찾아내기엔
좀처럼 쉽지 않을 거라 생각했는데…….

내가 태어나고 자라고
그래서 내가 특별히 노력하지 않아도 나를 알아주는 가족과
내 삶의 전반을 함께해 온 친구들과 지인들이 함께하는
이 일상의 공간에 돌아와 정신없이 부대끼고 산 지 몇 년.

그리고 다시,
프랑스 파리로 가는 비행기에 오릅니다.

내 뜨거웠던 한때, 그 불덩이 같은 열정 하나만 믿고
혈혈단신 프랑스로 유학 왔던 그때.
지금까지도 얼마 되지 않는 내 삶의 길이 속에서
주체할 수 없을 만큼 감정에 솔직했고 어설펐으며
많이 상처받고 또 많이 울고, 다시 또 일어났던 그 한때.

역시나.
장소에 대한 기억과 추억만큼은 내게 너무 특별했을까.

여전히, 아직까지도 프랑스란 이름이 주는 공간은
서늘한 고독과 저릿한 외로움,
그리고 내 감정에 취할 만큼

솔직해지는 그 공간 속 기억에서 살아 숨쉬는
내 이십 대와 다시 마주하게 만듭니다.

삶에 있어서 한때.
무엇이든 크게 취해보는 것.
그래서 평생의 기억 중 특별한 하나의 단어를 찾는 것.
그게 어떤 공간이든 사람이든 사물이든 간에.
그래서 나는 행복했다고 생각합니다.

그렇게나 많이 서툴렀음에도 불구하고.

그리고 지금,
여전히 성장통을 겪고 있음에도
그 기억 속 나보다는 약간 웃자란 내 어색한 모습에
좀은 쑥스럽지만,
조금 잘해왔다고 칭찬해주는 중입니다.

무엇인가를 시작한다는 것

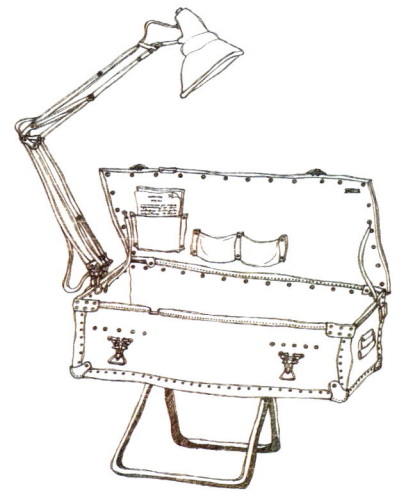

paris. france 16

뭔가 빠진 게 있을까,
가방을 한 번 더 뒤적이고 멀쩡한 신발 끈 다시 고쳐 매고
열에 들뜬 듯 혹은 긴장감에 살짝 배어 나온 땀을 치우고
이제 한 걸음을 딛는다.

나의 뒤에는 다정이 병인 듯,
모질지 못해 내려놓기 주저했던 우유부단함과
놓쳐버린 모든 것에 대한 미련과 내 철없음.
그리고 어쩌면 그냥 그대로 편안할 수도 있었을 내 익숙했던 자리와
내 미래를 함께했을지도 모를 운명이었던 그와의 추억과
때때로 나를 생각하고, 때때로 커다란 위안이 될 친구들과
내 긴 부재를 끊임없이 걱정하고 날 그리워할 내 가족들을 뒤로 한 채.

언젠가는 내가 버린 모든 것을 후회할지도 모르겠다.
그리고 이 시작의 끝이 해피엔딩이 될지, 아닐지도 모르겠다.

시작한다는 것이
꼭 생각만큼 멋지고 우아한 것은 아니다.

나의 시작은,
이 순간부터 시작됐는지도 모른다.
알 수 없는 불만족스러움과 견딜 수 없는 일상에서의 피곤함,

그리고 이대로 좋겠냐는 질문에 답할 수 없었던 내 마음,
미래에 대한 불투명과 나 자신에 대한 불안감.

이 모든 것들에 안녕을 고하겠다고 생각했던 그 순간,
혹은 스스로 나 자신에 대해 질문을 던지기 시작한 순간,

용기라기보다는 무모함이라는 말로,
매너리즘, 반복되는 지루한 감정에서 벗어나기 위해서,
혹은 내가 준비할 여지도 없이
일방적으로 종지부를 찍어야 하는 관계에서,

모든 하나를 시작하는 순간에서
그리고 어떤 것을 버리거나 포기하는 순간에서,
나는 눈물, 콧물 흘리며 매달려 보기도 했고
밤을 새며 치열하게 고민해보기도 했으며
때로는 무모하게도 너무 쉽게 결정하여 밀어붙이고
때로는 결정하지 못해 마지막까지 우유부단했지만

그렇지만
내 배낭에서 가장 거대한 무게를 차지할 용기의 힘을 빌려
한 걸음 한 걸음 느리지만 천천히,
앞으로 나아가게 될 것이다.

나는 이제,
다시
'시작한다.'

Mon, je recommence
à faire.

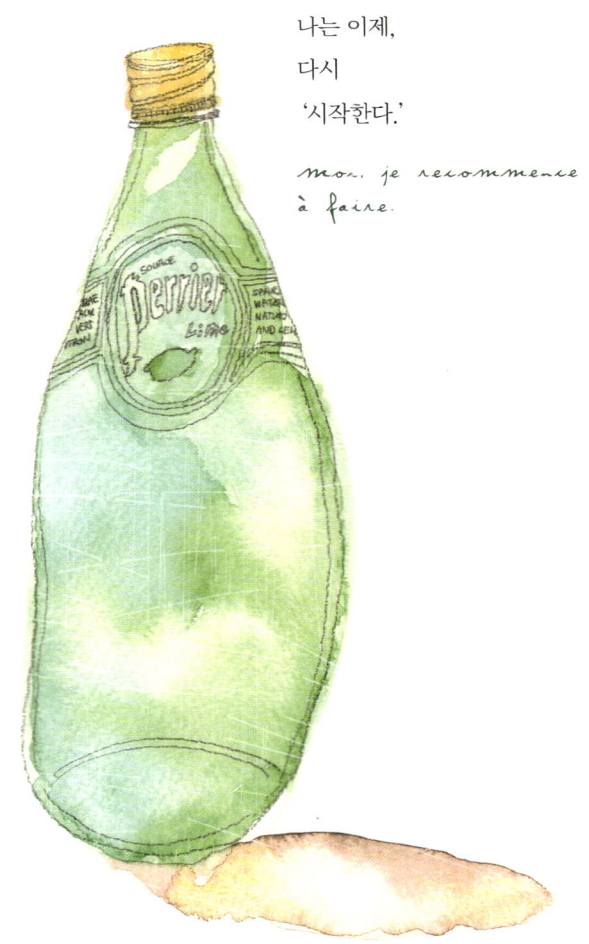

episode 3

그 내
래, 가

항
상 옳
다

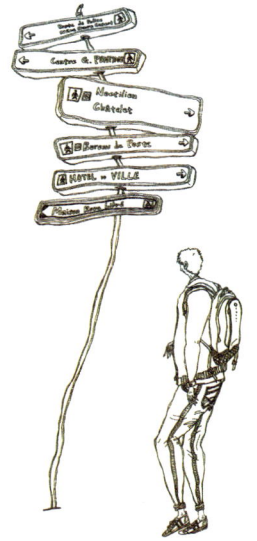

거창하게 인생이라고 표현하긴 그렇지만,
삶에서 목표가 있다면
그리고 그 목표를 향해 가는 중이라면
나는 내가 항상 옳아야 한다.

그렇지 않고서는
때때로 방향을 잃고 무릎 꿇고 주저앉거나
뺨에 쓸리는 사소한 아픔과 쓰라림의 고통,
언제 어디서든 지독히도 따라다니는
외로움과 그리움,
그리고 때때로 마주하게 되는
무능하게만 느껴지는 초라한 내 모습에
나는 아마 울어버리고 말 것이다.

그렇기 때문에 짐을 싸고 떠나기 시작하는 그 순간,
나는 항상 내가 옳아야만 했다.
아는 사람 하나 없는 낯선 곳, 혼자 들어선 파리의 카페에서,
새벽녘까지 벌어진 고성방가 스페인 친구의 생일 파티에서,
불친절한 직원을 무작정 기다리며
프랑스 체류증을 갱신하러 간 시청에서,
꼬박 밤새고 준비했으면서도 정작 학교에선 작품 발표를
제대로 망치고 돌아오는 길에서,

나는 끊임없이 이야기하고, 이야기하고
또 이야기했다.

그래, 내가 항상 옳다.

나는
끊임없이 이야기하고, 이야기하고
또 이야기했다.

그래,
내가
항상 옳다.

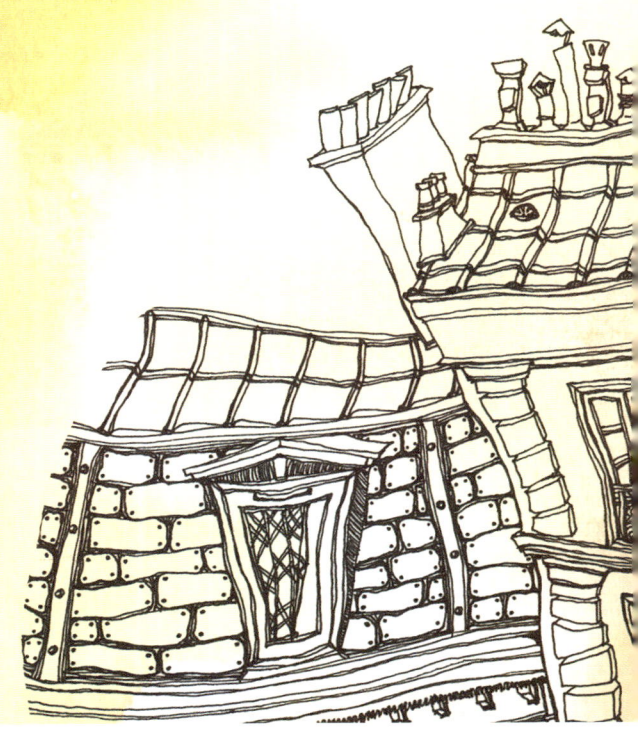

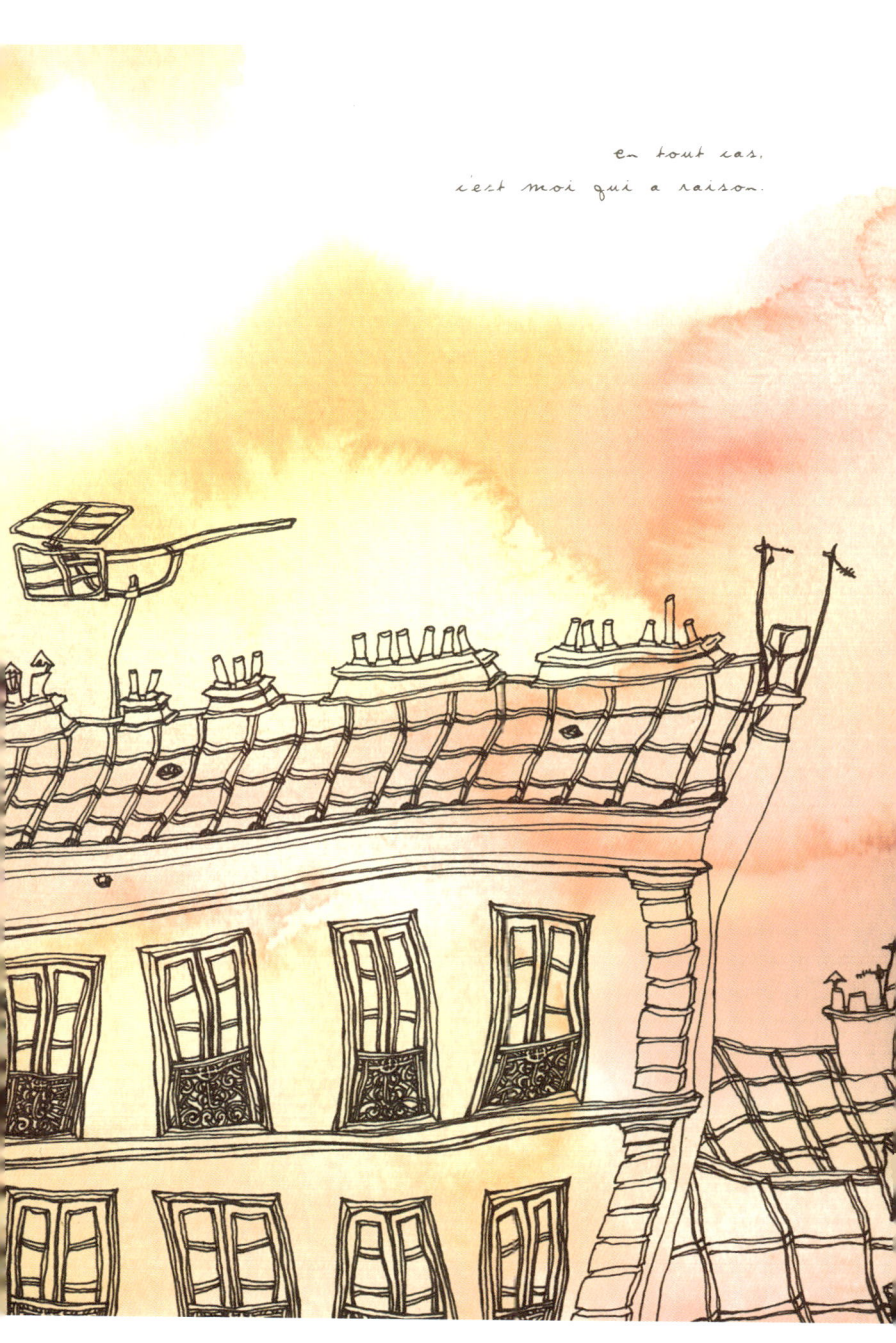
en tout cas,
c'est moi qui a raison.

서울 길치, 파리 길치

오, 신이시여.
사람이란 존재가 완벽하진 않겠지만 그래도 살아가는 데 있어
대충은, 어느 정도 '일반적으로 필요한 기능'이란 게 있는데
어쩌자고 제게 내비게이션이란 기능을 제외하셨어요.

프랑스에서의 생활은 '프랑스적 삶'이기를,
그래도 모토만큼은 '우아하게 살자'고 했건만.

집에서 새는 바가지 나와도 샌다더니
한국에서도 가까운 길을 참 멀리도 돌아가더니만
역시나 여기서는 한층 더 헤매기 시작하는구나.

간만에 올라온 파리, 벌써 세 번째 방문이건만
도서관 찾는답시고 헤매다, 4시간 만에 결국 찾는 것을 포기하고(!)
지쳐 쓰러진 벤치에서 애먼 프랑스 할아버지에게 데이트 신청 받고(!!)
급한 마음에 당황해 근처 지하철을 타니 숙소와는 반대 방향이고(!!!)
헤매다 보니 퇴근시간에 겹쳐 서울 지하철보다 만원이다.(!!!!!)

이쯤 되면 자동으로 생활이 실용적 모드로 바뀐다.
언제 무슨 일이 생겨도 바로 대처할 수 있는
필요한 짐을 모두 담아 놓은 커다란 가방과
여기 와서 일주일 만에 짐가방 구석에 들어가 버린
구두를 대신할 운동화.

그렇지만 길치들에게도 행운은 있다.
길을 자주 잃고 여러 번 같은 길을 다시 반복하다 보니
의외로 숨겨진 묘한 매력의 길을 만날 수 있다는 것이다.

길은 의외로 자신의 역사와 많은 이야기들을 품고 있어
특히나 오래된 길을 돌아갈 땐, 약속 시간과 피곤만 아니라면
가끔은 진심으로 그 길과 함께 시간을 보내고 싶을 때도 있다.

문제는
그 길을 돌아 나오면 다시 또 못 찾는다는 단점이 있지만.

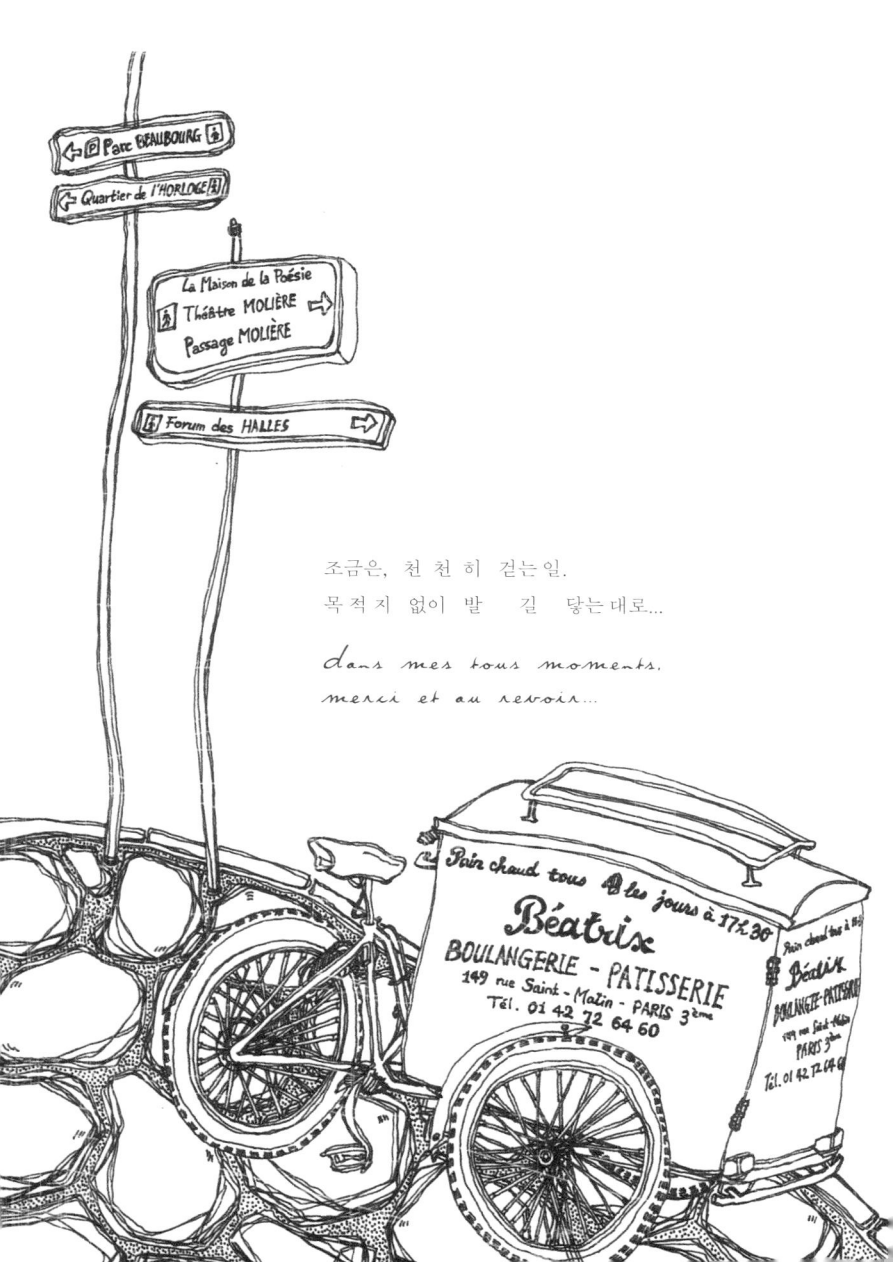

조금은, 천 천 히 걷는일.
목 적 지 없이 발   길   닿는대로...

dans mes tous moments.
merci et au revoir...

'내가 한국에서 이렇게나 많이 걸어봤던가' 싶을 정도로
프랑스에서는 걷고, 걷고 또 걸었던 적이 참 많았었다.
100% 토종 한국인인 나에게 이국적인 모습들도 많았을 테고
꽤나 남의 눈을 의식하는 성격이지만 여기선
어떤 프랑스인보다 눈에 띄는 동양인이다 보니
뭘 어떻게 해도 눈에 뜨일 터, 자연스레 그러려니
나름 무신경하게 하고 싶은 것들을 할 수 있는 자유.

이 길 위에서
얼마나 많은 것들이 만들어지고 사라지는지,
얼마나 많은 것들이 역사가 되고 나와 함께 풍경이 되는지
그건, 천천히 음미하는 사람만이 알 수 있을 것이다.

조금은,
천천히 걷는 일.
목적지 없이 발길 닿는 대로.

이상형에 대하여

언제쯤이었을까.
프랑스 한인학생모임에서
공부, 연애, 살아가는 이러저러한 이야기들을 나누었다.

원하는 이상형을 100가지쯤 간절한 맘으로 적어
매일 지니고 다니면 그런 사람을 만날 수 있다는
전설 같은 이야기 …….

옳거니, 얇고 변덕스런 팔랑귀를 쫑긋 세우고
돌아오자마자 실천에 옮겨 적어보니
헉, 205가지나 됐다.
너무 많아 그 소원 들어주기가 벅찼는지,
아니면 그 종이를 매일 지니고 다니지 않아 그랬는지
여전히 난 아직 그 이상형이란 놈을 만나보지 못했다.

대충 적어보아도, 대략적으로만 봐도,
이상형으로 100가지 정도 원하는 바를 적는다면

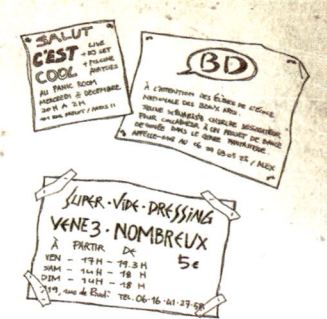

보통, 웬만큼 완벽한 사람이 아니고선 힘들기 마련이다.

아, 이거 정말 그냥 '전설'일지도 모르겠다.

그렇지만 만약에, 좋아할 사람이 생겨서
제일 먼저 그에게 어떤 질문을 하고 싶냐 묻는다면,
"어렸을 때 꿈이 뭐였어요?"

그가 잠시 대답을 생각하는 동안
그 사람의 꿈꾸는 그 눈빛을 볼 수 있겠지?
생각하다 보니 허허, 웃음이 실실 새어 나온다.

그런데 이거, 다시 생각해보면
제대로 된 연애를 하는 사람이 할 행동은 아니구나.

아, 로맨스를 글로 배웠습니다.
뭐, 이런 수준?

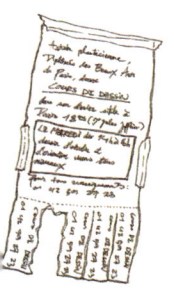

이럴 수도 있고, 저럴 수도 있지

ça dépend......

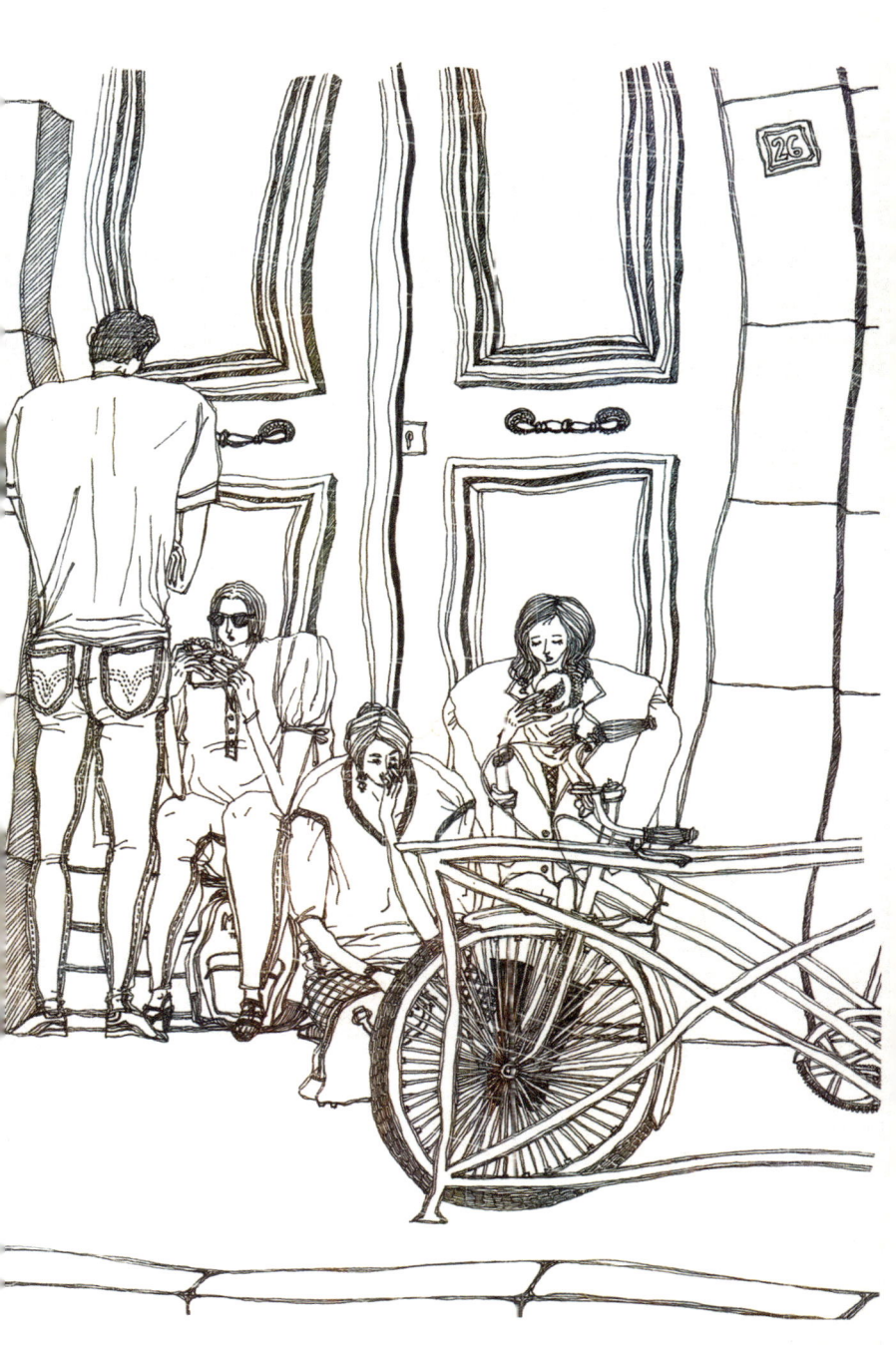

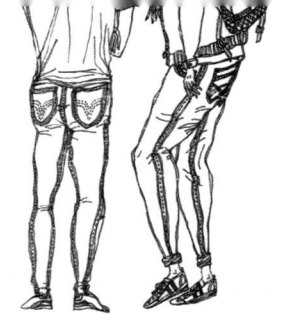

프랑스말로 Ça dépend, 라는 말이 있는데
프랑스에 가면 정말로 많이 듣고,
쓰게 되는 말이 의외로 이 말이었던 것 같다.
동시에 프랑스에 있는 동안 매 순간,
나를 가장 당황스럽게 하던 말이기도 하다.

한국적 뉘앙스로 표현하자면
'뭐, 이럴 수도 있고 저럴 수도 있으니까, 자네가 이해하게.'
뭐 그런 정도? 적어도 내가 느끼고 이해하긴 그랬다.
비교적 정확한 사전적 의미로는
'그것은 형편 나름이다.'

인생이란 것 자체가
이럴 수도 있고 저럴 수도 있는 거라지만
안 그래도 대체적으로 융통성 제로인 인간형인데
저런 말로 프랑스식 융통성까지 발휘하라 하면 어쩌란 말인가.
제발, 인생이 산수계산 1+1=2, 딱 떨어지게 나오는 것처럼
콩 심은 덴 콩만 나고 팥 심은 덴 팥만 났으면 좋겠다고 생각했다.

특히나 서류 등으로 아주 중요한 처리나 체크를 해야 할 때
가뜩이나 당황해서 우왕좌왕 횡설수설 불어로 항의하고 따지는데
달랑, 성의 없이 간단하게 웃으면서 저렇게 한마디로 끝내버리면
아주 그냥 세상이 노래지는 느낌이다.
아니, 내가 뭐 하러 여기까지 와서 이 짓인가 싶기도 했다.

남의 일이라서,
사람이 쿨해질 수 있는 것일까.
이럴 수도 있고 저럴 수드 있는 거지, 라고 말이다.

때론, 상상한다.
Ça dépend, 그러니 뭐 어쩌겠어요, 하고 쿨하게
마치 남의 일처럼 웃으면서 한마디 날릴 수 있는
그런 날이 언젠간 왔으면 ……,

여기 프랑스에서.

해 버
피 스
스 데
이 투
미

어렸을 땐 특별한 날,
그 특별함이 당연하게 느껴졌던 태어남에 대한 기념일.
매해마다, 변함없이 반복됨에도 불구하고
그 특별했던 날엔 굉장히 다르게 느껴졌던 순간들.
굳이 미역국, 생일케이크, 축하인사카드,
그런 것들을 떠올리지 않더라도
당연하게 받아 든 선물들, 입가 가득 활짝 핀 웃음과
살짝 흥분에 들뜬 얼굴.

그런데 언제부터일까,
더 이상 자라지 않는 키와
어제와 오늘, 내일이 크게 다르지 않은 일상처럼
지금 이만큼의 시간이 되니
조금은 무덤덤하게 지나간다.
아니, 정확하게 표현하자면
무덤덤한 척하며 지나가는지도 모르겠다.

낙서처럼 여러 번 원을 그려놓은 달력의 표시들,
미역국은 아니라도 케이크는 먹었냐고 걱정하는 엄마의 전화,

이런 날엔 돈이라도 펑펑 쓰라고 자동으로 날아오는 메시지들,
의무적으로 쓰인 축하인사, 그리고 생일 쿠폰 메일들,

굳이 이런 특별한 일이 없고서는
어쩌면 스스로라도 애써 기억하고 찾아서 챙겨주지 않으면
그냥 묻혀버릴지도 모를 365일 중의 하루 같은 그 날.

점점 더, 그렇게 되지 않을까.
한 살 한 살 더 시간이 지나가면
사실은 태어나고 살아가는 그런 존재의 의미가
그런 의미 '따위'가 되어버리진 않을까.
정말로 어느 순간엔, 담담해져 버리면 어쩌지.

그리고 지금, 내겐
혼자 생활한다는 것, 멀리, 너무 멀리 와 버린 거리.
참으려 해도 어떻게든 터져 나오는 재채기처럼
이런 '특별한 날'엔 그 거리가 여지없이 티가 나 버려서
애써 담담한 척해도 괜한 섭섭함에 마음이 우울해진다.
아니, 아직은 무심하게 담담해지도록 굳어버리지 않은
이 예민하고 말랑한 심장에 감사해야 하는 걸까.

사실은,
정말 특별하게 날 알아봐줘야 할 사람은
지금 이 나이가 되도록 여기 이 순간까지
많이 웃고, 많이 울고, 많이 아프고, 많이 성장한
나 자신이란 걸.

이렇게나 부산스럽고 변화무쌍한 세상에
이렇게나 대견스럽게 잘 살아주고 있으니까.
지금 여기, 이 자리에 있는 것 자체가 대단한 거니까.
많은 순간 포기하고 싶었고, 많은 순간 지치고 피곤해도
내가 무엇을 하고, 무엇을 얻고, 무엇을 잃던 간에
오늘 이 순간 특별한 날을 맞이하는
여기까지 달려온 나,

나 자신을 감당하는 것만으로도 충분히 수고했으니까,
그러니까 나는 참 대단한데, 참 소중한데.

마음으로는 알고 있는데.
충분히 알고 있는데.

토라져 삐진 아이의 상처받은 마음처럼
이런 날엔, 정말 눈물 나게 누군가가 그립다.

해피 버스데이 투, 미.

이런 날엔,

정말 눈물 나게 누군가가 그립다.

joyeux anniversaire,

pour moi......

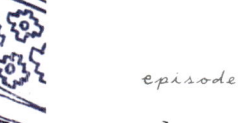

episode 8

자
격
지
심
에

대
한

반
성

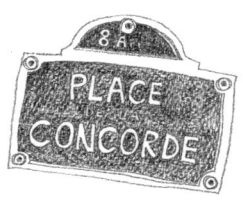

그대는 이런 이야기를 하는데
나는 저런 이야기를 듣고 있어요.

그대가 이야기한 많은 이야기들 중 한 개의 단어,
그 별거 아닌 사소한 단어에 마음 메이고 속상해서
사실 전체 이야기는 그게 아니었을 텐데

울컥해서 화만 내고 식어버린 커피를 들이켜고 나니
그래도 미안해하는 그대에게 좀 미안합니다.

하지만
어쩔 수 없는걸요. 난 이정도 밖에 안 돼요.
쿨하게 넘기고 받아들이기엔 내 마음이 너무 작고 좁아서
아무렇지 않은 듯, 그냥 그런 척하면서도
스스로 상처주고 혼자 상처받고 그러고 있네요.

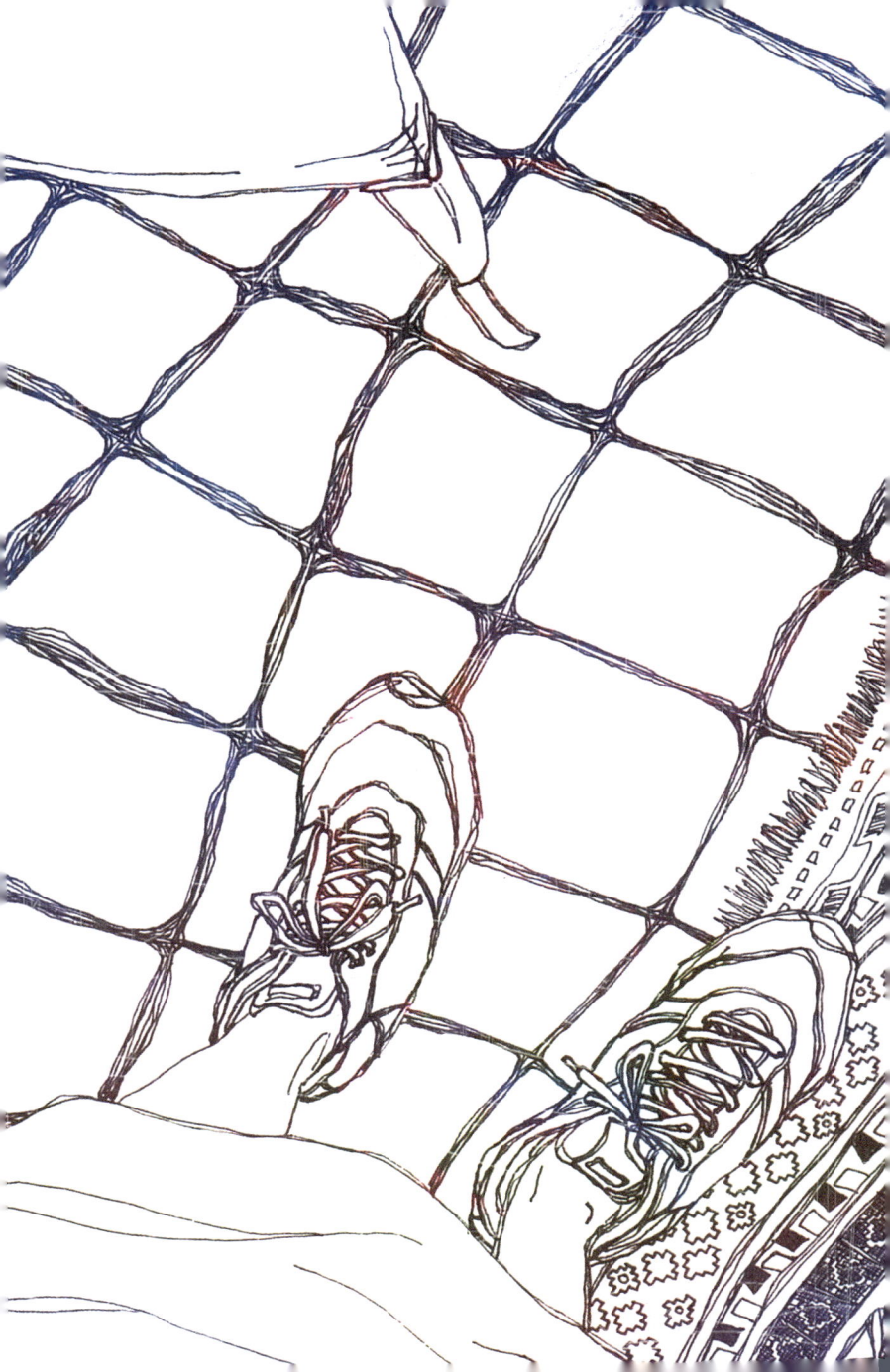

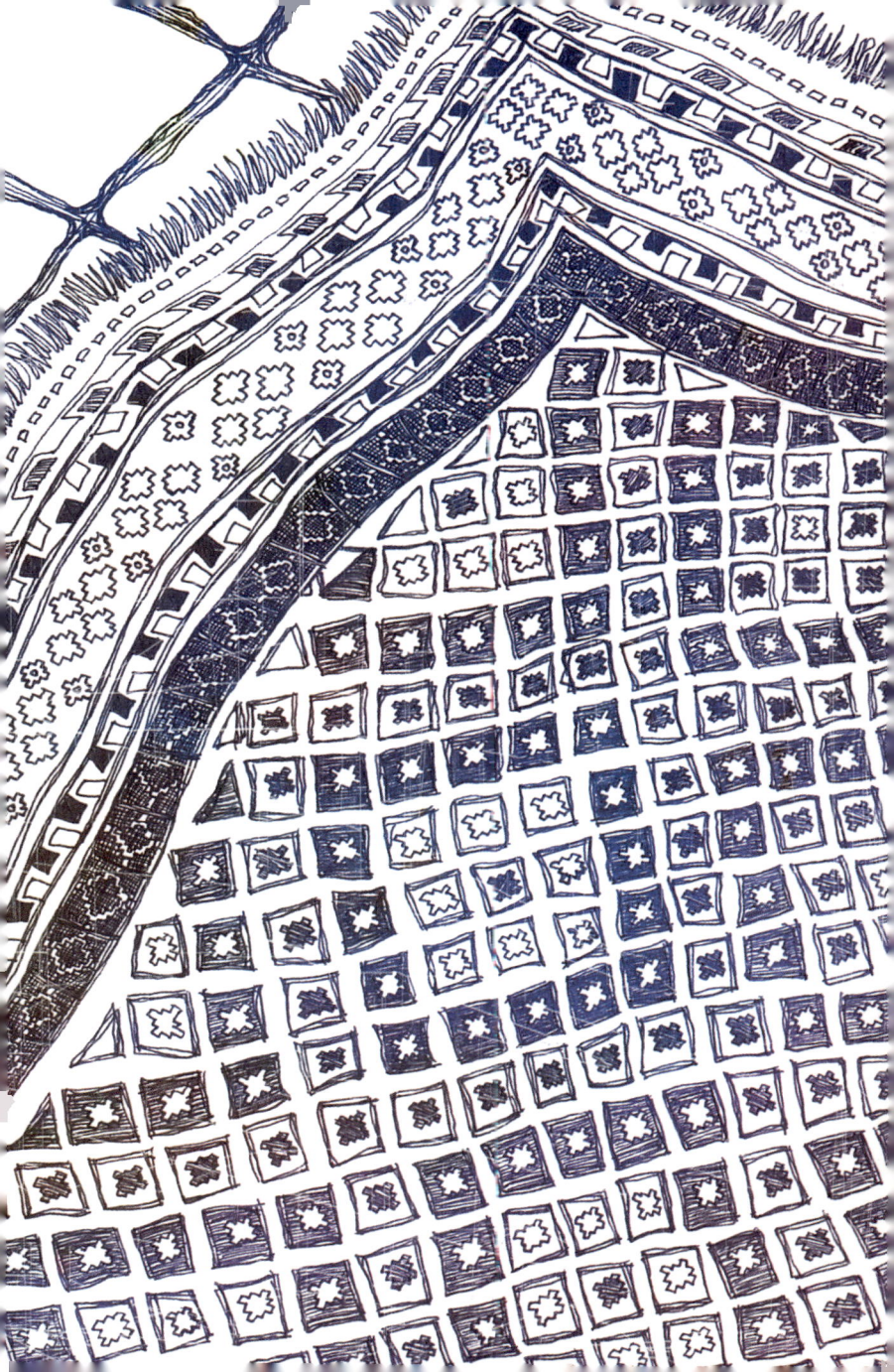

보내는 편지
친구에게
어리고 속 깊은

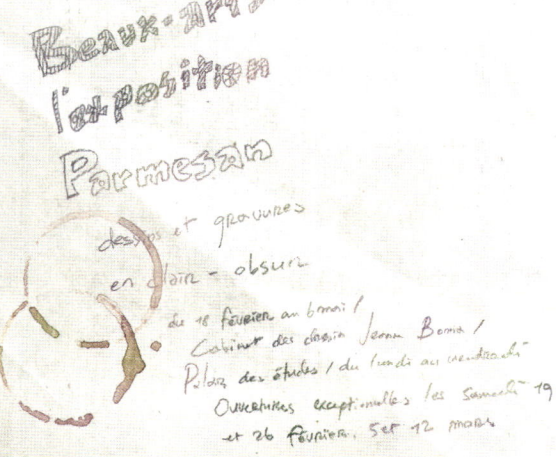

현실이란 공간에서 약간은 비틀려 사는 것처럼
가끔은 내가, 그렇게 느껴질 때가 있어.
아니, 몽상적이란 단어가 더 어울릴지도 도르겠다.
작년, 네가 영국에 있었을 땐 아주 많이 느끼지 못했는데
올해 한국의 너랑 가끔 메신저를 하면
그런 기분이 자주 느껴지곤 하지.

이런 나이에도 불구하고 현실감각이란 걸
어떻게 하면 절실하게 느낄 수 있을까.
참 말도 안 되는 질문이기도 하다.
그래도 아직은 더 꿈을 꾸고 싶었다는 게 핑계라면 핑계일까 ……

사실, 이만큼 나이가 들었음에도
하고 싶은 걸 마음대로 할 수 있다는 건
아주 일부 사람들만의 특권인지도 모르겠다.
(물론 나에게 이 일시적이고도 운 좋은 특권은
언젠가 날카로운 양날의 검이 되어 돌아올지도 몰라.)

그런 면에서 넌,
나에 비해 아주 어른스러운 것처럼 느껴질 때가 많아.
특히, 사람과 사랑의 문제에서만큼은
더욱 나보다 훨씬 큰 어른이란 생각이 때때로 들기도 해.

새로운 사람을 만나고
예쁜 사랑을 찾고 만드는 사람들을 보면
그 에너지가 부럽고 그렇게 행동할 수 있는 힘이 너무 갖고 싶지.
그렇게 새롭게 하나씩 하나씩 문턱에 들어서고
새로운 문을 열어보는 네 모습이 정말로 보기 좋다.

네가 지나간 옛사랑에 대해
힘든 기억을 많이 가지고 있다는 걸 알았을 땐
뭐랄까, 세상을 다 가진 것처럼 밝고 투명하게
그렇게 웃고 지내는 네가 참 슬퍼보였어.

워낙에 네 스스로 잘 하던 녀석이니 여전히 잘하리라 생각하지만
이렇게 말하는 것 또한 하나의 부담일거란 생각도 들어서

조금은 멀리 있고 가끔은 안보이겠지만
네가 필요할 때, 어깨를 빌려줄게.

이번에 많이 아파하고 많이 크겠다 싶어 대견하다는 생각도 든다.
그래도 건강 해치거나 마음 해치지는 말았으련,
술을 마셔도 해장술을 마실 정도의 여력은 항상 남겨두고
마음을 줘도 다음 번 사랑이 찾아올 만큼의 마음은 잃지 마.

다른 친구가 그러더라.
삶은 과거, 현재, 미래, 이 세 개가 있지만
과거는 추억이 있어 기쁘고, 미래는 꿈꿀 수 있어 즐거운 거라면,
현재는 행동할 수 있어 좋은 거니까.

살면서 말이지,
미련은 있어도 후회는 하지 말자, 이게 내 신즈거든.

지금 이 시간에도 좋은 사람들과 좋은 기억을 많이 만들길 바란다.
오늘 같은 날은 네가 아주 많이 보고 싶다.

오, 감자

요리를 잘 못하는 사람들에게 감자가 얼마나 큰 존재인지,
프랑스에 살면서 정말이지 온갖 종류의 감자요리는 다 해본 듯하다.
언제나 냉장고 안엔 떨어지기가 무섭게 또 다시 그득그득,
한국서 한 달간 놀러 온 친구도,
"넌 정말 구황작물과 함께 사는구나!"

매일매일, 진심으로,
감자에 감사한다.

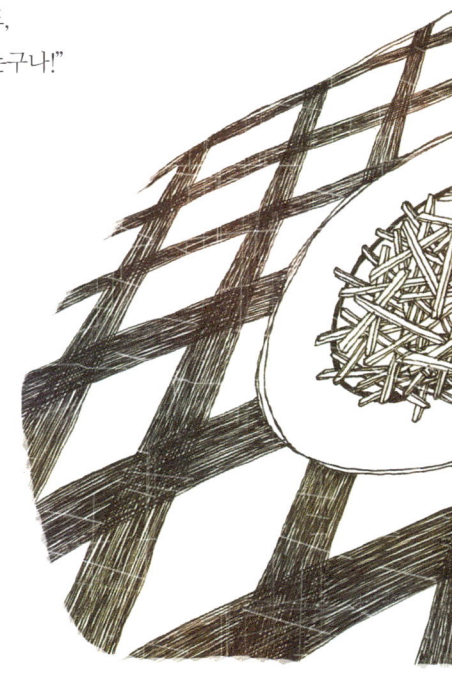

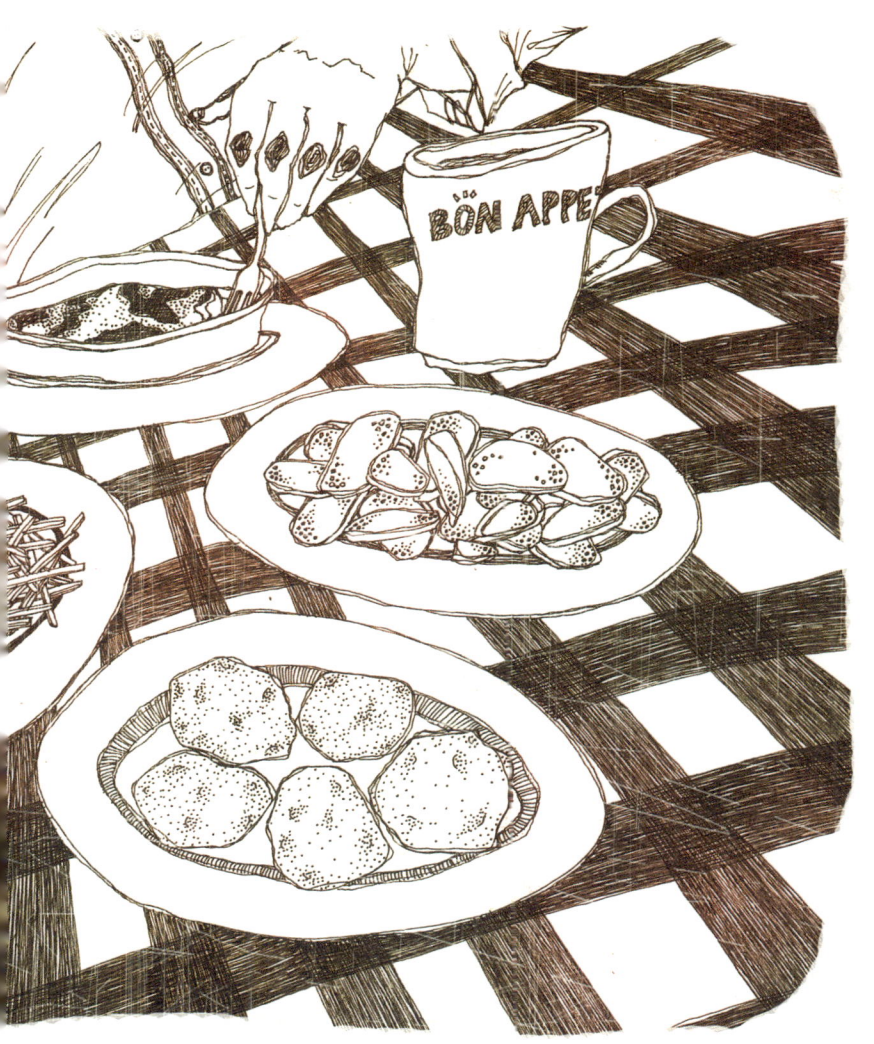

섭
섭
해

때때로 사람의 마음이란 게, 지독히 주관적이고 이기적이다 보니
같은 상황과 현상에 대해 엄연히 비슷한 기준과 잣대가 있음에도
보여지고 평가되는 부분들이 그 시간, 그 상황에서는
왠지 나에게만 유독 불리하게 적용된 것 같이 느껴질 때가 있다.

사람과 사람 사이의 관계에서,
특히 남과는 다른 특별한 연을 맺고 있다고 생각하는 경우엔
더욱 그 섭섭함의 깊이가 깊고 크기도 하겠지.
어떤 객관적 가치를 두더라도 자기 자신에 대해서만큼은
한없이 너그러워지는 게 사람이니까.

'그렇다' 와 '그렇게 느낄 수 있다'
그리고 '그렇게 보인다' 의 경계는 어쩌면 애매모호할지도 모른다.
어쩌면 그 순간, 진실로 '그러하다' 는 사실 그 자체가 의미가 없을지도
모르겠다.

나는, 그저 '그렇게 보인다' 로 평가되는지도 모르겠고
'그렇게 느낄 수 있다' 는 정도로 밖에 공감되지 못할 테니까.

그리하여 실제로 자기 자신이 그렇게 존재할 것이라고 믿는 것에 반해
소홀하게 느껴지고 가볍게 대해진다고 생각될 때,

이런 가슴앓이 같은 감정들은 내가 느끼는 것과
그가 느끼는 것이 다르고
논리적으로 옳다와 그르다를 나누고 표현할 수 있는 문제가 아니어서
섭섭한 사람은 섭섭한 대로,
그저 넘어갈 수밖에 없는 상황일 때도 있다.

그래도 잊지 말았으면, 그리고 잊지 말아주었으면,
스스로에게, 그리고 상대방에게.

나는 항상 이 자리에서
그러하다는 것으로 존재하지만
그렇게 보일지도 모르는,
사소하지만
이끼같이 쌓이는 오해들 때문에
'나' 와 '네가 아는 나' 는
정말 다른 사람일지도 모르니까.

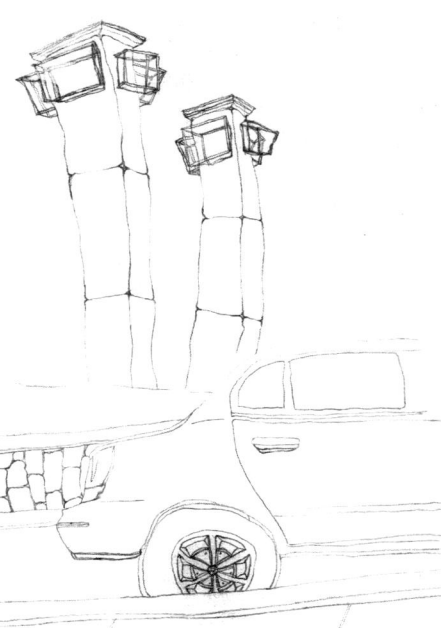

기차역에 대한 단상

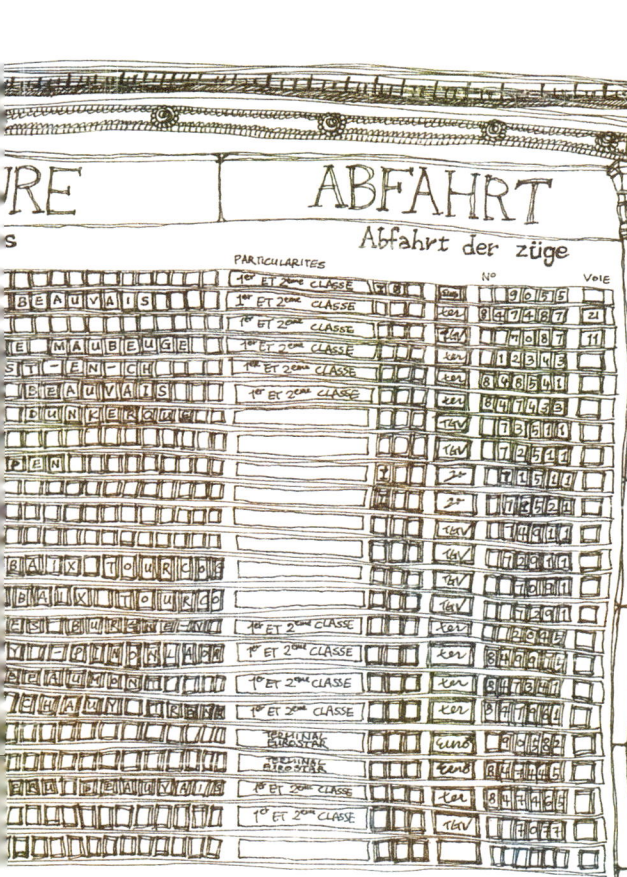

한때,
언제든 충분히 떠날 준비가 되어 있다고
늘 어디로든 떠날 준비가 된 사람처럼
내 안에는 늘 기차역이 존재했었다.

마음만 먹으면 언제고 떠날 수 있을 거야.
굳이 목적지가 없어도 가끔씩, 나는 기차역에 들렀다.

바쁘게 오고 가며, 짐을 옮기는 사람들, 사람들.
곧 이어 떠날 기차에 대한 안내방송이 나오고
이런 디지털 시대에도 파리의 기차역엔
목적지 표지 차트가 차라라락, 경쾌한 소리를 내며 넘어간다.

누군가를 만나고, 보내고, 떠나는 공간.

떠나보냄을 아쉬워하고 아파하는 사람과
설레는 마음으로 누군가를 기다리는 사람
세상에서 가장 따뜻한 공간이면서도
마치 황무지처럼 가장 쓸쓸한 공간.
어디로든 길은 나 있으므로
그래서 최종의 목적지는 아닌,
언제든 뒤돌아서 떠날 수 있는
그 기차를 기다리는 기차역.

잠깐,
거쳐 가는 …….

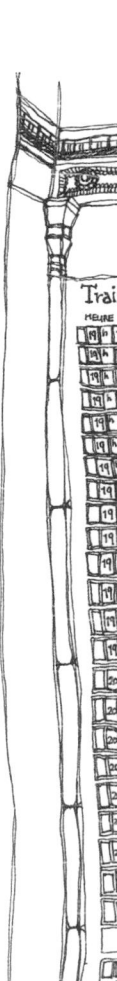

고인의
에너지라도
받겠어요

참 신기하게도,
프랑스에서는 묘지가 낭만적인 것처럼 느껴졌다.
우리도 조상님을 이렇게 친하게 모셨으면
정말 복을 더 받았을지도 모르겠다.

일단, 프랑스의 묘지는 대체로
쉽게 다닐 수 있는 거리와 가까운 곳에 있고
어찌 보면 참 다양한 비석들과 조각들이
각기 다른 모양으로 세워져 있다 보니
이 사람들, 죽는 날까지도 참 취향 다양하구나 싶다.

해도 따뜻하게 들고, 공원처럼 잘 꾸며놓은 곳도 있고
왠지, 뭐랄까. 차가운 죽은 자의 느낌이라기보다는
오래된 고대 신전의 흔적 같은 느낌이랄까.

게다가 파리의 몇몇 묘지에는
그 이름 존재만으로도 두근거리는 거장들께서 누워계시니,
이를테면 르누아르Pierre-Auguste Renoir, 드가Edgar De Gas, 오스카 와일드
Oscar Wilde, 사르트르Jean Paul Sartre, 짐 모리슨James Douglas Morrison ......

현실적 인물이라 느껴지지 않던 책 속 혹은 음악 속 그들이
아, 정말 세상에 한때 존재했었구나 하는 묘한 감탄과 짠한 마음.

그들의 지난 세월 에너지라도 받아보겠노라고
나도 종종 드나들며 많이도 빌었던 것 같다.

사람이란 존재가 대체적으로
현실지향적인 것이 바람직하다고 생각하지만
때론 과거의 한때, 이런 오래되고 바랜 향수처럼
멀리 사라져 버린 오래 묵은 사람들의 그리움과 기억,
그런 과거지향적인 것들을 나는, 때때로 그리워했다.

그들에게도 한때,
미칠 것처럼 치열했을 열정, 폭발적 감정과 도전
그들의 꿈과 에너지는 지금 어디에 있을까.

그리고 나는.

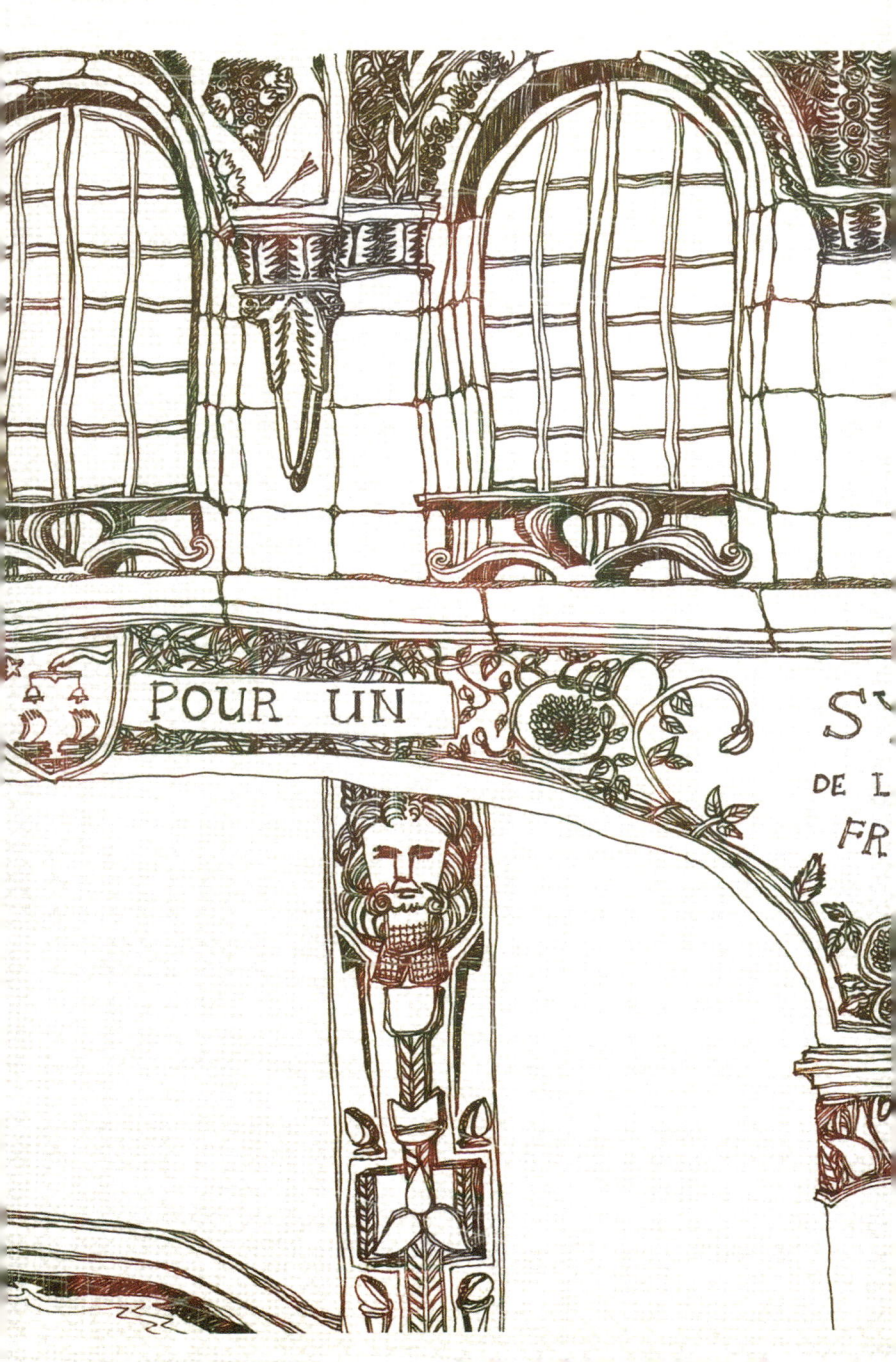

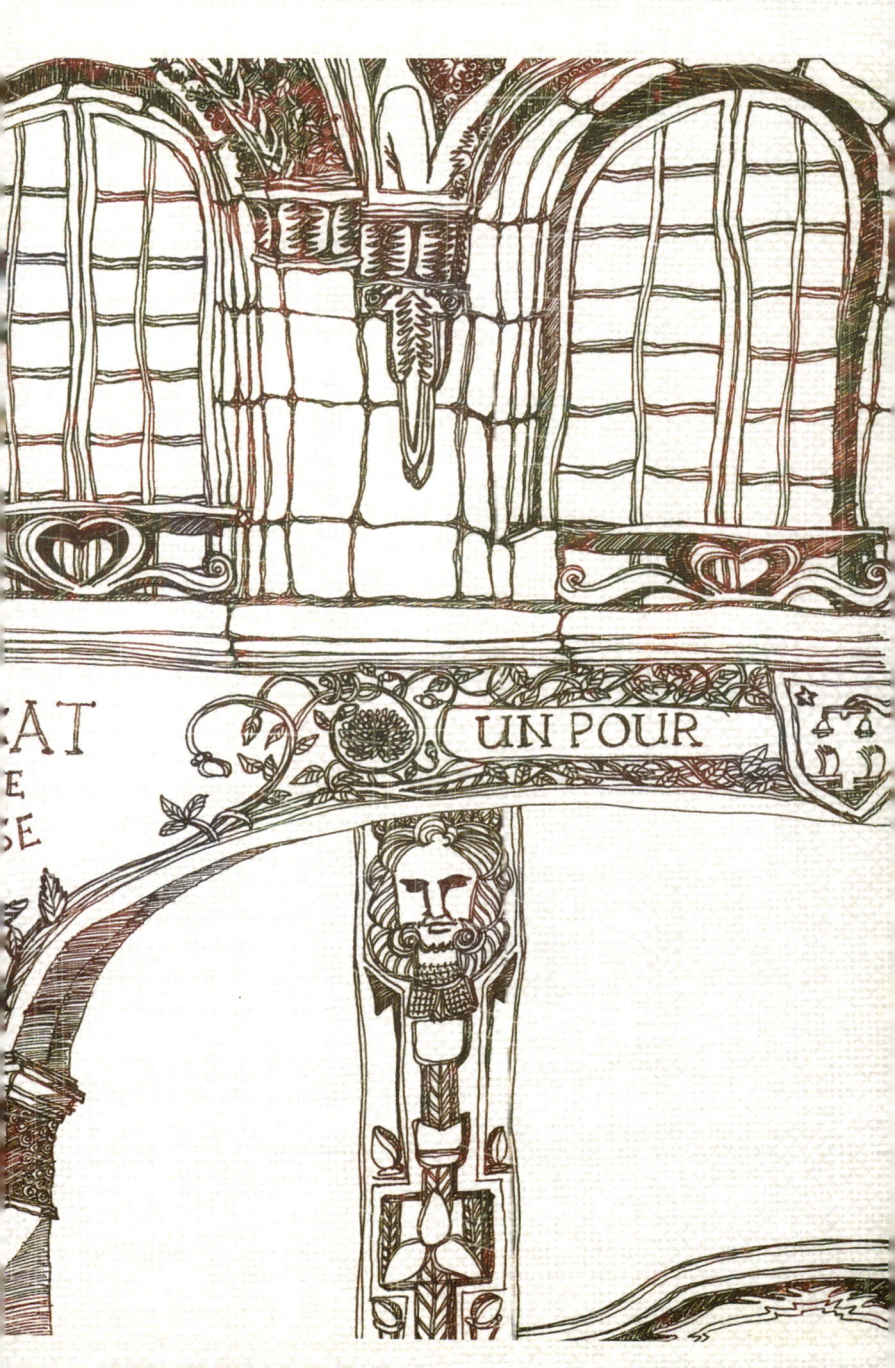

이유 만들기

그런 생각이 들 때.

아주 사소한 그의 손짓 하나에,
아주 사소한 그의 얼굴 찡그림에,
아주 사소한 오가는 말투와 한숨에,
어쩌면 그는 내가 지겨워 졌을지도 모른다고
어쩌면 그는 사랑한다 말하지만 다른 이를 만나고 있을지도 모른다고

웅크리고 앉은 머릿속에서 혼자
우울하고 어두운 이야기 집을 만들고 부수고 또 다시 만든다.
그가 나를 싫어하는 게 아닐까.
내가 그를 좋아하는 만큼 그는, 내가 소중하지 않은 것일까.

그와 나와의 사이에 지레 겁먹고 그어 버린 선,
어떤 확신도, 믿음도 흩날리는 빗방울처럼
이런 소소한 것들로도 흔들리는 그런 얄팍한 믿음.
그가 아무리 솔직하게 이야기해도

작고 소심한 마음은 옹졸해질 만큼 작아져서
진실 따위는 이미 존재하지 않게 되어 버릴지도 모른다.
사실은 정말, 그저 피곤할 뿐이었을지도 모르는데.

어쩌면, 단지 이유가 필요했을지도 모르겠다.
그를 마음에 품는, 사랑하는 마음보다
자잘한 내 치기 어린 자존심이 더 소중해서,
나는 그렇게 비겁하게 이유를 대고 뒷걸음질 쳤을지도 모른다.

그런 이유들로 나는 마치 선량하고 순수한 피해자처럼
남아 있을 수 있을 거란 나도 모르는 새 만들어진 생각, 생각들.

그럼에도 불구하고 결국은
나도 역시 진심으로 상처 입으면서 …….

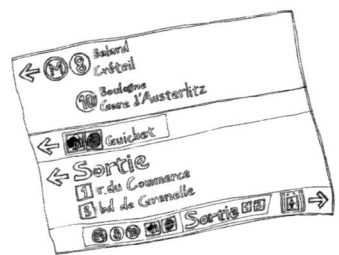

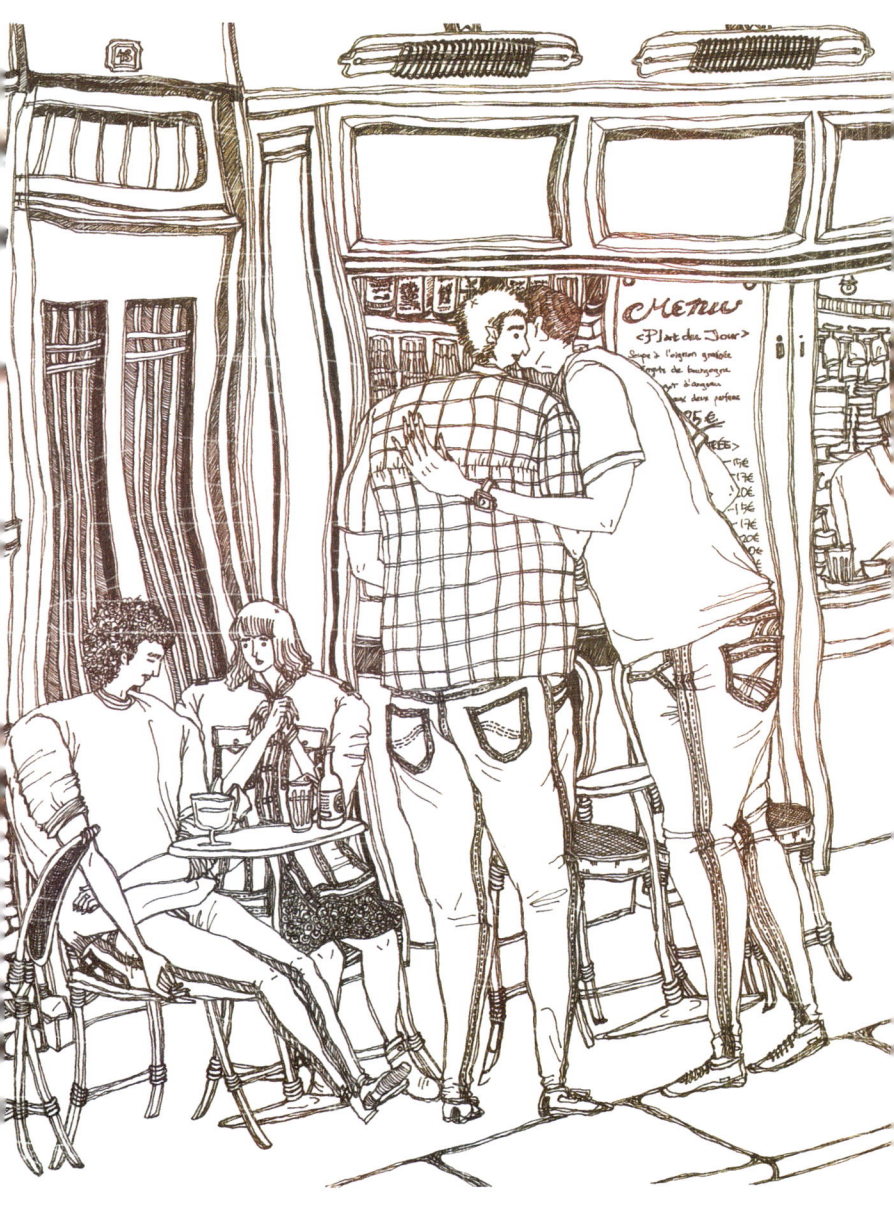

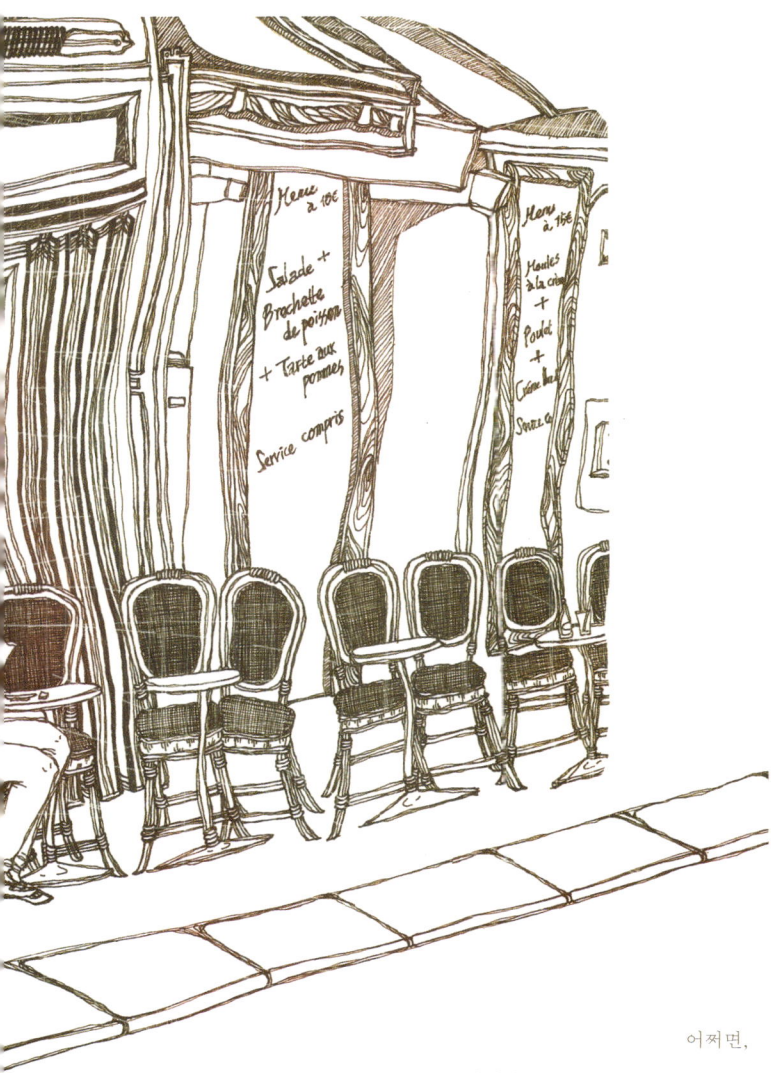

어쩌면,

단지 이유가 필요했을지도 모르겠다.

프 미
랑 용
스 실
 에 가
 다

그 동안 길렀던 머리,
너무 덥고 여러 가지 힘든 일도 있고 해서
기분 전환 겸 과감하게 머릴 손대려고 미용실에 들렀다.

먼저 프랑스 미용실을 가봤다던 친구들에게 들은 이야기에 따르면
'이러쿵저러쿵 이렇게 해 주세요' 아무리 열심히 말해 봤자
절대 알아듣지 못할 안쓰러운 프랑스어 때문이라도
그냥, 잡지에서 원하는 스타일을 골라 들이대고
'이렇게요! Comme ça' 라고 하는 것이 최고라는 조언을 받아 들여,
살포시 의자에 앉기가 무섭게
잡지를 뒤적여 골라낸 헤어스타일 하나,

'아, 이게 좋겠구나!'

'음 ……. 머리 위쪽은 그대로 두시고요,

아래쪽만 좀 구불거리게 하고,

그렇다고 너무 뽀글거리지는 않게요,

어깨 좀 넘는 길이로 해서 약간 풍성한 느낌으로,

앞머리는 너무 짧지 않게 해주세요.

친절해 보이는 디자이너 언니(아부), 정말 잘 부탁드려요.'

이런 마음을 가득 담고 온 얼굴로 표현하며 최대한 끌어올린 한마디.

　"이렇게 해주세요! Comme ça"

그러나 문제는,

전형적인 동양인 외모의 나와, 멋진 금발의 프랑스 미인들과는

굳이 상상하지 않아도 그 차이가 하늘과 땅만큼 다를 터.

아, 그런데 …….

연신 고개를 갸웃거리며 머리를 만지던 헤어 디자이너와

왠지 불안한 느낌으로

'한국인 미용실도 있다던데 거길 갈걸 그랬나?' 하는 조바심,

그래도 이왕이면 프랑스에 왔는데

언제든 한 번은, 도전해 봐야지 하는 실험 정신,

이런 오만 가지 생각이 뒤섞인 묘한 얼굴을 하고 있는데

디자이너가 묻는다.

"머리 파마 얼마, 샴푸 얼마, 드라이 얼마, 커트 얼마인데
  이거 다 할 거지?"
  '아, 역시 ……. 알고 왔지만 좀, 씁쓸하다.'

한국 미용실에서는 파마할 경우 샴푸나 커트 등이 포함되지만
프랑스 미용실에서는 샴푸, 커트 등의 비용을 전부 따로 받기 때문에
아끼겠다며 샴푸, 드라이를 하지 않고
그냥 탁탁 털고 나오는 사람도 있다.
그러나 난 젖은 파마머리를 그냥 탁탁 털고 나올 수도 없는 터,
모처럼 나에게 투자 좀 해주자고 마음을 다독거리며
"네에 Oui" 하고 착하게 대답한다.

미소 가득 친절한 얼굴로 분주히 손을 놀리던 헤어 디자이너가
꽤나 긴 시간이 흐르고서야 후우우우, 큰 한숨을 내쉬며 물러선다.
나를 꽤나 시니컬한 표정으로 쳐다보는데 왠지 불안 불안하다.

  "음, 다 된 거…… 같은데. Emm, C'est fini."

…… 헉, 이런!

할 말을 잃고 잠시 침묵하다

욱, 하는 엄청나게 억울한 표정으로 뚫어져라 그녀를 쳐다본다.

"음, 괜찮니? Et, ça va bien?"

'아이고~ 이게 아니고요, 이건 완전 한국식 **아줌마 파마잖아요**.
여기 이 부분은 좀 더 펴 주시고
앞머리는 좀 더 길게 해 주셨어야죠.
그리고 여긴 이렇게 뽀글거리게 볶으시면 **안 되는데**……
이거 어떻게 안 되나요?'

이렇게 온 얼굴로 이야기하고 있지만 뭐, 그렇다고.
그래도 나름 불어에 대해 그렇게 자신이 없는 편은 아니었는데
이렇게 진정 필요한 상황에서는 어찌나 구석으로 들어가 **버리는지**,

결국 아무 말도 못하고 뭐 씹은 표정으로 머리를 부여잡고 뛰쳐나와
그 길로 마트에서 밝은 색 염색약을 사와 머리야 상하던 말든
'해치워 버렸다.'
색이라도 밝아야 그나마 아줌마 파마머리는 면할 수 있지 않겠는가.
집에 오자마자 머리를 감아도 얼마나 강하게 볶아대셨는지
풀리지도 않는다. 제길.

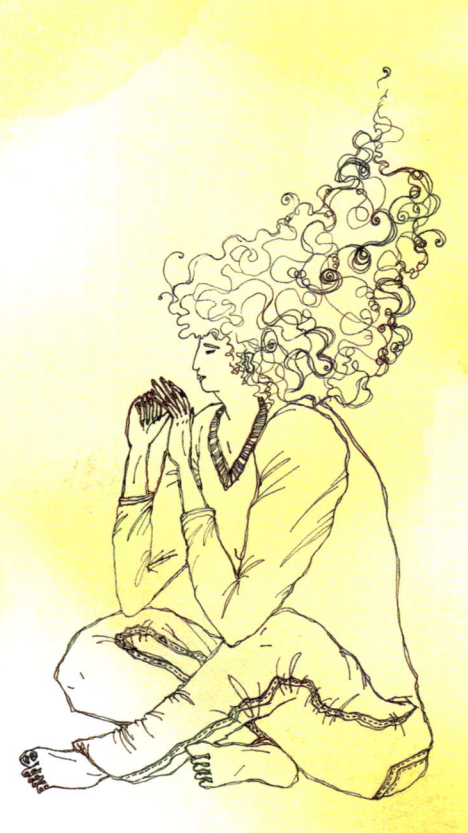

paris. france 64

이리하여 한 동안 나의 머리는
어린 왕자가 여우를 기다렸던 그 들판처럼 노랗게 물들었다.
머리가 웬만큼 풀릴 때까지는

                              노랗게

                                        노랗게.

어
른
의 이
별

뭔가 할 말은 있는데 찾지 못하는 첫 한마디 때문에
연거푸 만지작거리는 커피 잔과 떨리는 손가락.
스치듯 마주치는 눈빛에 담긴 알 수 없는 서러움과
때때로 힘주어 깜박이는 눈꺼풀, 그리고 비껴가는 시선.
집중하지 않으면 들리지 않을 물기 가득한 한숨.

정말 슬픈 건
말하지 않아도 알아버려서, 너무 많이 예상하고 있음에도
적응되지 않을 긴 그리움과 상처를 간직하게 되는 일.
서로를 위해서라고 긍정적으로 위로하듯 찍어버린 마침표와
그의 잘못이 아니라고 믿고 싶은 미련과 부질없음,
사소한 물건 하나에도 너무 많이 쌓아버린 그에 대한 기억들.

그리고
터져 나오는 슬픔을 울며불며 토해내고 후련해지면 좋으련만
마치 일상을 연출하듯, 아무렇지 않은 척 담담함을 포장하면서도
사이사이 찾아오는 서러움에 두고두고 가슴이 뻐근한,
길고 긴 그리움과 아픔을 참아내는 것.

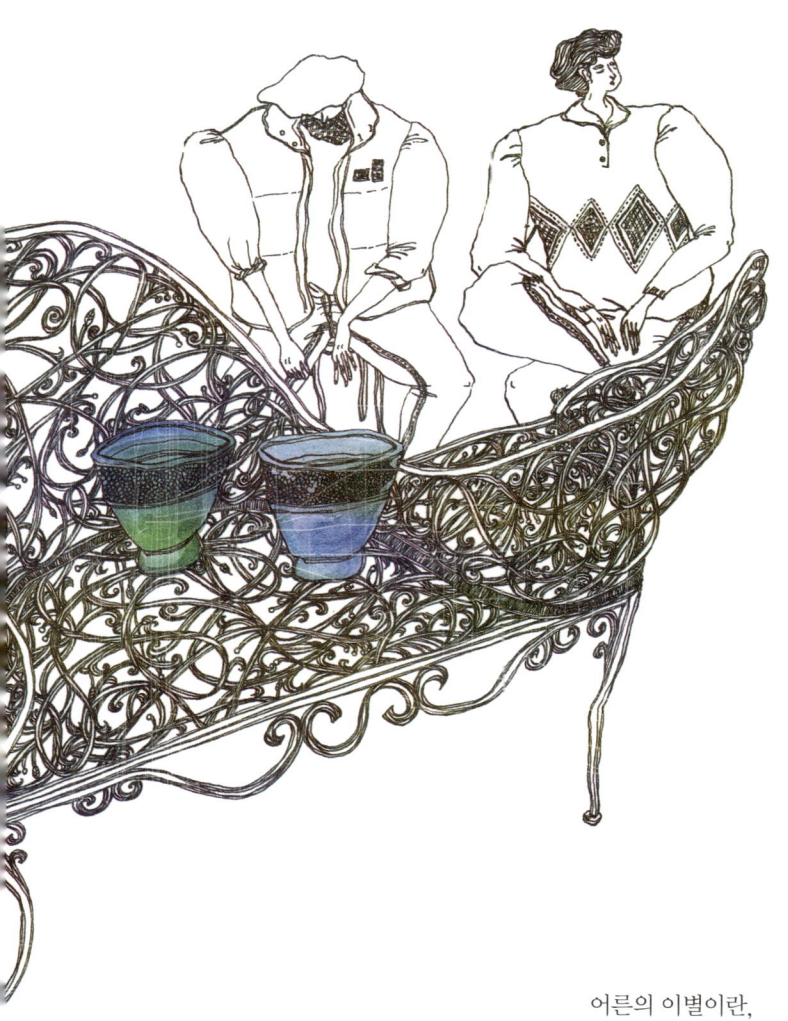

어른의 이별이란,
담담한 척 돌아서는 참담한 상처 위에 새겨지는 지도 모르겠다.

몸이 아프면
마음도
아파진다

워낙 몸 자체가 건강한 편은 아니었지만,
유독 프랑스에서는 자주 아팠더랬다.
아마도 가족들과 친구들을 너무 멀리 두고 왔다는
심리적 상실과 외로움이 더 크게 작용하지 않았을까.
하지만 그때만큼은
정말 뼈를 프랑스에 묻을 수도 있겠다 라는
절박한 가슴앓이를 하고 있었다.

아프다고 그걸 누군가에게 표현하고
어리광 피울 수 있다는 게
얼마나 감사한 일인지를 그때 처음 깨달았던 것 같다.
그전에는 아프다고 칭얼거리면
으레 가족이나 친구들 같은,
주위의 '나를 알아주는 사람'이 있었기 때문에
떠나온 후,
낯선 땅에서 처음으로 혼자 아프기 시작했을 땐
그 서글픔과 당황스러움이 굉장히 컸었다.

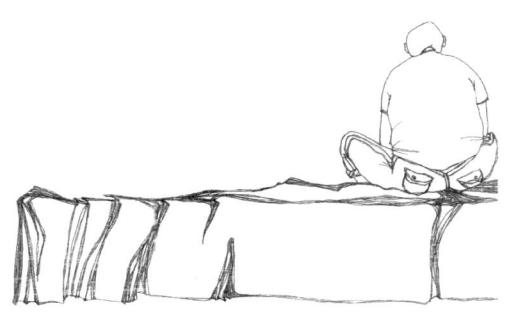

아파도 밥은 먹어야 했고,
한국에서처럼 시켜 먹거나 사올 만한 따뜻한 밥집도 없었다.
먹기 위해선 마트나 식료품점에서 장을 봐야 했으며,
사온 먹거리들을 요리해야 비로소 밥이라는 게 생겨나니,
아픈 몸을 일으켜 거리를 걷는 내내
열에 들떠 꽤 서글퍼했던 기억.

혼자라는 것은 그렇다.

아프다는 것 자체가 사치라는 생각이 들 정도로,
혼자서 모든 것을 다독거리고 챙겨야 하는 것.
몸이든 마음이든 간에
한 순간도 고통과 한숨의 틈을 보여줘서는 안 되는 것.

가끔은 그런 생각이 든다.
몸이 아파주는 건,

누군가 내 주변에 소중한 사람들이 존재한다는 것을
알면서도 느끼지 못하는 무딘 가슴을 위해
한 번씩 어리광을 부릴 수 있게 해 주는
어떤 여지를 주는 건 아닐까.
(물론 병원에서 심각하게 치료를 요하는
중증의 병을 이야기하는 것은 아니다)

계절이 지날 때마다 스쳐가는 바람 같은 감기,
스트레스나 피곤으로 인한 두통, 소화불량.
이런 일련의 소소한 병치레들을 거치면서
'많이 아프니?' 라는 한마디에 그 계절을 이기고
미미한 아픔들이 소소한 존재로 사라지고
치유되는 건 아닐까.

그래서 혼자라고 생각되었던
그때 그 시절의 나는 아주 심하게 앓았던 것 같다.

혼자라는 것은 그렇다.
je suis toute seule......

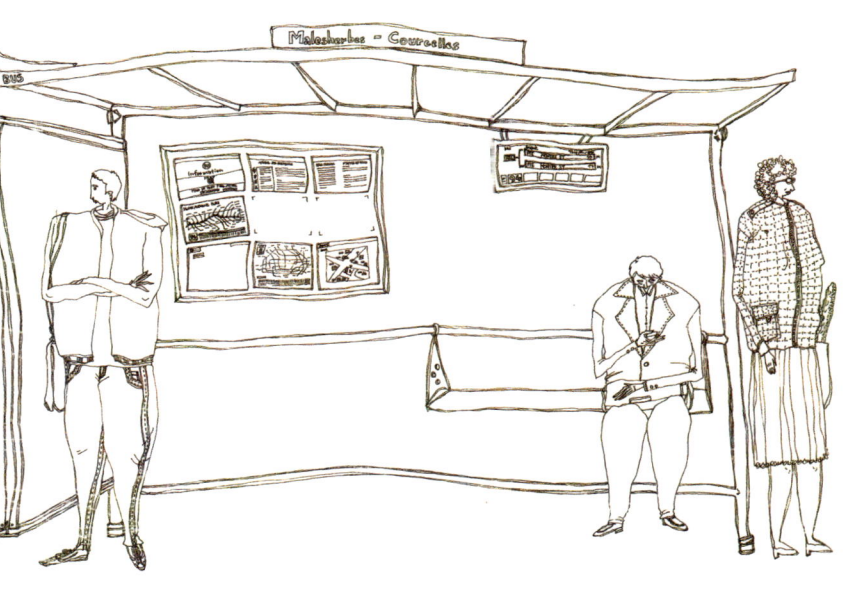

나이 들고 싶었어

이렇게

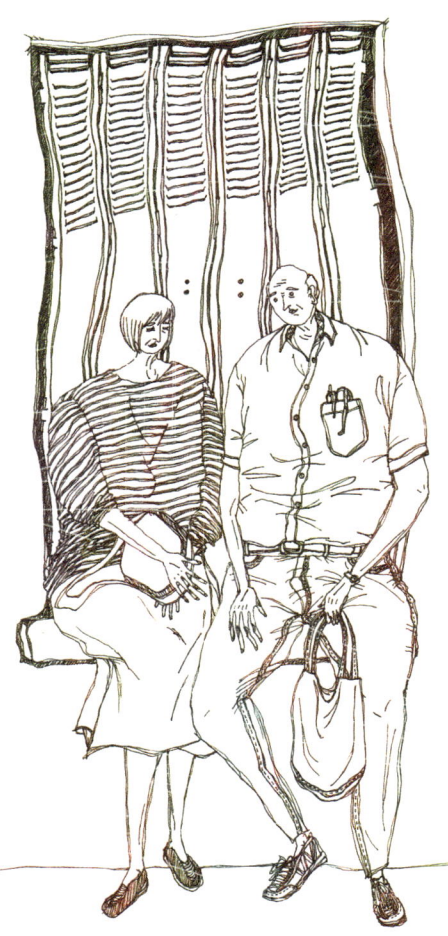

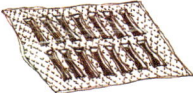

뉘엿뉘엿 하늘을 붉게 물들이며 해가 질 즈음이면
살랑거리는 바람과 함께 거리 산책하기에 아주 좋은 시간.

겹겹으로 주름지고 투박해 보일정도로 거칠지만
부드럽게 꼭 마주잡은 두 손,
곱게 귀 뒤로 넘긴 서리 내린 하얀 머리칼과 중절모를 눌러 쓰신
할머니, 할아버지의 느리고 긴 한 걸음 한 걸음.

어깨를 나란히 하고 길을 걸으면서
서로 다른 걸음걸음 보조를 맞추고 간간히 미소를 짓기도 하고
볼 키스로 볼을 빨갛게 물들이기도 하는
무뚝뚝하지만 굳게 마주잡은 그 두 손이.
얼마나 감동이었는지 모른다,
저런 소소하지만 솔직한 사람들의 표현이.

나이가 든다는 건,
굉장히 돈을 많이 벌어 화려한 모습으로 서 있는 것도 좋고
유명해져서 지나가는 사람들마다 인사를 듣는 것도 좋지만
그저 저렇게 좋아하는 사람이 옆에 있고
함께 두 손을 마주 잡을 수 있다는 것,
그거 하나만으로도 충분히 행복할 거라 생각했다.

나는 진심으로,
이렇게 나이 들고 싶다.

오늘은, 조금 슬픈 날

가끔은 조금 지쳤다는 생각을 합니다.
어쩌면 또 다른 원치 않던 일상에 젖어가는 듯해서
그 몸서리나게 싫은 습관적인 일상에 빠지는 듯해서
그래서 벌써부터 지레짐작 이리 겁나는지도 모르겠습니다.

아직까지는 무언가에 대한 성취욕구가 더 높은 건지
평온하고 잔잔한 생활의 발견보다는 좀은 음습해도
깊고 푸욱 찌르는 느낌의 전력질주가 매력이 있긴 해요.
어쩌면 아직도 철이 까마득히 덜 난 탓이겠지요.

간혹 앞만 보고 달리고 싶을 때도 있고
때로는 누군가와 함께하는 듯한 느낌이 간절할 때도 있고,
혹은 혼자 조용히 생각을 정리하고 싶을 때도 있습니다.

조금은 깊이 생각해야 할 것도 같고
조금은 많이 느껴야 할 것도 같은 시기.

진심이 빠진 치기 어린 충고도 듣기 싫고
애정이 빠진 허탈한 걱정도 듣기 싫고
마음이 빠진 괜한 한숨도 듣기 싫지만 …….

가끔은
내 귀한 지인들의 따뜻한 위로가 듣고 싶고
내 소중한 사람들의 따끔한 질타도 듣고 싶습니다.

앞만 보고 달리다 보면
가끔은 내가 누구와 어디쯤 가고 있는지 확인해보고 싶기도 해요.
그러다 멈칫, 어느 순간 달리고 있던 트랙 밖을 바라보면
왠지 공허함 밖에 없을 것 같아 고개를 들지 못할 것도 같습니다.

오늘따라 왜 이리 청승맞은 기분일까요.
마치 결승점도 없는 텅 빈 운동장을 혼자 뛰는 것처럼,
그래서 변화가 필요한지도 모르겠습니다.

그리고 오늘은 ……
조금
…… 슬펐어요.

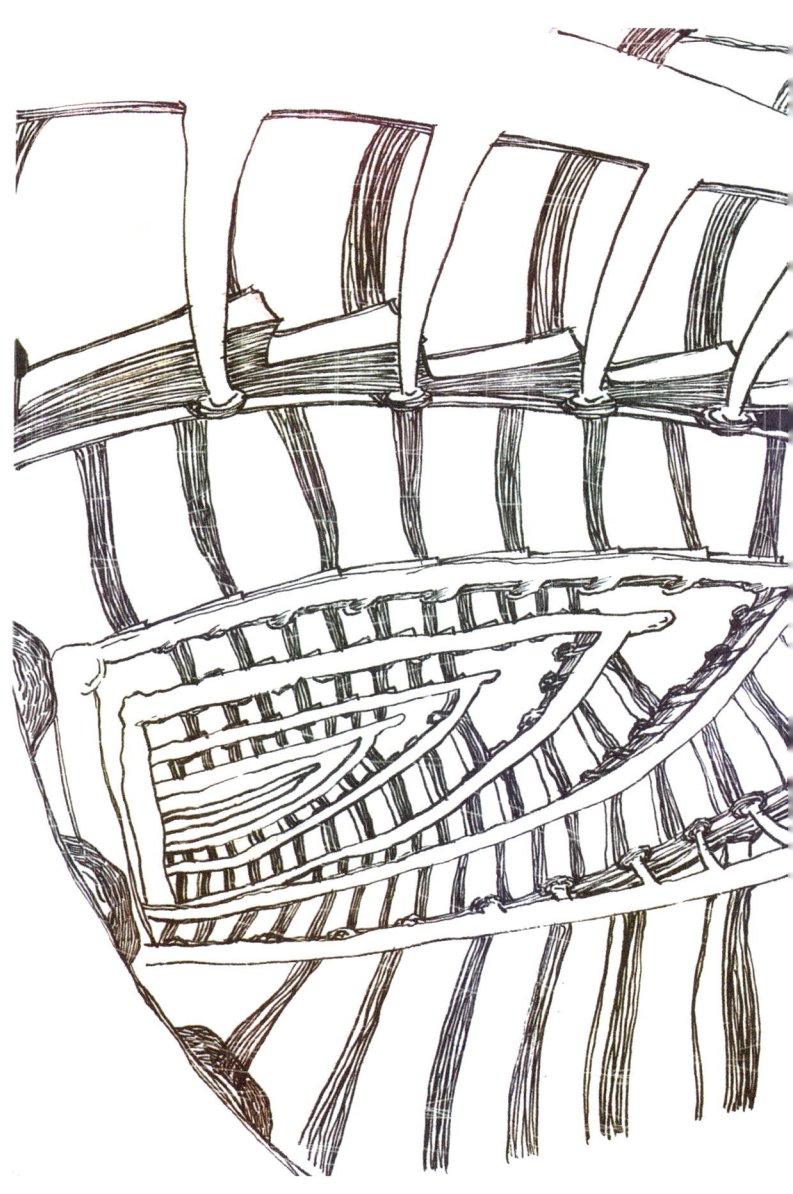

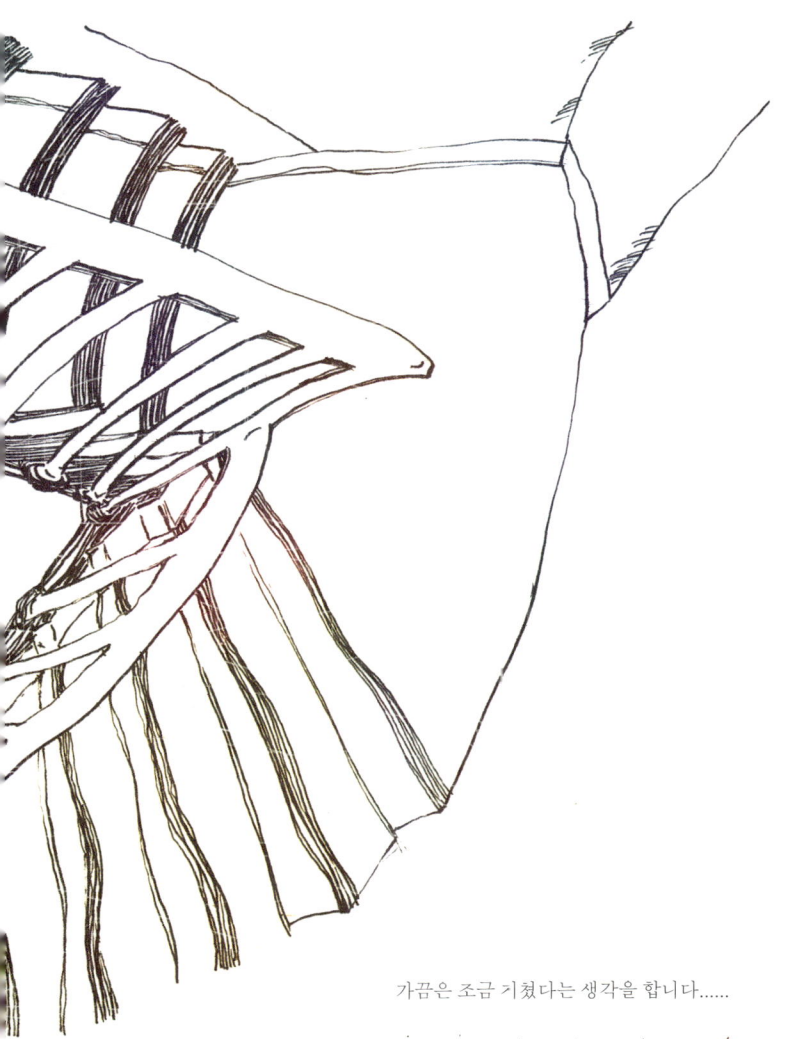

가끔은 조금 기쳤다는 생각을 합니다......

je n'y vois rien et quand
je m'aperçois de quelque chose.
il est déjà trop tard......

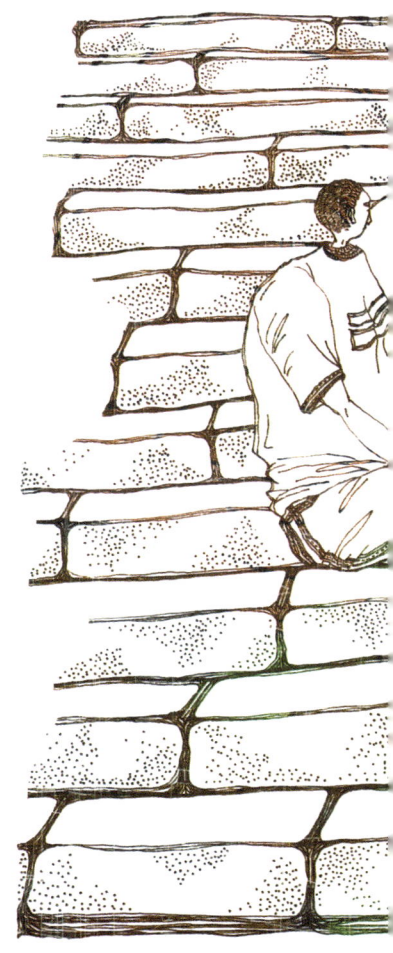

episode 20

나이가 들었다고
생각될 때

아, 어디론가 떠나야 겠다 생각하고
짐을 싸면
음악이 담긴 mp3 플레이어,
쉬엄쉬엄 볼 만한 책보다는
가는 동안 먹을 것들과 물을 먼저
주섬주섬 싸고 있을 때.

어디든 먹을 것은 널려 있을 텐데도,
도시락을 싸고 앉아 있다, 이런.

아, 나이가 들었구나.

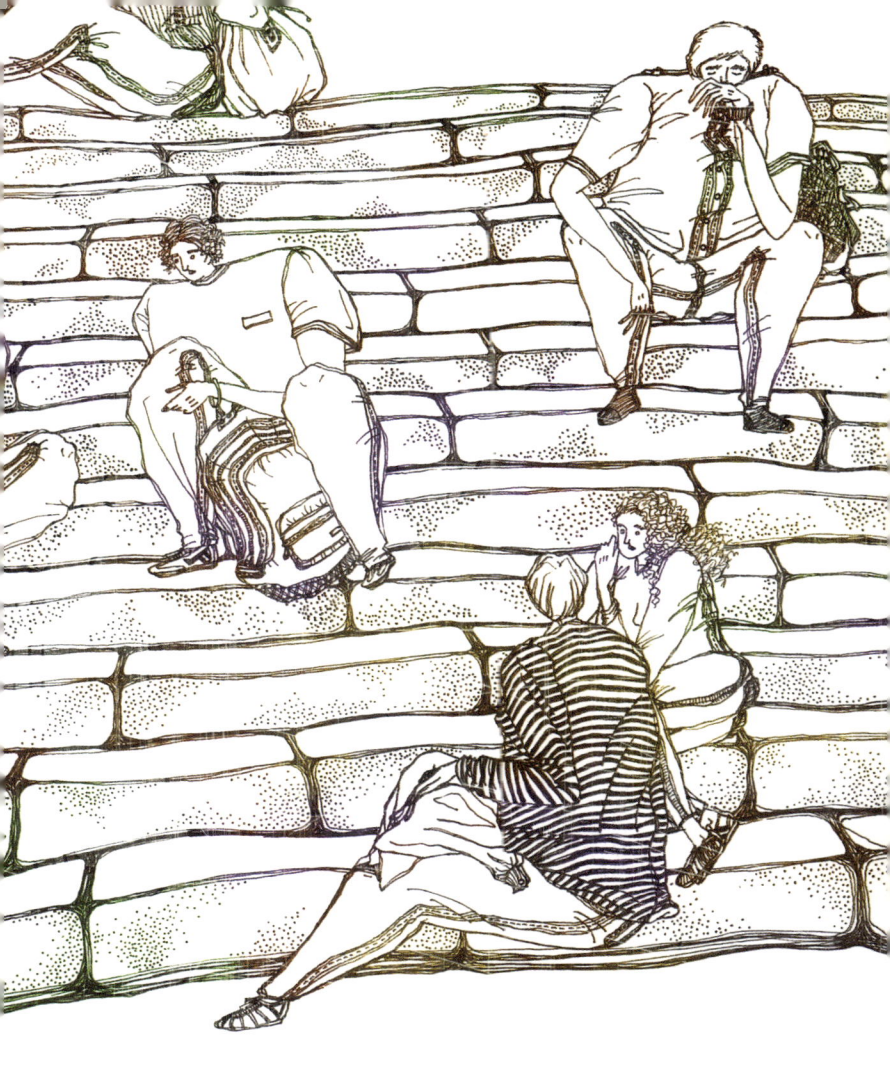

나보다 더 사랑하지는 않기를

사랑하는 사람이 있었는데,
그 사람의 편지를 기다리다 먼저 하늘나라로 가버리고
그 다음날에야 편지가 도착했다는 이야기.

마치 너무 뻔한 멜로 영화 같은 이 이야기가
친구의 프랑스 남편, 그의 사촌 이야기이다.

정말 사랑하는 사람에게서
한 번도 상처받지 않는 사람이 과연 있을까.

내가 생각하는 내 안의 그의 크기와
그가 생각하는 그 안의 내 크기.

paris. france 80

예상이야 하지만 그럼에도
언제나 그 크기의 차이 때문에
상처 입히고, 또 상처 받는 일.

몇 번이고 헤어지고 떠날 거라는
최악의 상상과 연습을 반복하고 되뇌어도
반복되는 눈물과 가슴앓이. 아픔. 고통.

내가 정말 작고 보잘 것 없어서가 아니라
단지 그 안에 있는 내가 작아진 것뿐이라고
담담한 척 돌아서도 사실은, 너무 초라하게 느껴지는 나.

어쩌면 그에게서 그렇게 많이 상처받아서가 아니라
그를 사랑한 내가 나에게 주는 고통.
너무 사랑해서 아픈 사람들.

사랑해. 죽을 만큼 사랑해.
그래도 그냥 죽을 만큼만은 사랑하지 말기를.
가슴 한 구석에 웅크린 내 마음 조금은 남겨두기를.

그렇게, 그를 나보다 더 사랑하지 않기를.

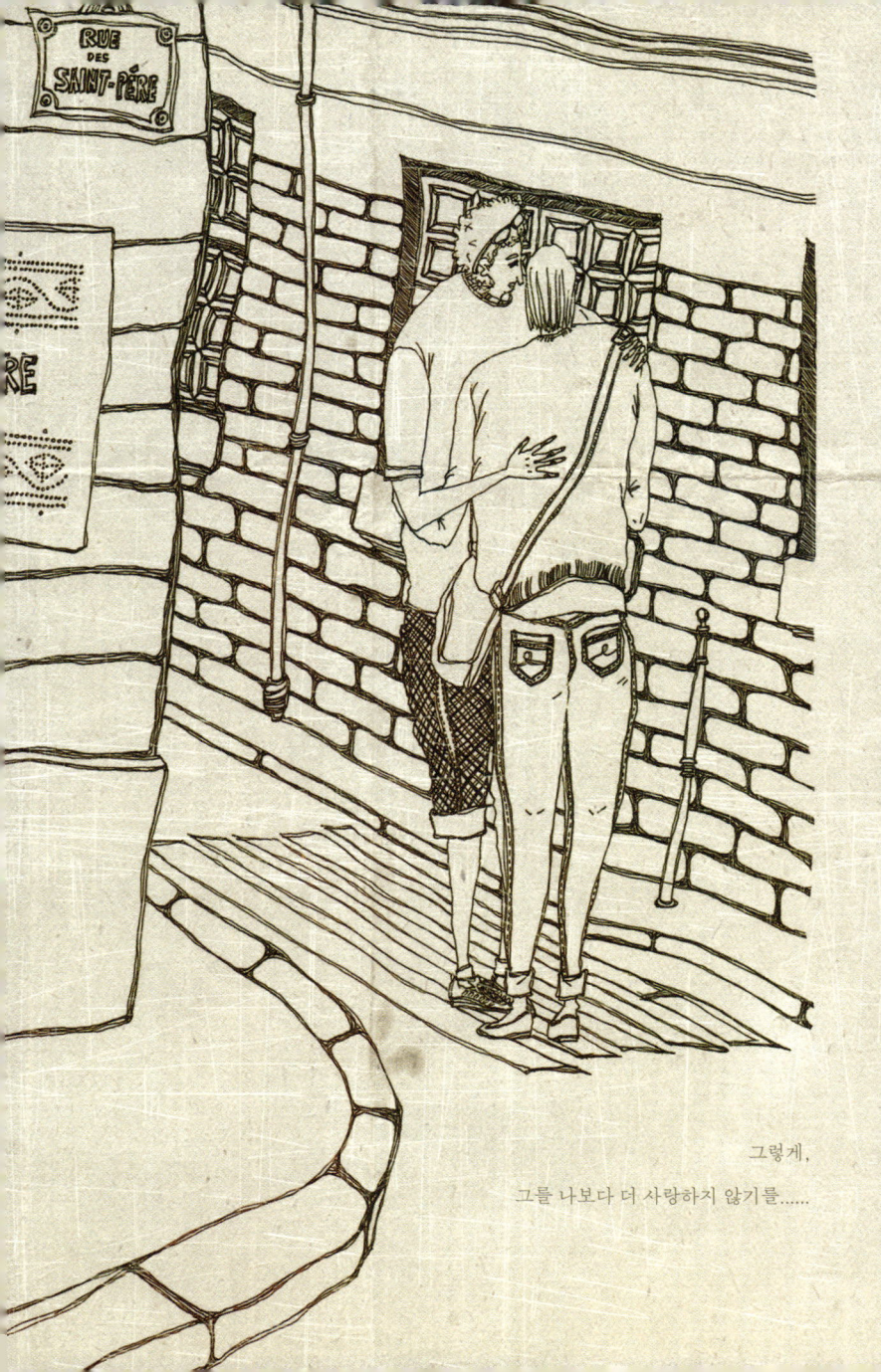

그렇게,

그를 나보다 더 사랑하지 않기를……

나는 아픕니다

나는 이제 꿈을 꾸지 않아요.
나는 더 이상 할 이야기도 없어요.
당신이 없는 난 더럽고 추해요.
당신이 없으면 난 어떻게 할 수가 없어요.

마치 숙소에 갇힌 고아 같아요.
당신이 떠날 때 내 삶은 멈춰 버렸어요.
당신이 나를 떠난 그때

나는 아파요.
나는 정말 아프답니다.
마치 엄마가 절망 속에 나를 혼자 남겨둔 채
매일 밤마다 나가버리곤 했던 그때처럼 …….

나는 아파요
그래요 나, 정말 아프답니다.
당신이 언제 올지 아무도 모르죠.
당신이 어디로 떠나갈지도 아무도 몰라요.

매일 밤 술을 마셔요.
그러나 모든 위스키가 내게는 같은 맛이에요.

모든 선박들이 당신의 깃발을 달고 있어요.
사방에 당신이 있어 나는 어디로 가야 할지 모르겠어요.

당신은 나에게서 나의 모든 노래를 빼앗아 갔고
당신은 나에게서 나의 모든 말을 비워버렸어요
당신을 알기 전 난 재능이 있었는데

그래서 나는 정말로 마음의 상처를 앓고 있어요.

이 사랑이 나를 죽이고, 그리고 계속되고 있어요.
난 절망 속에 혼자 지쳐가요.
바보처럼, 라디오 옆에서
노래하는 나 자신의 목소리를 들으면서 …….

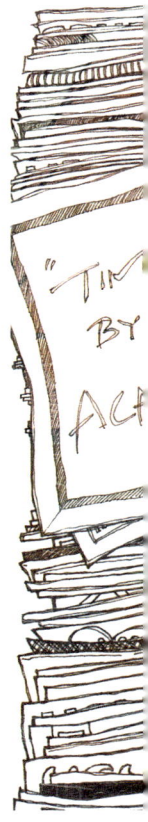

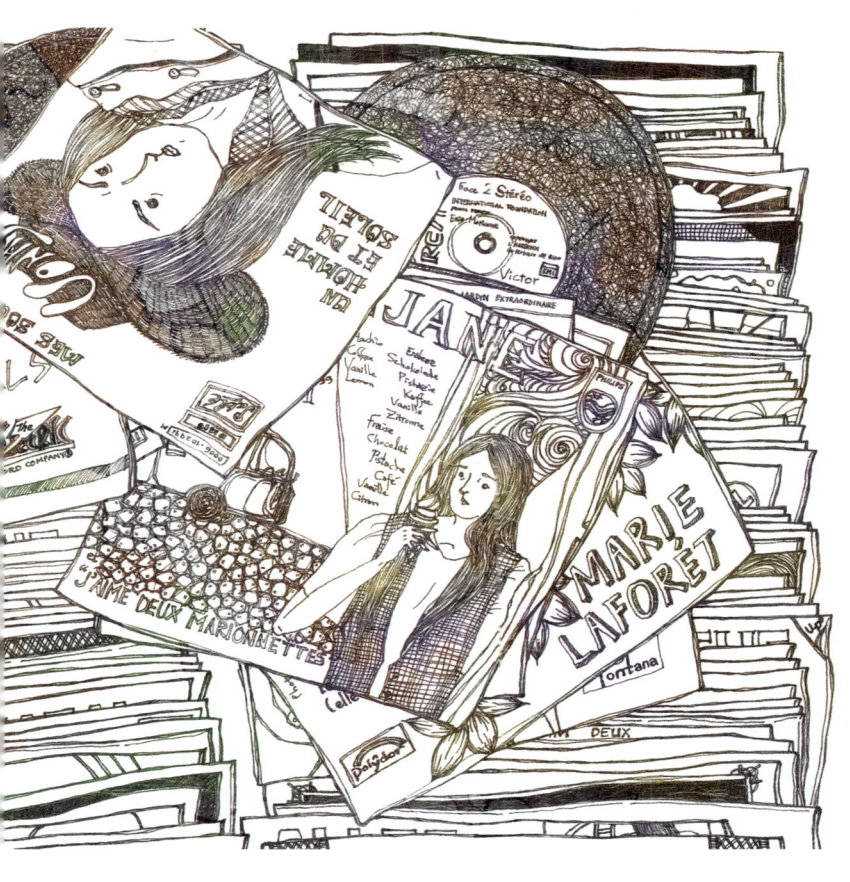

프랑스 음악. Je suis malade 가사 일부 / Serge Lama & Dalida가 듀엣으로 부른 노래.
이 노래를 부른 여가수 Dalida는 1987년 '나는 더 이상 삶을 감당할 수 없어요.' 라는
유서를 남기고 자살로 생을 마감했다.

Je suis malade
나는 마음이 아파요

Je suis malade
나는 마음이 아파요

Je ne rêve plus je ne fume plus
난 이제 꿈이 없어요. 담배도 더 이상 피지 않아요.

Je n'ai même plus d'histoire
난 더 이상 할 얘기도 없어요.

Je suis laide sans toi je suis sale sans toi
당신 없는 난 더럽고 추해요.

Comme une orpheline dans un dortoir
마치 숙소에 갇힌 고아예요.

Jen'ai plus envie de vivre ma vie
더 이상 살고 싶지 않아요.

Ma vie cesse quand tu pars
당신이 떠날 때 내 삶도 멈춰요.

Je n'ai plus de vie et meme mon lit
난 더 이상 생활이 없어요. 그리고 내 침대는

Se transforme en quai de gare
역의 플랫폼으로 바뀌어요.

Quand tu t'en vas
그대가 나를 떠난 때

Je suis malade complètement malade
난 병자, 완전한 병자예요.

Comme quand ma mère sortait le soir
전에 어머니가 저녁에 외출할 때

Et qu'elle me laissait seule avec mon désespoir
날 절망 속에 혼자 내버려 두었던 것처럼 ·······.

Je suis malade parfaitement malade
난 병자, 완전한 병자예요.

Tu pars on ne sait jamais quand
당신이 언제 도착할지 아무도 모르죠.

Tu arrives on ne sait jamais d'où
당신이 어디로 떠나갈지 아무도 몰라요.

Et ça va faire bientôt deux ans
그러고 보니 곧 2년이 되는군요.

Que tu t'en fous
당신이 날 몰라라 한 지 ·······.

Comme à un rocher comme à un péché
바위나 낚시에 달라붙어 있듯이

Je suis accrochée à toi
난 그대에게 묶여 있어요.

Je suis fatiguée je suis épuisée
난 피곤해요, 난 지쳤어요.

De faire semblant d'être heureuse quand ils sont là
모두가 있을 때 기쁜 척하는데 ·······.

Je bois toutes les nuits et tous les whiskies
매일 밤 술을 마셔요, 그러나 모든 위스키가

Pour moi ont le même goût
나에게는 모두 같은 맛이에요.

Et tous les bateaux portent ton drapeau
모든 선박들이 당신의 깃발을 달고 있어요.

Je ne sais plus où aller tu es partout
사방에 당신이 있어 어디로 가야할지 몰라요.

Je suis malade complètement malade
난 병자, 완전한 병자예요.

Je verse mon sang dans ton corps
당신 속에 내 피를 쏟아요.

Et je suis comme un oiseau mort quand toi tu dors
당신이 잠을 잘 때 나는 죽은 새와 같아요.

Je suis malade parfaitement malade
나는 병자, 완전한 병자예요.

Tu m'as privée de tous mes chants
당신은 내 모든 노래를 빼앗았어요.

Tu m'as vidée de tous mes mots
내 모든 이야기를 비워 버렸어요.

Pourtant, je crois que j'avais du talent avant ta peau
당신을 알기 전에 나는 재능이 있었는데 ……

Cet amour me tue et si ça continue
이 사랑이 나를 죽이고 또 계속되고 있어요.

Je crèverai seul avec moi
난 나 혼자 지쳐 버릴 거예요.

Près de ma radio comme un gosse idiot
뚱뚱한 바보처럼, 라디오 곁에서

En écoutant ma propre voix qui chantera
노래하는 나 자신의 목소리를 들으면서 ……

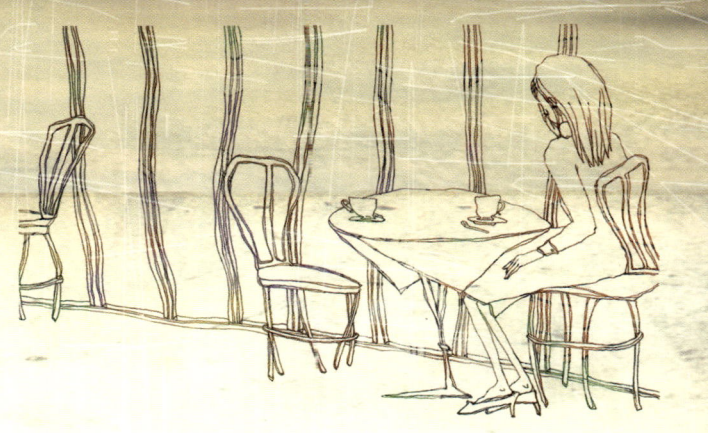

Je suis malade complètement malade
난 병자, 완전한 병자예요.

Comme quand ma mère sortait le soir
전에 어머니가 저녁 외출할 때

Et qu'elle me laissait seule avec mon désespoir
날 절망 속에 혼자 내버려 두었던 것처럼 …….

Je suis malade c'est ça je suis malade
난 병자, 완전한 병자예요.

Tu m'as privée de tous mes chants
당신은 내 모든 노래를 빼앗았어요.

Tu m'as vidée de tous mes mots
내 모든 이야기를 비워 버렸어요.

Et j'ai le cœur complètement malade
내 심장은 완전히 병들었어요.

Cerné de barricades t'entends je suis malade
차단막에 둘러싸여, 당신은 내가 아프다고 듣겠지요.

노래 가사는 불어를 번역한 것으로
다분히 의역 느낌이 있습니다.

이런 건, 슬픈 일이지

내 친구 하나는 참 묘하다.
그 녀석은 꽤 오랫동안 한 사람을 사귀었으며
자신의 의지대로 헤어졌음에도
사랑을 더 이상 믿지 않는다.

'왜?' 라는 질문에
'글쎄, 난 어쩌면 처음부터 사랑을 믿지 않았는지도 몰라.'
하고 뚱하니 대답해 버리는 녀석.
하는 짓 봐서는 주위 친구들이 꽤 있는 것도 그렇고
성격이 더럽다거나 문제가 있다거나
뭐, 그런 건 아닌 거 같은데.
그 주위를 맴도는 이도 꽤나 있지만, 그럼에도
좀처럼 마음을 열지 않으려는지 시큰둥하다.

마음을 열지 않으려는 걸까, 마음이 열리지 않는 걸까.
왜? 사랑을 하지 않는 걸까.

'도대체 사랑이 뭘까?' 하고 물었더니
'자신의 감정을 사랑하는 거.' 하고 단숨에 갈하고
'그럼 너랑 사귄 그 사람은?' 했더니
'그 사람을 좋아하긴 했던 거 같아.' 라니.

'혹시 너, 사랑했던 사람에 대한 충격 때문이야?' 하고 물으니
'그건 아닐 걸.' 하고 미련 없이 대답하면서도
'그건 내 첫사랑이었어.' 라고 하는 거 보면 사랑인 거 같기도 하고.
'그럼 너한테 사랑이란 것에 대한 생각은 전혀 없는 거야?' 하면
'사랑이라고 할 만큼의 감정이란 건 알 수가 없어.' 라고
모호하게 대답해버리고는

'그럼 다른 사람들 안 사귀어 봤어?' 하고 물으니
'사귀려고 해 봤는데 그런 감정이 있는 척하기가 힘들어.'
하고 너무 씁쓸하게 말해버려서 그냥 창밖만 바라봤다.

도무지 알 수 없는 녀석인데,
가끔 아주 가끔 그 녀석의 눈을 보고 있으면
아주 무덤덤하고 감정이 없으면서도 때때로 아주 많이 슬퍼보여서
그의 주위엔, 끊임없이 차가운 강물이 흐르는 것 같이
할 말이 없어진다.

내 사랑관은 어쩌면, 아마도,
이 사람의 느낌을 너무 많이 닮아버렸는지도 모르겠다는
그런 생각을 했다.

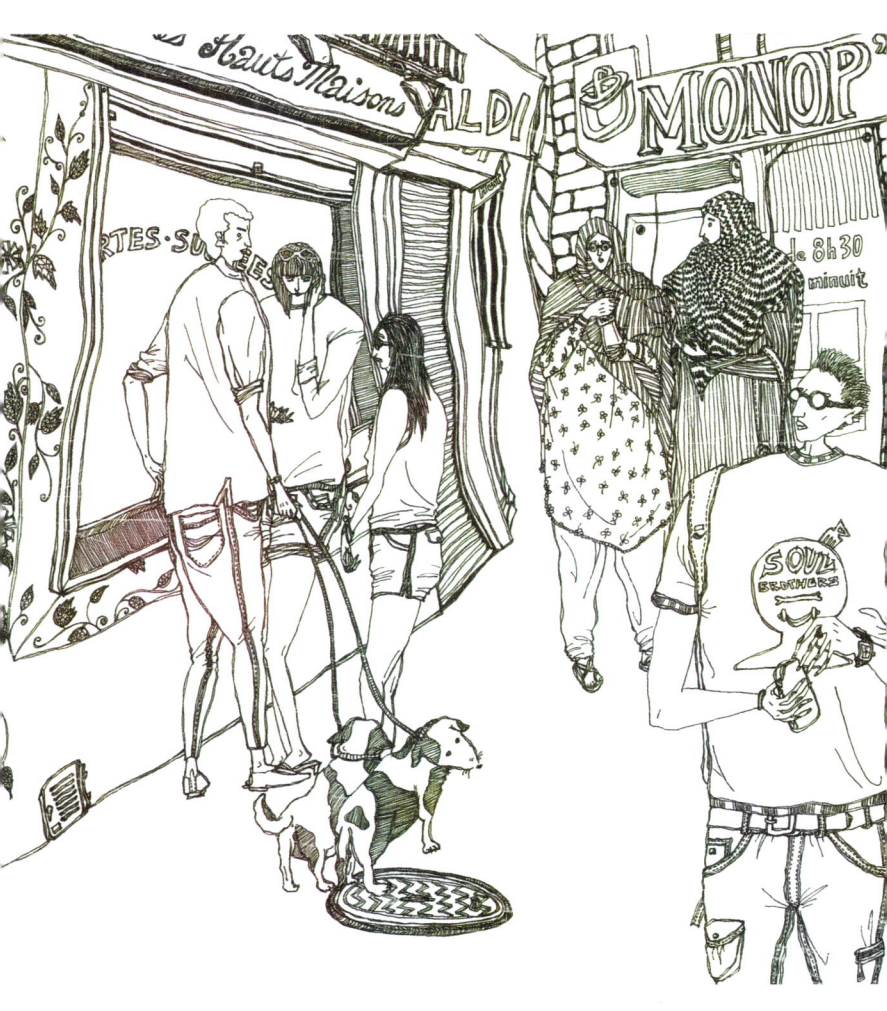

paris, france '92

이거 다 오해야

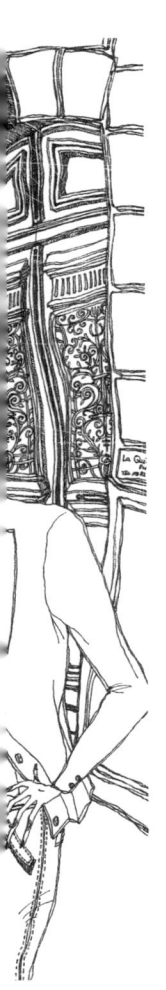

좀처럼 우유부단한 성격이라 대놓고
'Non, 아니야,' 를 잘 못했던 탓일까.
프랑스에 있는 동안 유독 아랍 애들에게 인기가 많았었다.
유독 아랍 애들에게만.

오죽하면 한국 친구들이
아랍에 가면 12번째 왕비 되겠다고 농담에 농담을.

이거 왜 이래,
(어쨌든 간에) 나 프랑스에서 잘 나가는 여자야.

혼자 보내는
서른의
마지막
날

텔레비전에서 일 년의 마지막 날이 지나가는
카운트다운 소리가 들린다.

많은 사람들이 광장에서 와인병과 음료를 들고
건배와 비쥬Bisous, 볼키스를 하며 서로서로 신년을 축하하는 순간.

프랑스 친구들은 죄다 광장으로 나간 것 같다.
내가 사는 이 건물엔 학생들이 많은데도
썰물이 빠져나간 듯 조용하다.

크리스마스나 연말의 마지막 날처럼
이런 '특별한 날'에는 친구들이든, 가족들이든 간에
모이고 만나서 시끌벅적하게 보내는 게 일상이었는데

참 신기하게도.
서른이 되는 이 마지막 날 밤만큼은
오롯이 나 혼자 내 자신과 이마를 맞대고 있다.

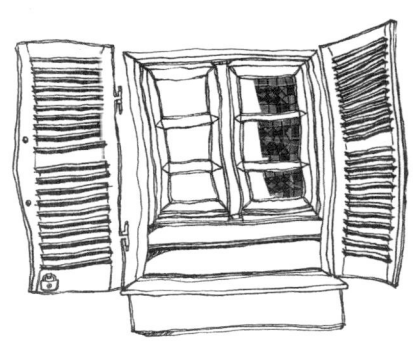

이제, 서른이다.

굉장히.
마음이 편해진다.

근 29년간의 시행착오를 거치면서도
이십 대의 나는 너무 뜨거웠고,
감상적이었으며
더 빨리 상처받고 더 많이 상처주었더랬다.

순간순간의 시간들에, 내가 의도하지 않은 말과 행동이 튀어나왔으며
먼저 오해하고, 이해할 수 있는 여유도 없었던 것 같다.
지금 돌아보면 참 짧았던 순간들이었는데
그 공간에서 스무 살의 나는
긴 시간에 질질 끌려가는 듯한 내가 싫었고
무엇이든 할 수 있을 것 같던 어른이 얼른 되고 싶었다.

이상하게도, 서른의 힘일까.
아주, 조금이지만 뭔가 마음속에 싸매어 두었던 게
천천히 녹아내리는 기분이다.

잘했던 것, 좋았던 것보다
안타깝고 속상하고 잘못했던 기억이 더 많은
내 우여곡절의 스무 살,

오늘만큼은 따뜻하게 안아줄 수 있을 거 같다.

음 …….

비교적 잘하고 있다고 생각했다.

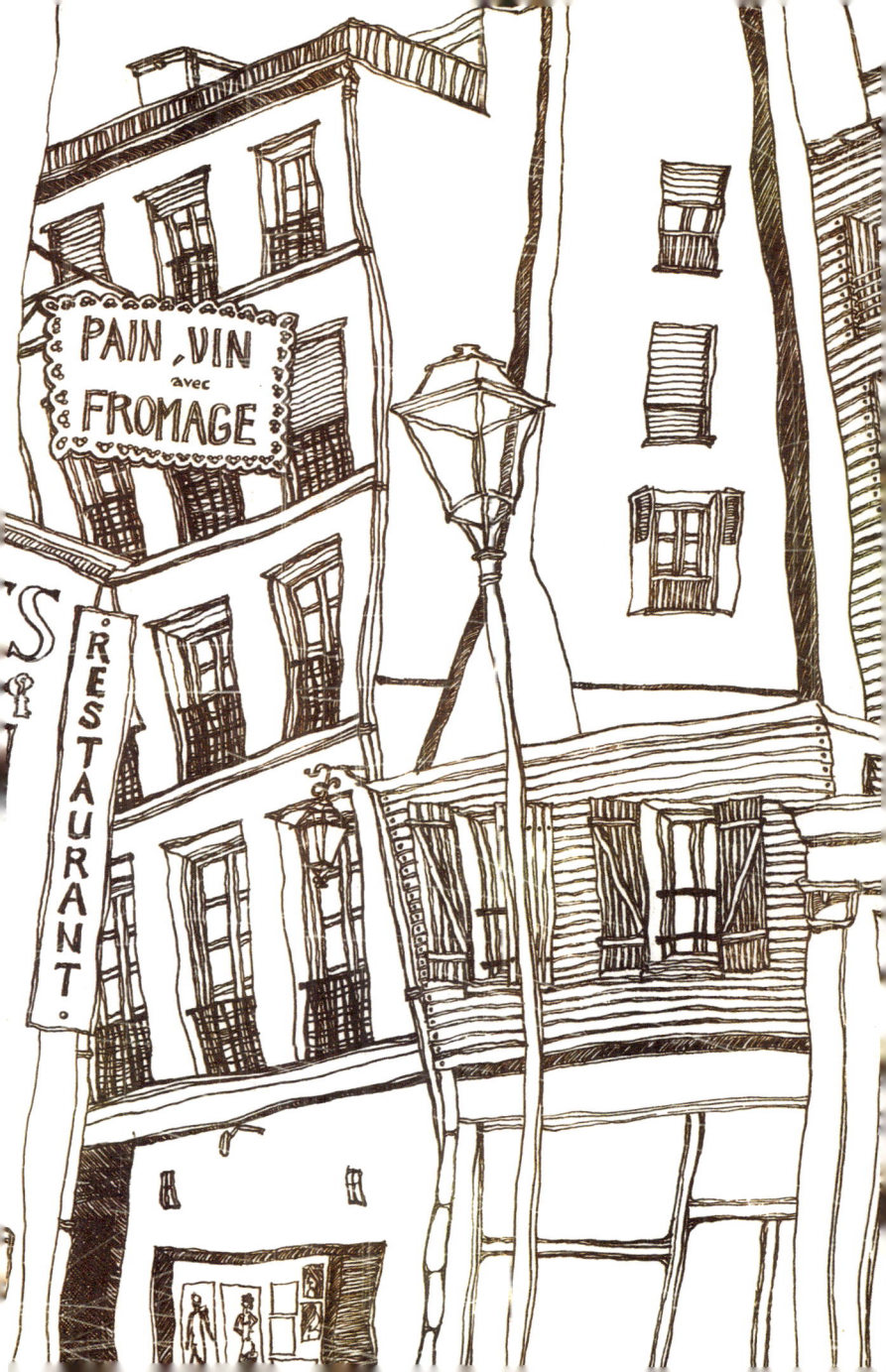

거리

적어도 11시간 반, 혹은 690분 또는 41,400초.
비행거리 8,967킬로미터, 혹은 5,638마일.

한국 인천공항에서 프랑스 샤를드골공항으로.

이렇게나 멀리 떨어진 곳에서
혹시라도 모를 일로 죽을 확률은 얼마나 될까.

그리고
혹시라도 만약이라도 그런 일이 생긴다면
누가 내게 제일 먼저 달려와 줄까.

이렇게나
몸도 마음도 먼 거리에서.

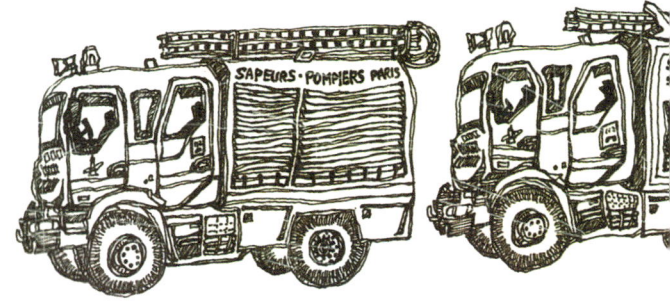

유
서

어렸을 땐 삶의 길이가 너무 길게 보여서
25살까지만 살아도 참 흐드러지게 살았구나!
그럴 거라 생각했습니다.

20대 중반에 벌써 사형선고를 내리다니
그때 계산으로 그렇게 보면 난 벌써
잉여의 삶을 살고 있는 것이겠지요.

나에게 좋은 모습이 있었다면
그런 부분만 조금, 기억해줘요
길게도 말고, 그냥 1년만 기억해줘요
그러고 나서 모두 잊혔으면 좋겠습니다.

내게 목표가 있었다면
미련은 남아도 후회는 갖지 말자고
그렇게 다짐하며 달려왔던 삶입니다.
솔직히 미련은 도처에 너무나 많습니다.
어쩌면 매 순간마다 미련의 산을
쌓고, 쌓고 또 쌓았는지도 모르겠어요.

그럼에도 불구하고 적어도 난
꽤 행복했다고 생각합니다.

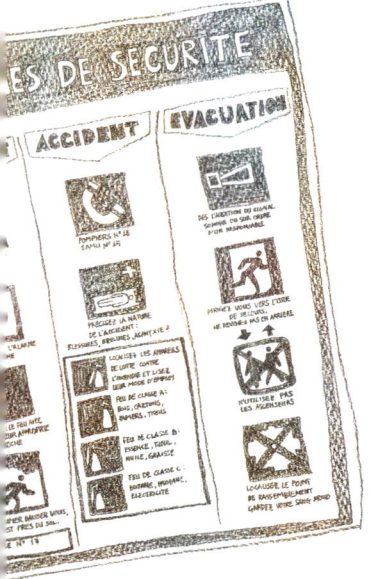

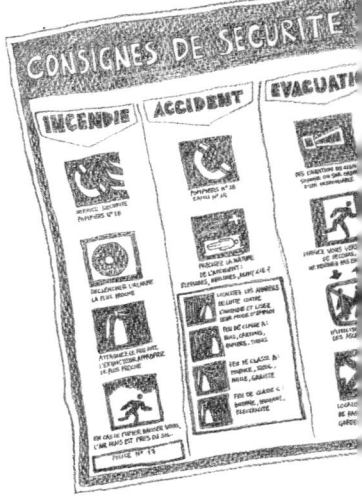

그러니까 안타까운 삶이라고
너무 짧았다고 아쉬워하지 말아요.
그러니까 슬퍼하지 말아요.

아쉬움으로 남는 삶은 싫습니다.
내 인생은 현재형이기 때문에,
기억 어딘가 달라붙어 오래오래 남아
희미하게 바래져 가는 건 원하지 않습니다.

지독히도 이기적이겠지만
그냥 오롯이 나만 기억할 수 있어서
내 사람들의 기억들을 고이 담아두고 싶습니다.
내가 그리울 때만 그 기억들을 열어 볼 거예요.

나는 또 다른 어딘가, 다른 삶의 반경에서
여전히 여러 번의 시행착오를 거치면서
잘 넘어지고 또 잘 일어나고 있을 겁니다.

함께여서, 너무 감사합니다.
그리고 아주 많이 행복했습니다.

한
숨

moi.
il y a beaucoup de moi
dans mon coeur.

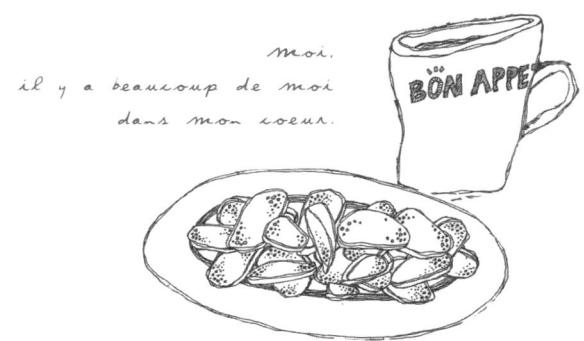

BON APPE

'글쎄, 난 운이 좋았다.' 라고 때때로 생각한다.
여기 이만큼의 자리까지 주저앉지 않고 서 있는 것만으로도.

외로운 사람들은
행여, 지인의 소식이 담겼을지도 모를 신문을 모아
가슴에 온통 끌어안고 엎드려 잔다.
온기 배인 바람이 조금이라도 심장에서 도망가지 못하게.

세상은 다양한 방향으로 나를 비추이고
때로는 내가, 내 안에 너무 많은 것 같다.

내가 원하는 나와
다른 사람이 원하는 나와
내게 존재하는 나와
다른 사람에게 존재하는 나.

살포시 어슴푸레 들어온 내 심장 안의 이 바람이
행여나 소리 죽여 동의도 기척도 없이
어느 결에 들어온 마냥 다시 문득 나가버릴 것 같아
나는 어깨가 굽고 가슴이 오그라들었다.

episode 29

괜
찮
아

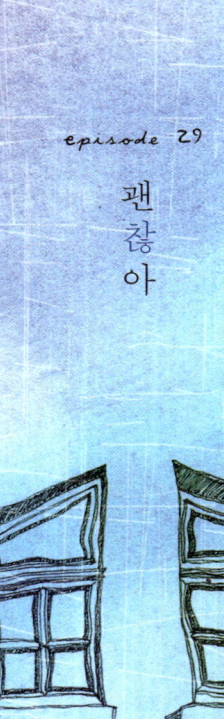

있잖아.
좀, 엎어지고 실수하고 망치고 잘못해서
몸도 마음도 죽을 만큼 너덜거리고 무겁고 아파.

그렇지만, 괜찮아.
삶은 여전히 길고, 나는 잠시 터널을 지나는 중이니까.

괜찮을 거야, 나는.
긴 터널 끝 빛을 향해 지금은 그저, 열심히 걷기만 하면 되니까.

괜찮아.

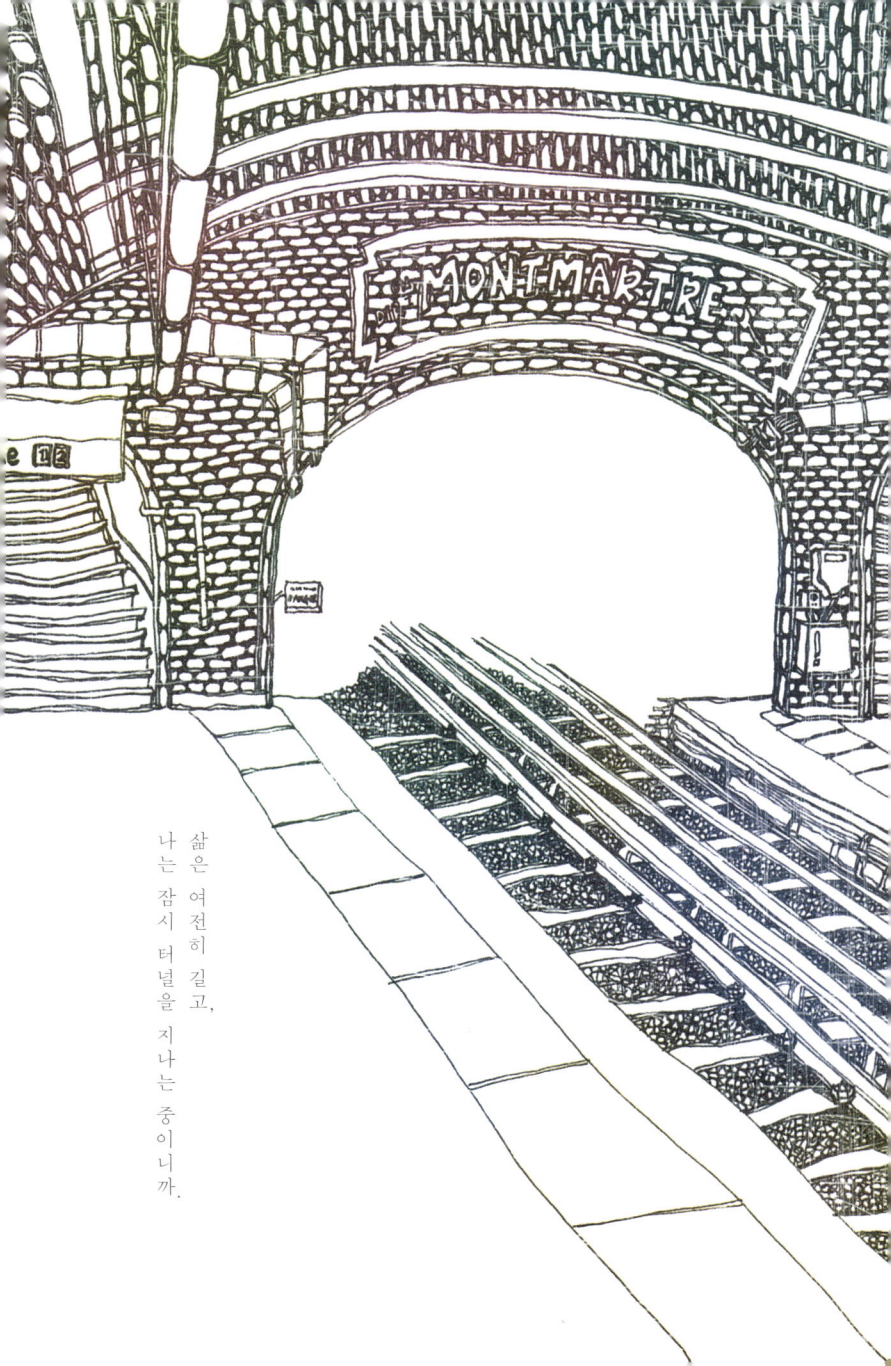

삶은 여전히 길고,
나는 잠시 터널을 지나는 중이니까.

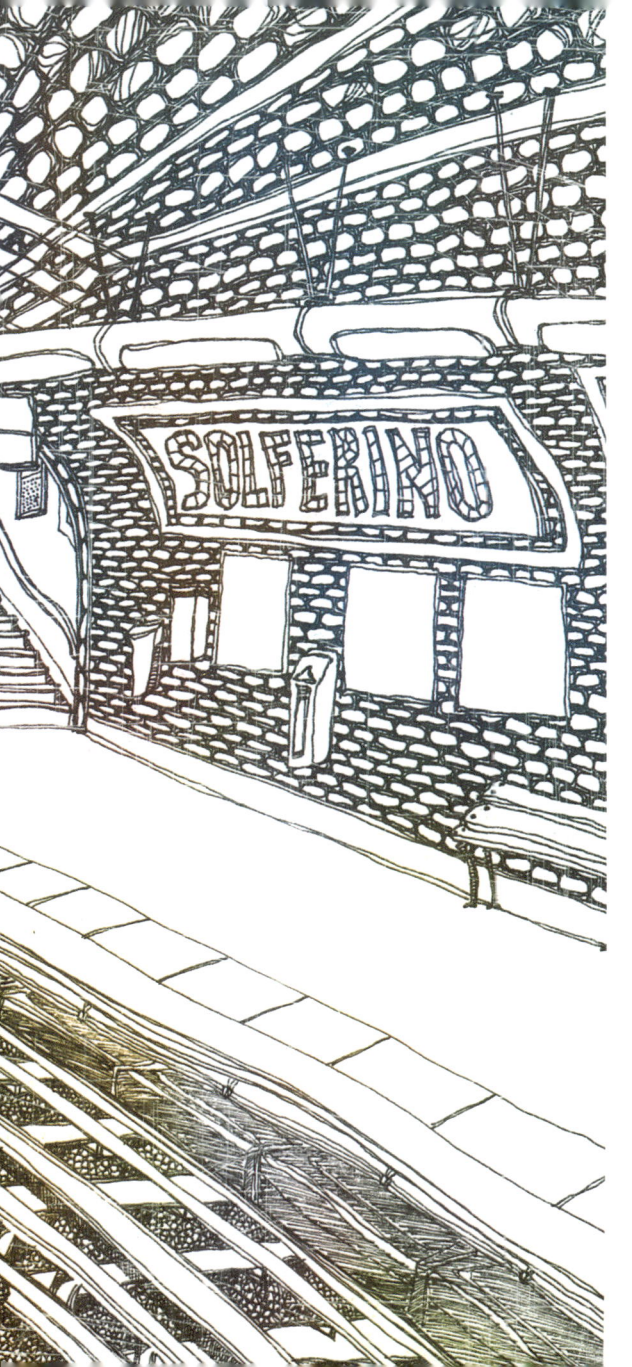

긴 터널 끝 빛을 향해 지금은 그저,

열심히

걷기만 하면 되니까.

다름에
대한 인정

나도 그렇지만 내 나이 친구들은
북적이는 방안, 멀쩡할 날이 없는 물건들,
줄줄이 차례를 기다려야 하는 화장실,
이렇게 많은 식구들 혹은 형제자매들과
공간을 공유하며 생활했던 이가 많지 않을 것이다.

적어도 나는 그랬다.
달랑 있는 형제자매라고는 오빠 하나여서
일찌감치 독방을 꿰찼고 혼자 생활하는 공간에 익숙했다.

이렇게 개인적인 공간에 너무 익숙해진 내가
처음으로 누군가와 공간을 함께 공유해야 했다.
처음 며칠은 타국에서의 외로운 감정을 위로 받는 기분으로 즐거웠고
그 다음 며칠은 익숙하지 않은 공간의 공유와
일의 분담으로 힘들었으며,

또 그 다음 며칠은 적당히 생긴 오해와 불만으로
투덕거리기도 하고 삐지기도 하고
짧았지만, 함께했던 친구와의 생활은 결국 한 달로 종지부를 찍었지만
그 기간 동안 아주 많은 생각과 이른바, '철'이 들었던 것 같다.

어차피 인생, 나중에 결혼이라도 하게 된다면
누구든 간에 함께 살아야 할 것이고,
이참에 한 공간을 누군가와 같이 살아보는 것도 좋겠지 라는
아주 안이하고 편안한 생각으로 친구 제의에 동의하고 짐은 풀었지만

누가 화장실 청소를 하고, 누가 저녁 식사 준비를 할 것인가,
둘 다 여자이다 보니 밤 11시가 넘어서도 귀가하지 않을 때
괜한 걱정으로 졸이는 마음과,
이런 내 마음은 전혀 알아주지 않는 무심함,
시험 준비로 늦게까지 책을 봐야 하는 나와

불이 켜져 있으면 잠을 자지 못하는 친구의 투덜거림,
침대는 다르지만 잠결에 서로 뒤척이는 소리와 한숨 소리.

한 공간을 함께 공유한다는 것은,
정말 많은 것을 이야기하고 나누고 양보해야 한다는 것임을
이런 소소한 것들을 머리가 아니라 몸으로 경험하기 시작하면서
몇 번의 시행착오를 거쳐서야 진정으로 이해하게 되었다.

한 공간을 누군가와 공유하는 것이 얼마나 어려운 일인가.
그리고 함께하는 공간의 공유가 가능해지는 순간은,
내가 진심으로 '타인이 가진 나와의 다름' 이란 부분을
조금은 이해하고 인정하는 순간이라고 생각했다.

'타인의 다름' 을 그 사람만큼 온전하게 이해한다는 것은
평생을 살아도 손톱 끄트머리만큼 어려운 일이겠지만

적어도, 나와 다르다는 것 자체를 인정하는 것은
이제, 그 사람에 대한 이해를 시작하는 것이다.

그리고 '다름의 이해' 라는 것은
그 사람을 좋아하지 않고서는
당최, 시작할 수가 없는 것이라고 생각한다.

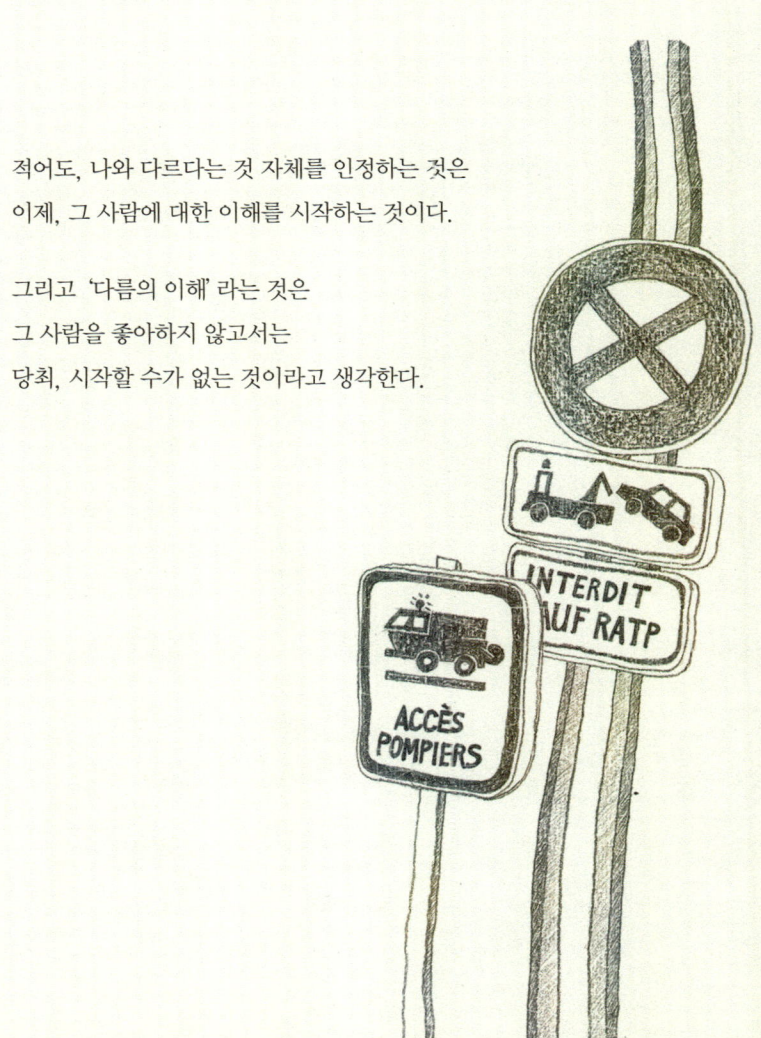

다양해

문화적

취향은

프랑스 민영방송 프로그램 중
열정의 섬 ^{lle de la Sensation}이란 게 있었는데
내가 있던 기간 동안 거의 매해 업그레이드되며
여름마다 새로운 등장인물을 선보였다.
케이블 채널도 아닌 일반 공영방송인 주제에
얼마나 노골적인 프로그램이었는지.

이 프로그램은
두 개의 섬에 네 쌍의 커플을 남녀로 나누어서
남자들은 남자들끼리, 여자들은 여자들끼리
섬에 며칠간 머무르게 하고
그 기간 동안 남자들의 섬에는 20명 정도의 8등신 섹시 미녀들을,
여자들이 머무는 섬에는 20명의 식스팩 미남들을 투입해
각 커플들이 유혹을 버텨내는지 지켜보는 프로그램이다.

마지막까지 버텨낸 커플이나 유혹에 성공한 미녀 혹은 미남에게는
상당한 상금이 주어지는, 참 희한한 리얼 서바이벌 프로그램이다.

섬이 무대다 보니 거의 출연자들은 모두 헐벗고 있는 상황,
게다가 저녁에 상영하는 프로그램에 충실하게 노출수위도 상당하다.

프랑스 친구 하셸Rachel과 이야기를 하다
이 프로그램 이야기가 나왔는데
하셸 왈, 그런 프로그램은 프랑스 사람도 잘 보지 않는다면서
내게도 추천하고 싶지 않으니 보지 말라고 극구 말린다.
절대 프랑스 사람들의 삶과 다른, 오로지 통속적 취향만 가득한
절대 불량 프로그램이라면서, 손사래를 휘적휘적.

– 근데, 거기 나오는 3번째 커플 여자, 몸매는 정말 끝내주던데.
– 하긴, 그건 그렇더라. 말랐는데도 가슴이 있을 건 다 있더라고.

주절주절 이야기하다 갑자기 참새 눈을 하고 한참을 바라보던
나의 프랑스 친구.

그녀의 눈 안에는 공부 좀 해 보겠다고
머나 먼 극동아시아 한국이란 곳에서 혈혈단신 날아 온,

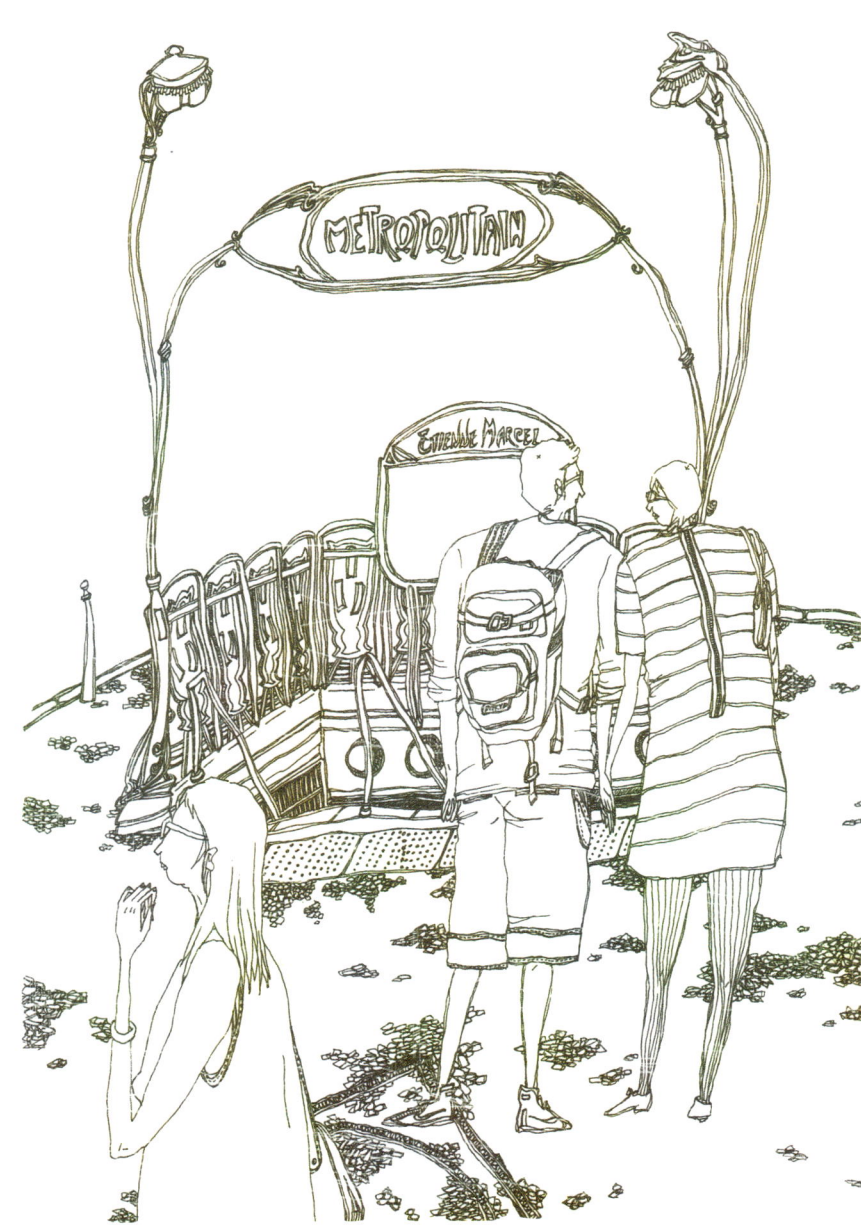

이제 막 프랑스 문화를 흡수하기 시작한 것 같은,
여려 보이는 동양 여자애에 대한 걱정이 가득하다.

자기도 다 봤으면서.
왠지 알 수 없는 묘한 공범자 기분이 되어 씨익 웃음이 난다.
그렇게 걱정하지 않아도 돼, 알 거 다 알 나이야, 나.

그래도 이런 사소한 것에 행여나 나쁜 이미지를 가지지나 않을까,
프랑스에 대해서는 좋은 것만 보여주고 싶어 하는 그 친구의 오지랖에
기분이 좋으면서도 왠지 씁쓸한 건 왜일까.

au fait pour moi......

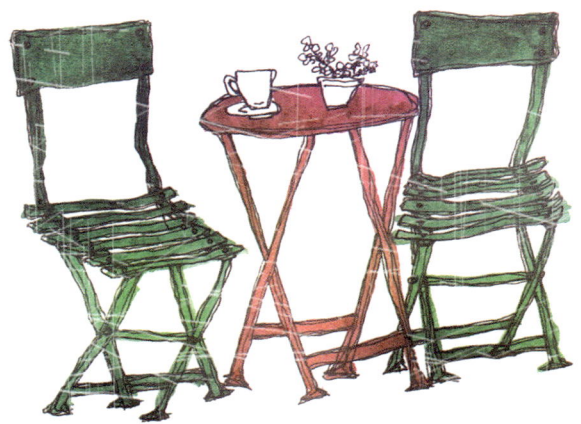

인생의
목표

"열심히 살고 있습니다."

보통, 유학생에게 바라는 대답들.

"그래도 우아하게 살고 싶어요."

적어도, 여기에서 만큼은 인생의 목표.
어쩌면 불가능할 …….

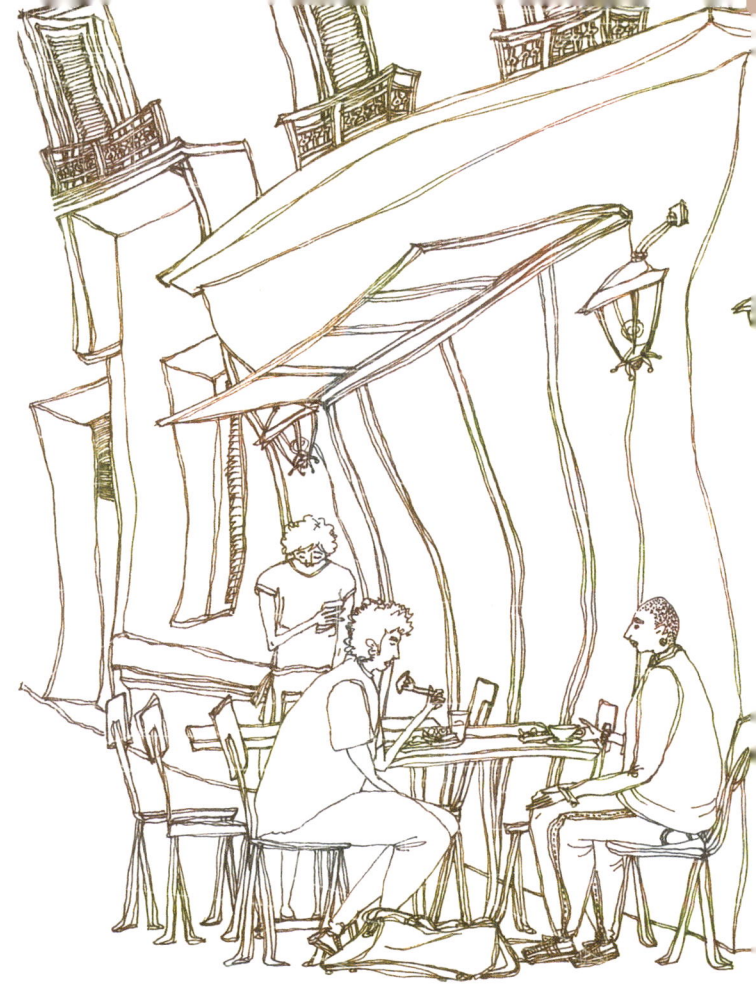

적어도, 여기에서 만큼은 인생의 목표.
어쩌면 불가능할 ······.

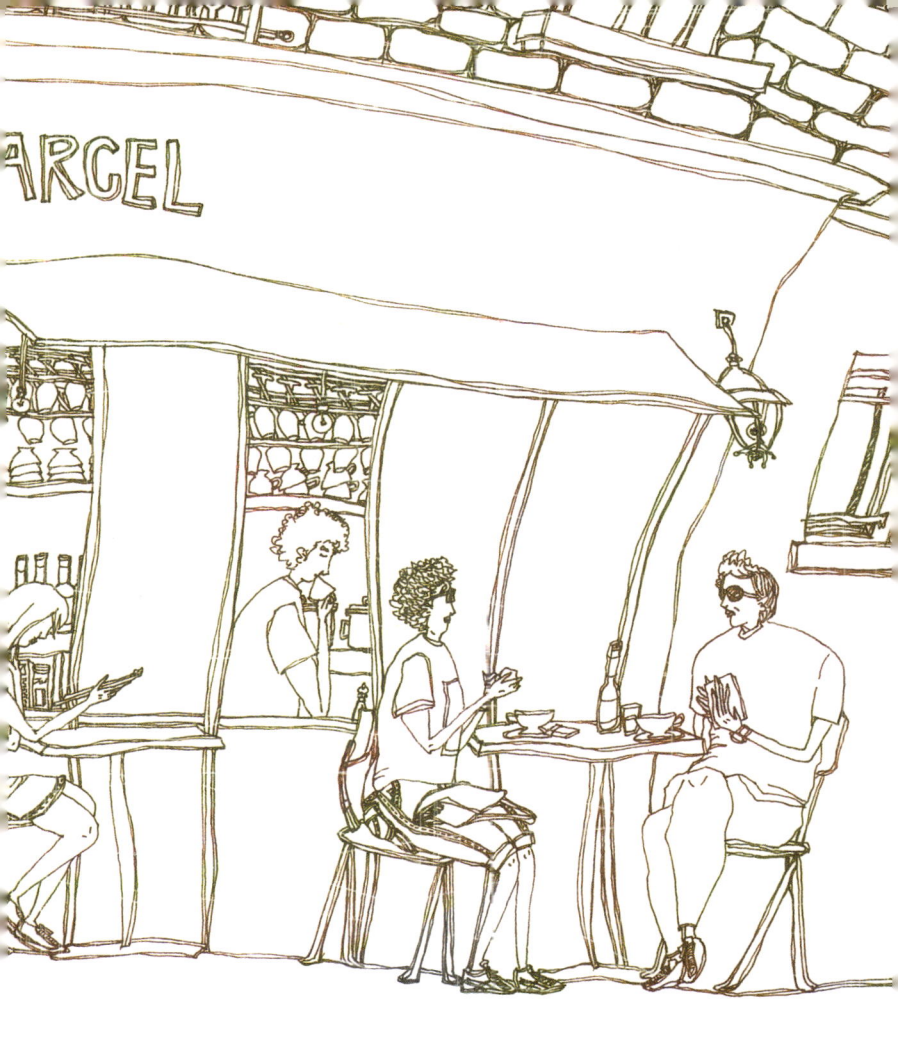

프랑스에서
잡채 만드는 방법

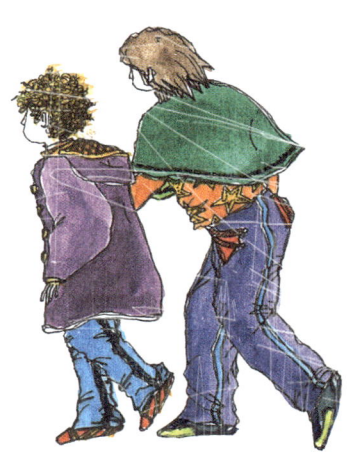

하나, 친구들을 부른다.
개중 요리 잘하는 녀석이 한두 명 있으면 더욱 좋다.
잡채파티하자고 꼬시면 대부분 넘어오기 마련.
이런 날에 보고 싶었던 얼굴도 보고,
식사도 같이 하니 일석이조가 된다.

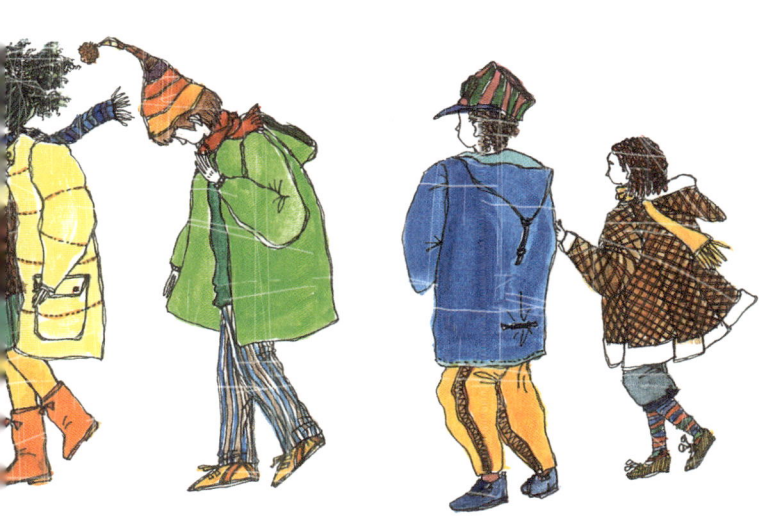

둘, 친구들에게 필요한 재료를 물어 장을 본다.
양을 제대로 가늠하지 못하면 두 번 장을 봐야 하므로 꼼꼼하게.

셋, 요리사 보조로서 최선을 다한다.
물이라 하면 물 떠오고, 냄비라 하면 냄비를 준비하고.
맛보라고 하면 열심히 받아먹고 백점만점에 이백 점을 준다.

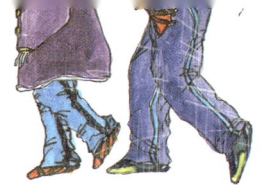

이리하여 프랑스식 잡채 완성!

프랑스 도착해서 처음으로 받게 된 한국발 소포.
걱정이 가득하셨던지, 소복이 챙겨준 엄마의 선물들.
'아주 특별하게 요리 못하는' 딸을 위해 몇 개의 캔 음식과
업소용 대용량 카레가루, 한국 유학생들의 국물을 책임지는 다시다.
그리고 정말 신기하게도, 큰 봉지 당면이 박스 안에 고이 담겨 있었다.

그때만 해도 인터넷 상의 블로그나 레시피 같은 것이
지금만큼 흔하지 않았기 때문에 요리법을 알아내기가 쉽지 않았다.
요리 못하는 순위 같은 게 있었다면,
1~2등을 다툴 정도로 심한 요리치였기 때문에
(그나마 유학생활 2년차 즈음 되니 조금 늘긴 늘었다. 세상에 안 되는 건 없는 듯하다.)

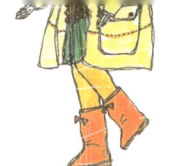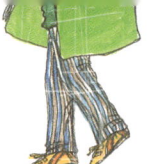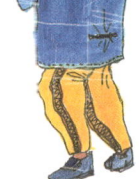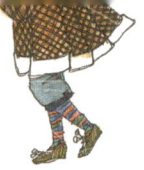

이런 재료가 생기면, 평소 얻어먹었던 것을 답례라도 할 겸
다른 유학생이나 한국 친구들을 불러 모아
기숙사 식당에서 한식 파티를 한다.

한국에선 참 흔하고 너무 쉽게 접할 수 있는 재료들인데 ……
오히려 장소와 시간의 제약 때문에
이렇게 소중한 마음들을 나눌 수 있구나 싶다.
어쩌면, 이런 핑계로 사람들과 함께할 수 있으니
요리를 못하는 게 다행인지도 모르겠다.

나는 투덜이

자주 하는 말이었던 것 같다.

힘들어.
피곤해.
죽겠다.
짜증나.

내가 그대와 함께 어깨를 나란히 하고
얼굴을 마주하고 있었을 때
함께여서, 그대 덕분에 소중했던 그 순간들을
저런 아픈 말들로 투덜거리고 상처 줬던 그때.

그때의 나에게,
좀 더 만족과 행복을 느낄 수 있는 여유가 있었다면.
아니, 적어도 그대가 얼마나 소중한지
함께한 그 순간들이 얼마나 소중했는지
지금만큼만 알았더라면

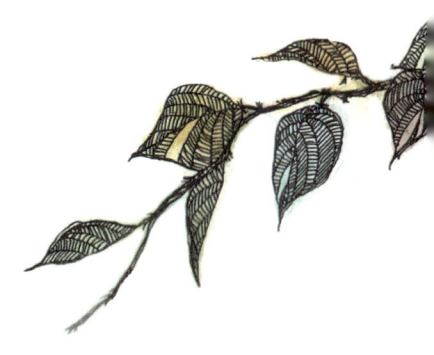

적어도 함께 있는 시간을
저런 말들로 아프게 하진 않았을 텐데.
그대에게 하고 싶었던 말들은
사실 저런 말들이 아니었는데.

그때, 그대가 있어서
내가 얼마나 빛나고 내가 얼마나 행복했는지.
내가 얼마나 밝게 소리 내어 웃을 수 있었는지.

이제는
아마도 그대에게 나에 대한 기억이
저런 단어로밖에 남지 않았을까봐
나는 또 투덜거린다.

하지만 지금의 투덜거림에
얼마나 많은 물기와 얼마나 많은 한숨이 담겨있는지
그대가 알까.

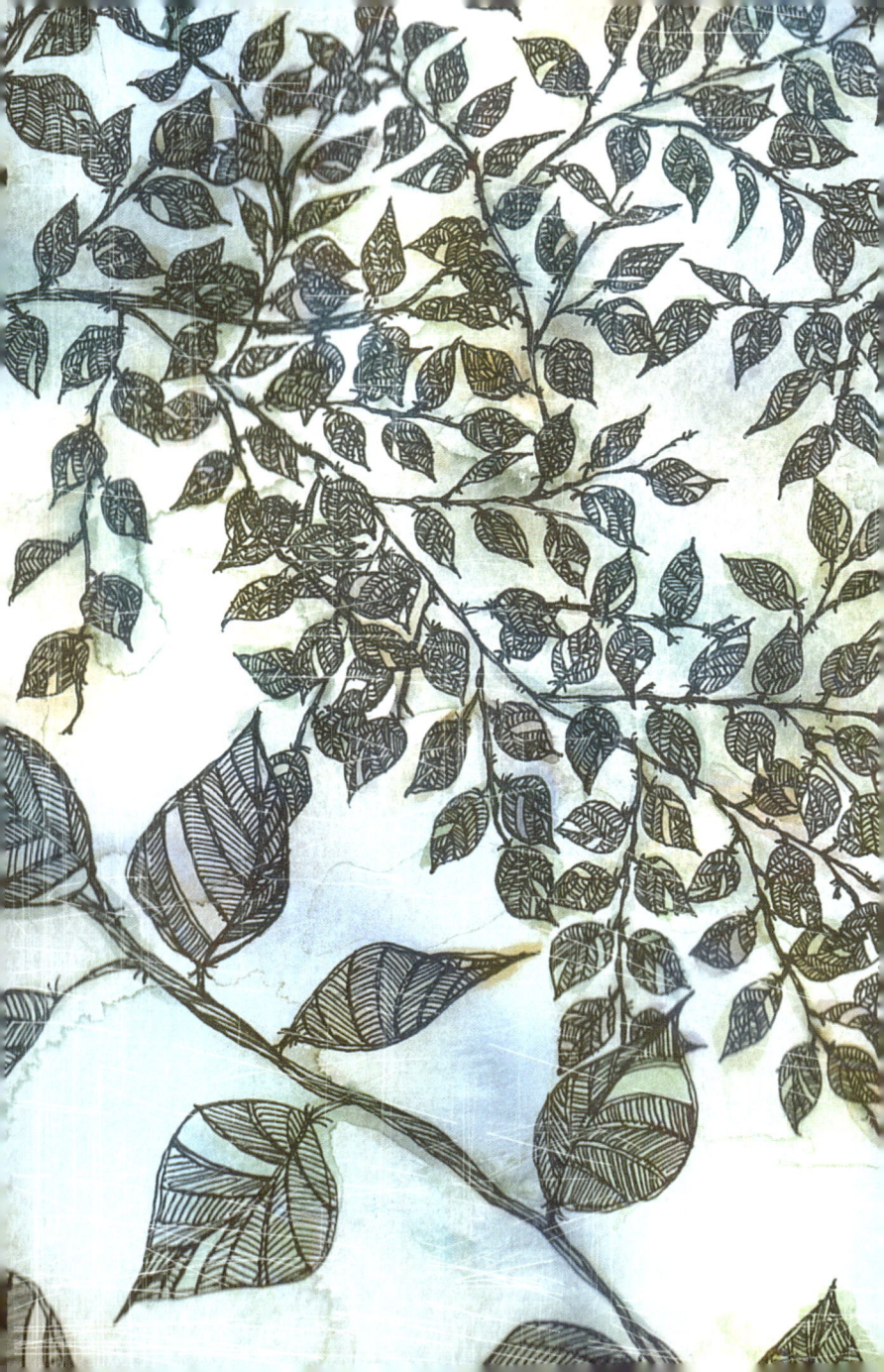

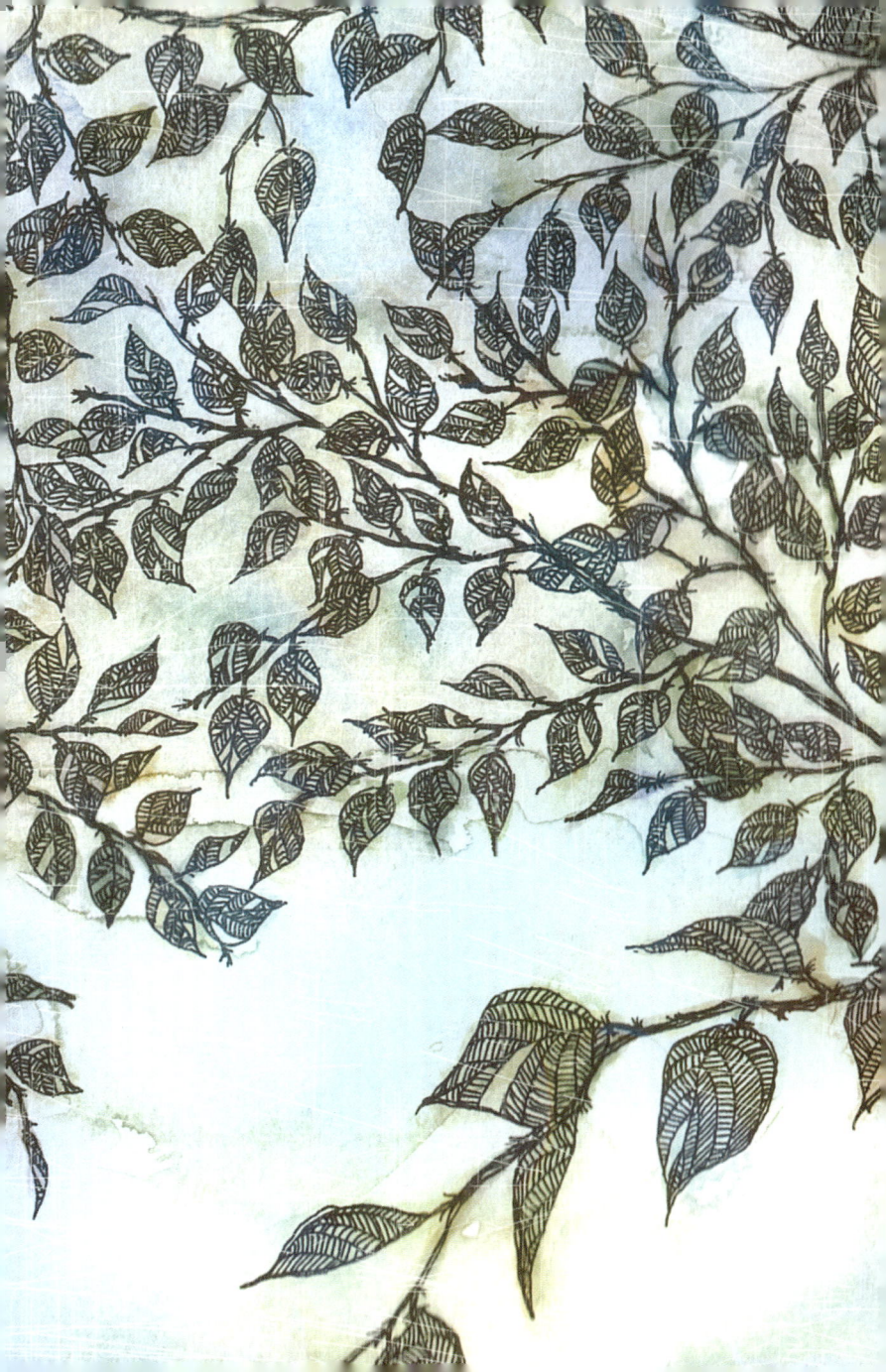

episode 35

크리스마스이브,
프랑스 친구의
초대

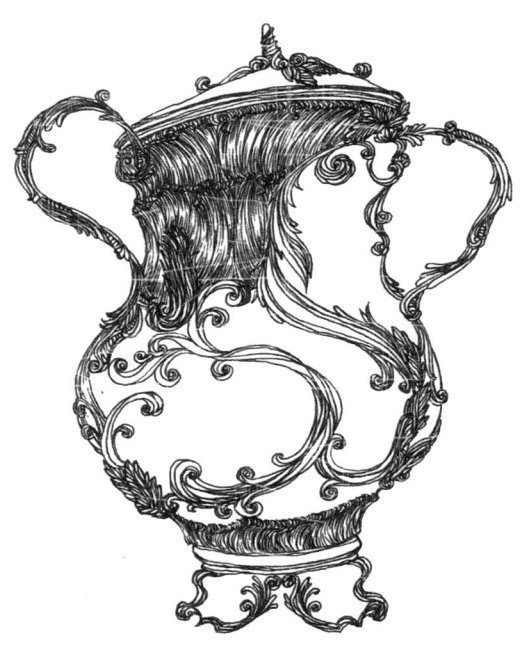

올해 크리스마스이브에는 알렉스Alex네 초대를 받았다.

프랑스에서, 크리스마스이브Joyeux Noël는
식구들이 모여 함께 식사를 하는 가족모임의 성격이 강하지만
이날은 알렉스의 여자 친구인
나쯔Nath, Nathalie(나탈리의 애칭)가 나까지 배려해서
굉장히 예외적으로 친구의 친구인 나도 함께 초대되었었다.

사실 이런 가족모임의 초대는 내게도 처음이라
조촐한 가족선물을 마련해 한국을 대표하는 마음으로
조신하게 참석했다.
프랑스에서 가족이니 나름 생각엔 얼마나 모일까 싶었는데,
세상에,
할머니, 할아버지, 사돈어른까지
모두 꽉 들어 찬 분위기에 좀 위축된다.

한 가지 독특했던 것은
크리스마스이브에는 불을 대지 않은 음식을 먹는 게 전통이라고 한다.
당연히 몰랐던 난, 눈치 보며 이거 다음에 뭔가 나오겠지 했건만
시간이 지나도 다른 음식이 나올 기미가 없어,
슬쩍 알렉스에게 물어보니 이게 다란다.
이 풍습이 프랑스 전통인지, 이 집안만의 가통인지는 잘 모르겠지만
어쨌건 그리하여 나온 요리는 분류로만 보면 꽉 3가지였다.

햄과 치즈, 그리고 바게트.

말리고 굽고 찌고, 생걸로 절이고 저미고,
둥글고 길고, 평면으로 넓고 직사각형이고,
신선한 소젖치즈, 숙성한 소젖치즈, 푸른곰팡이 염소젖치즈,
온갖 형태, 온갖 요리 방법으로 만든 엄청난 종류의 햄과 치즈들.
너무 많아 수를 세다 포기했지만 대충 봐도 무려 서른 개가 넘는다.

왠지 초대된 사람으로서 조금 섭섭한 마음도 없잖다.
일부러 위까지 완전히 비우고 왔건만,
저런 마른 애들만 식탁 위를 굴러다니다니.
알렉스 가족들 생각엔 손님을 위해
나름 맛있는 햄과 치즈들을 준비하고 수북이 얹어주는 친절을 베풀지만
어이구야, 가슴에 오만 개의 기왓장을 올려놓은 듯 내겐 위기상황이다.
초대는 감사하지만 과연 이걸 잘 먹을 수 있을까.

식사하면서 이야기는 기본, 음식에 대한 칭찬도 빠지면 안 되겠지 싶어
알렉스가 햄 중의 하나를 가리키며 '이거, 맛이 어떠냐?' 하기에
'이거 좋다.^{Je l'aime}' 했더니 기꺼운 표정으로 더 얹어준다.
내 말뜻은 그나마 이 중에서 젤 낫다, 그런 의미였는데.

나에게 할당된 접시 위의 햄과 치즈들을 겨우 해치우고
그보다 더 많은 바게트를 먹고 나니
컥, 나중엔 물도 다 느끼할 정도였다.

아, 프랑스 친구들의 초대는 언제나 놀랍지만
그 중 이번만큼은 정말 독특한 경험을 해보는구나.

짧은 경험이지만 프랑스 친구의 초대에서 음식을 남기는 것은
'사실 맛이 별로였어요.' 라고 하는 결례로 알고 있었기에
접시에 담아진 만큼은 최선을 다해 먹곤 한다.
그들은 먹는 것을 사랑하고,
자신의 먹거리와 요리에 대한 자부심이 대단해서
이방인인 나와 그런 문화를 함께 나누는 것에 굉장한 즐거움을 느낀다.

뭐, 그래도 이것도 하나의 경험일 테니.
내가 또 어디 가서
이렇게나 다양하고 많은 햄과 치즈를 맛 볼 수 있겠어.

프랑스에서 가장 큰 명절 중의 하나인 크리스마스에
혼자 외롭게 지낼까 걱정해주는 프랑스 친구들이 참 고맙다.
물론, 음식들은 며칠 동안 내 위장을 괴롭혔지만 말이다.

예전에 다른 프랑스 친구 집에 갔을 때도 느낀 거지만
내가 프랑스 음식에 정을 붙이고 완전 적응하게 되면
그땐 아마, 이 나라를 뜰 때가 아닌가 싶다.

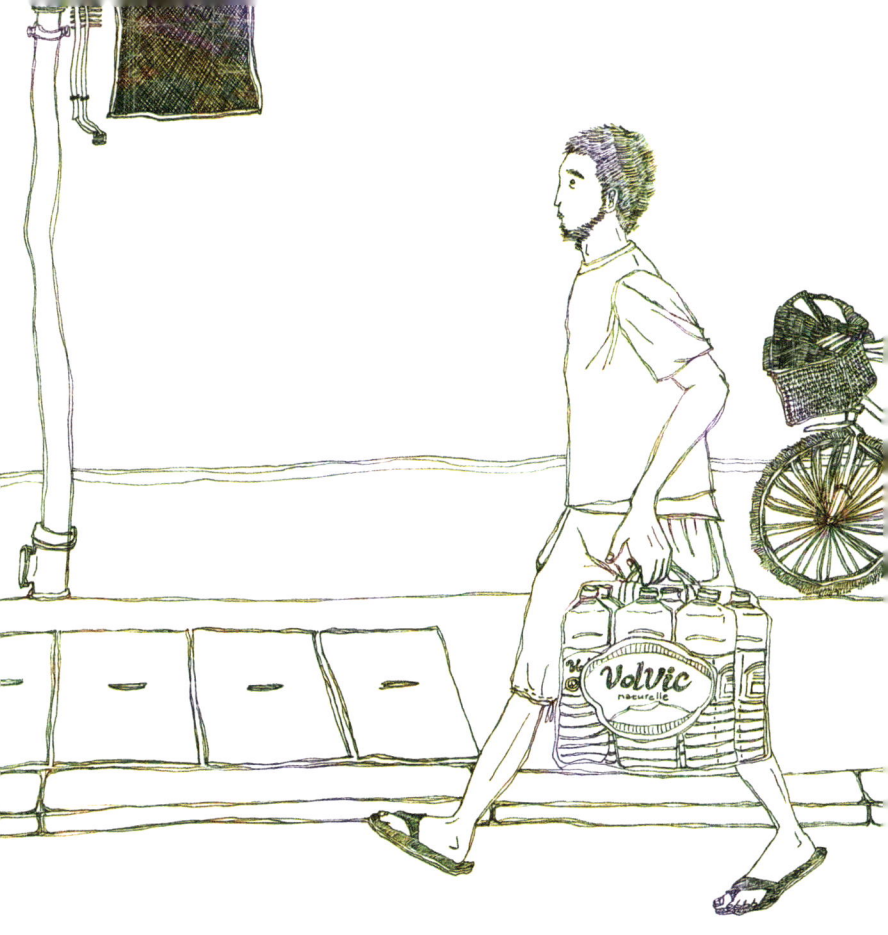

프랑스에는 우리나라와 달리 배달 문화가 없다.
나는 운전면허도 없고, 물론 차도 없다.

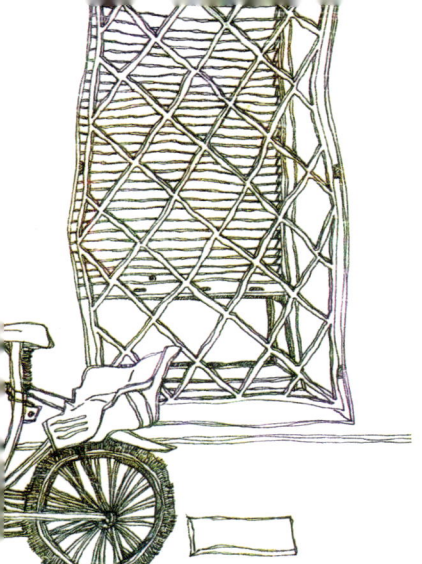

남
자 필
가 요
할
때

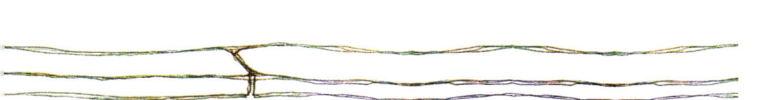

그래서 매주 물과 쌀을 사러 마트에 갈 땐,
정말이지 하늘에서 건장한 남자 하나,
뚝 떨어졌으면 좋겠다고 생각했다.

프랑스에서는 물건을 구입해도 배달이 거의 없으며,
일부 있는 경우 비용이 추가되는 형태이다.

운동을 시작하다

프랑스에 도착하고,
초반에 가졌던 약간의 설렘과 긴장감이 가시기 무섭게
나는 시름시름 아프기 시작했다.

문제는 밤에 혼자 끙끙대고 앓아도,
누구 하나 잔소리와 함께 약을 챙겨주거나
살갑게 보듬어줄 사람이 지금 내 곁엔 없다.
이를 절실하게 느끼고 있었기 때문에
가장 기본적인 건강관리는 당장 코앞에 떨어진 불이었다.

계절은 하루가 다르게 좋아지는 봄날,
나는 서서히 말라가는 가을 이파리 마냥 시들해졌다.
유학생활 내내 내 삶에 있어 마음과 정신에 드나듦이 많았던
친구 녀석이 공원으로 내 팔을 이끌었다.
매일 이 넓은 공원을 두 바퀴씩이나 뛰자고.

외모는 무늬만 건축학도였던 친구는
운동이며 건강관리가 기똥찼던 녀석이라

유학생들끼리 '저 녀석은 체대 지원하러 프랑스까지 왔을 거야.' 라고
키득거릴 정도였다.
'시작은 창대했으나 끝은 민망하리라.'
나는 공원 한 바퀴도 채 따라 돌지 못하고 1/3 지점에서
물먹은 소 마냥 헉헉 거리며 풀밭에 누워버렸다.

하늘은 높았고, 봄볕은 강렬했다.
아무것도 하지 않고 이렇게 하늘을 보며 누워있는데도
마음과 정신은 어지럽고 멀미가 날 듯했다.
아, 어디나 하늘은 다 똑같이 파랗구나.
같은 하늘을 공유하고 있는 거구나.
떠나온 지금의 나와 떠나오기 전 그때의 나.

한 바퀴를 돌아 지나가는 친구 녀석의 땀내를 느끼면서
아, 정말 저런 건강한 에너지를 절반만 수혈 받았으면.

그러나 알고 있었는지도 모르겠다.
진짜 아팠던 건.

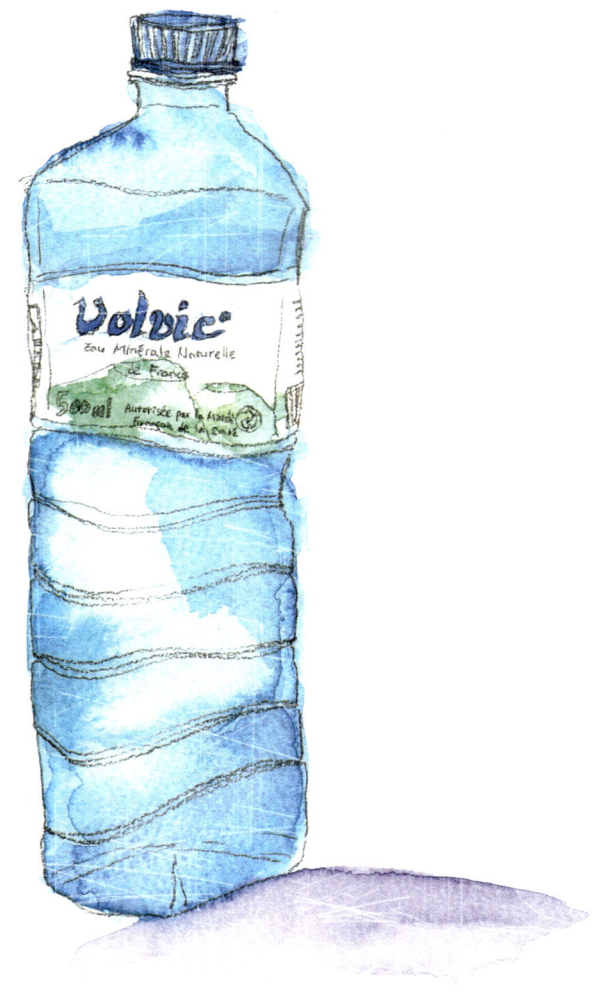

잠시 방향을 잃어버려 어찌할 줄 몰랐던
내 정신과 마음 때문이라는 걸.
떠나올 때만큼은 하고자 했던 게 너무 주렷해 보인다고 생각했는데
공부를 시작하는 순간, 종종 나는 방향을 잃어버렸다.
알 수 없는 불안감이랄까, 외로움이랄까.

뭔가 지속적인 확신이 필요했다.

'너무 달려서 그래' 라고, 핑계가 필요했지만
사실을 알고 있으면서, 그래도 인정할 수는 없었으니까.

친구의 이별 소식

내게 있어 아주 소중한 친구 하나가
남자친구를 뻥 차버렸다.

그 많은 세월을 함께 나누었는데도.
그 많을 미래를 함께 계획했었는데도.

그런데 나는 엉덩이에 바람이 들어 들썩했다.

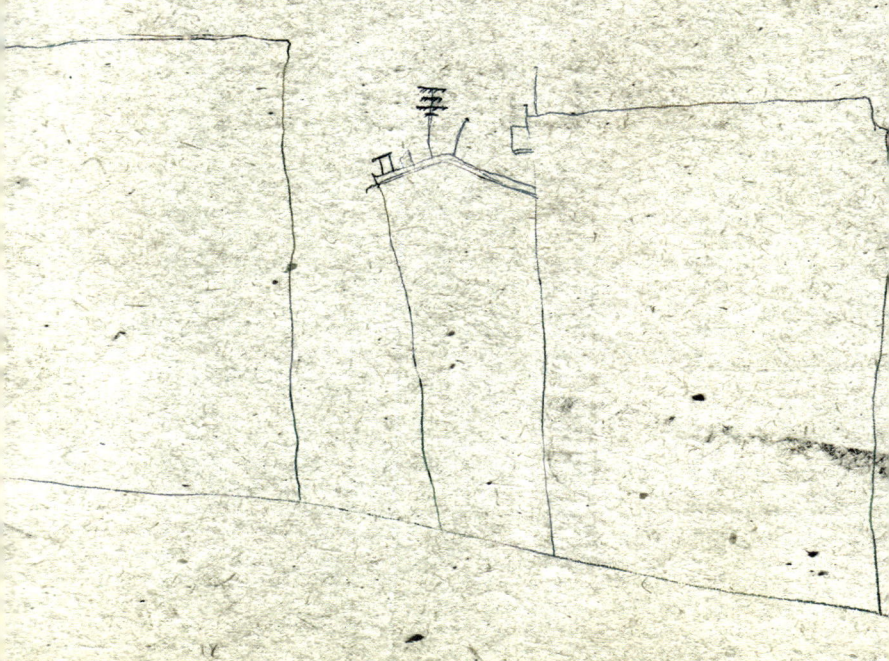

솔직히 말하면 그의 마음씀이, 엄청 맘에 안 들었거든.
친구의 행복을 빌어주진 못할망정 내 맘에 안 든다고
그 사람에 대해 왈가왈부할 거냐를 접어두더라도
최대한 객관적인 생각을 기준으로 판단해보면

내 친구는, 그 남자에게 너무나 과분했다.

그렇지만,
그래도 내 친구의 슬픔은 너무 무겁다.

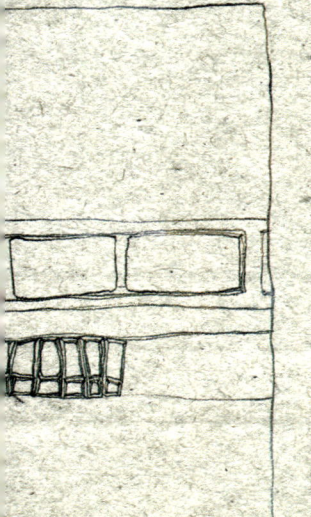

여름엔 꽃놀이

프랑스 하늘에 형형색색 꽃 같이 아름다운 불놀이가
밤하늘을 화려하게 수놓는 날.
유명하다는 가수들은 죄다 나와 유쾌한 축제와 파티로
하루를 채우는 그 여름 밤.
7월 14일, 'Le Quatorze Juillet' 라고 부르는 프랑스혁명 기념일.

간만에 들른 친구의 집, 지붕과 맞닿은 창가에 앉아
나는 친구 부탁으로 청바지를 적당히 찢어 리폼하고
친구는 그 녀석만의 유일한 요리인 카레를 만들고
하늘은 온통 반짝반짝 붉은 꽃으로 채워진 여름 그날.

일 년 중 이렇게나 특별한 날이지만
우리에겐 언제나처럼 일상의 하루.
그런데
아, 행복하구나.

어떤 고민이나 아픔도 없는,
마치 낭만고양이 같은 하루.

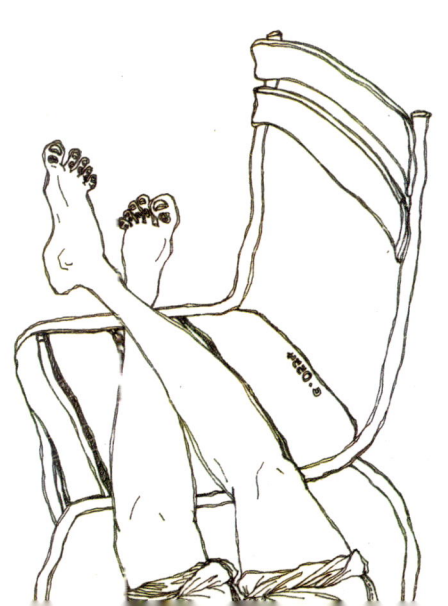

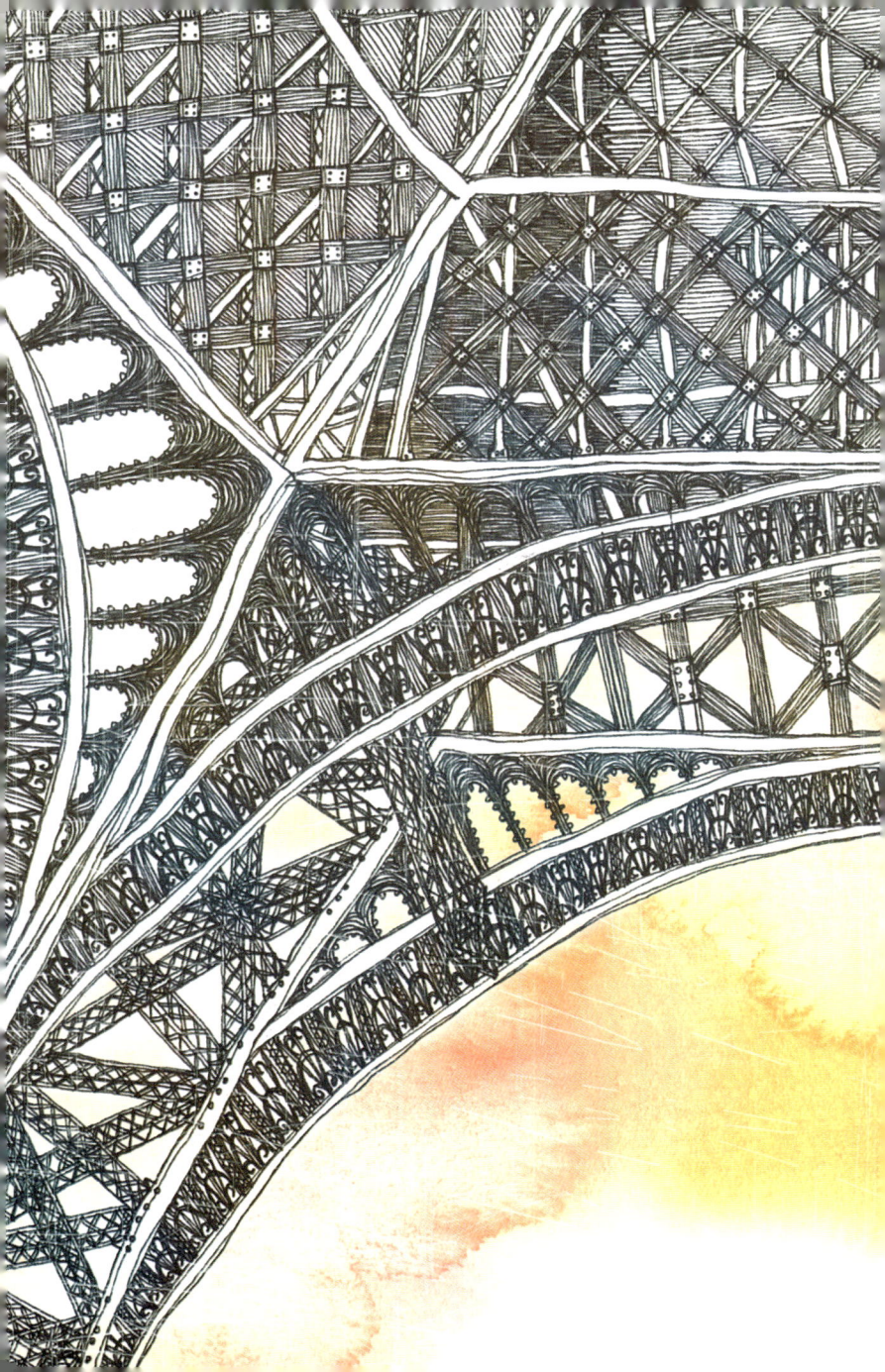

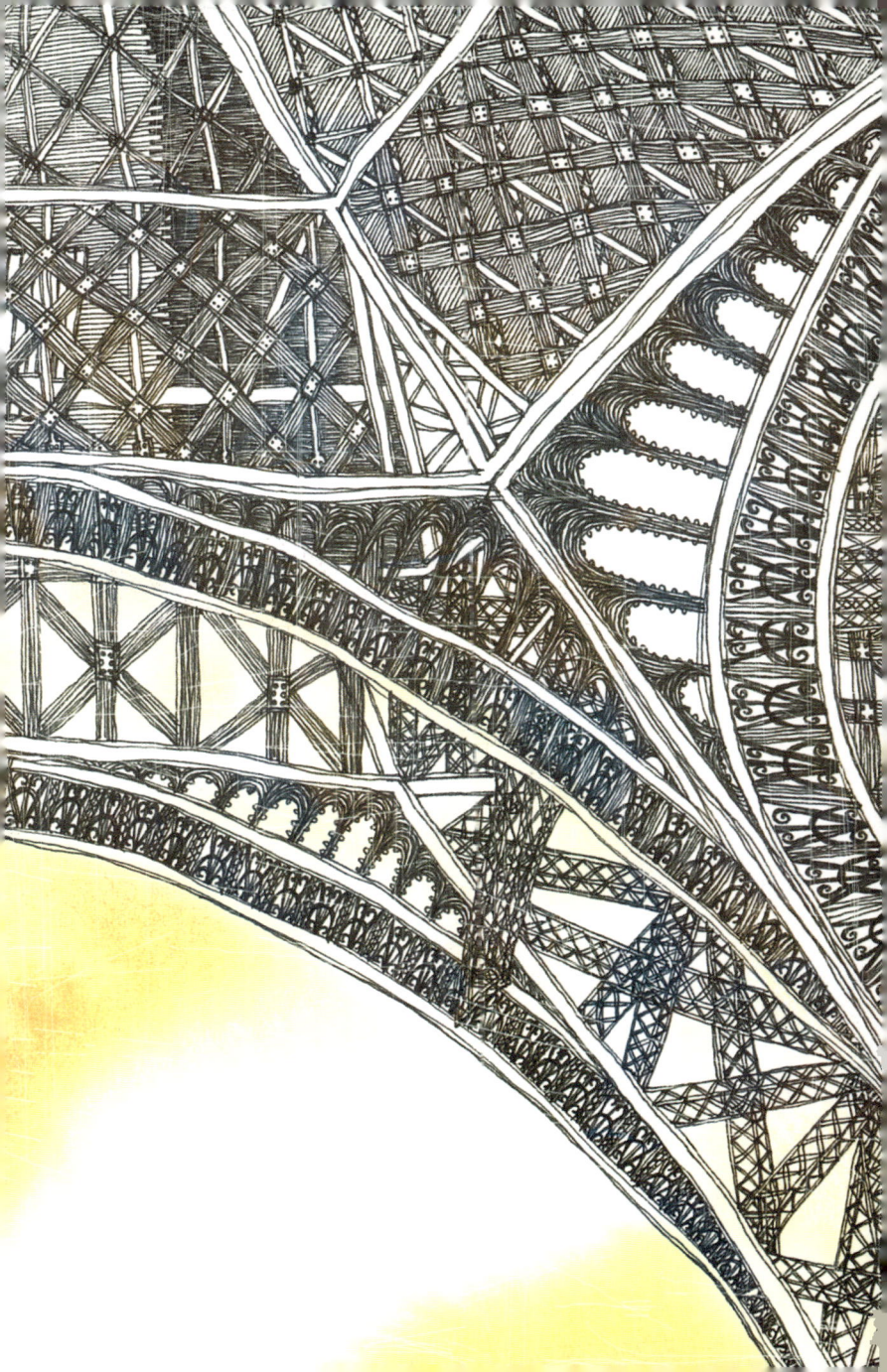

정문만이 통하는 길

- 언니, 난 아무리 빠른 지름길이라도 정문이 아니면 안 간다.
- 아니 왜? 난 어디든 빠른 게, 더 가까워 좋던데.
- 난 무조건 정문으로만 다녀. 그래야 학교도 제대로 가고
한방에 졸업할 거 같거든.

사람이 목표가 생기면 순수해진다던데,
어째 나란 인간은 그 반대인가 보다.
이 시기의 나는, 시험기간에는 계란도 먹지 않았고,
학교나 거리를 다닐 때도 비록 한참을 돌더라도 정문이 아니면
웬만해선 다니지도 않았다.
그게 무슨 상관이라고.
스스로가 참 작아지는 순간이다.
이렇게라도 위안 삼을 수밖에.

프랑스에 있을 땐 정말이지 내 주위를 돌아볼 수가 없었다.
그만큼 마음의 여유랄까, 편안함이랄까, 그런 마음보다는
하루하루가 뭔가를 꼭 해야 하는 하루, 혹은
뭔가 목표를 정해야 하는 하루라고 생각했고

그래야 조금이라도 더 마음이 편했으니까.
뭐, 그렇다고 딱히 뭔가 꽤 생산적인 걸 하지도 않으면서.

프랑스에 있으면서 가장 힘들었던 게
학교와 수업에 대한 스트레스였다.
어쩌면 굉장히 많은 공부를 했다기보다는
굉장히 많은 시간을 공부에 대해 생각했고,
그로 인해 스트레스를 받았었다.

'공부가 가장 쉬웠어요.'
지나보면 이런 편한 소리나 할지도 모르지만-
언제나 자신이 가진 짐의 무게가 가장 크고 힘든 법이니까.

후회하지는 말자.
그래도 때때로 조금 미련이 남는 것이,
그 소중한 시간들 동안 내가 놓쳤던 것들이 얼마나 많았을까?

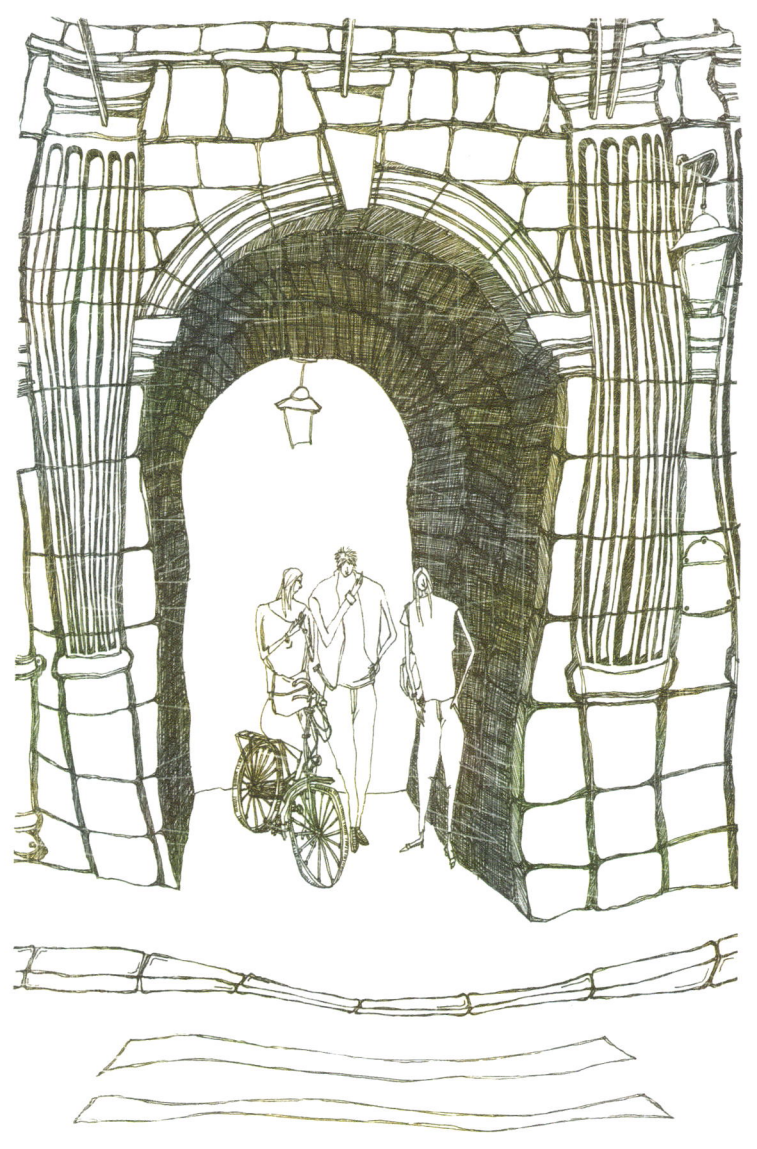

paris. france 146

학교에선 '공부' 가 가장 어려웠고,
회사에선 '회사를 잘 다니는 게' 어려웠고
집에선 '착한 딸 되는 게' 가장 어려웠다.

하지만 미래, 앞으로의 삶에서
나에게 붙을 타이틀과 책임감은 더 많아질지도 모르겠다.
또 그때가 되면 그런 생각을 하게 되겠지.
너무 힘들구나.

그래도
그 짐 아래 묻혀 스스로가 틀 안에 갇히지는 말았으면.
최선은 다해야겠지만 그게 뭐라고,
적어도
나 자신을 잃어버리진 말자고.

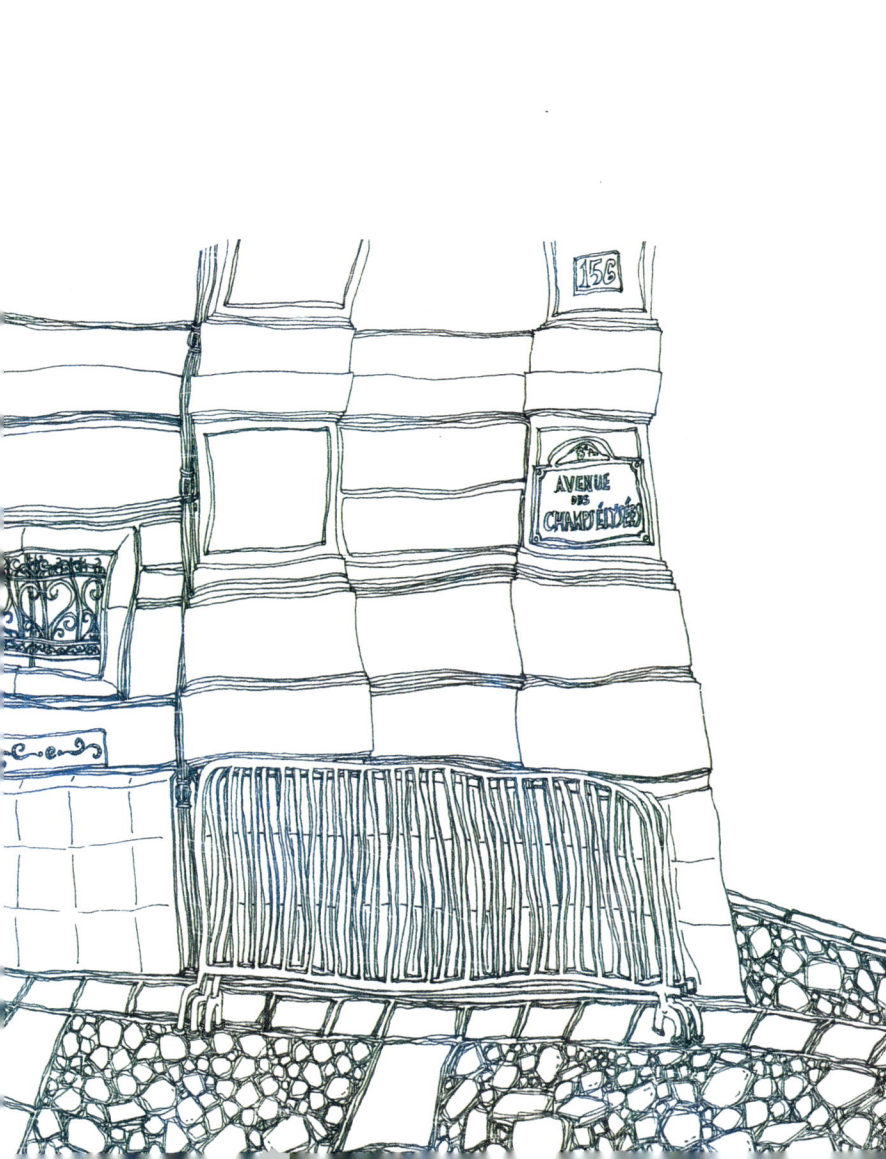

떠나는 사람의
빈자리

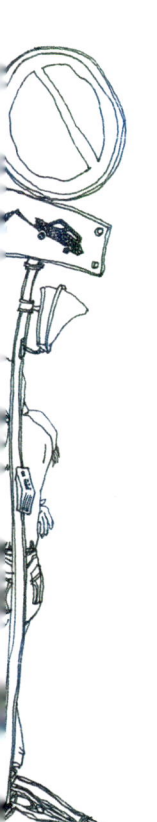

먼 타국에서 혼자 생활한다는 것과
사람에게 내 마음을 준다는 것.
그건 나중을 기약함에도 못할 짓이었다.
잠시겠지만, 결국 떠나보내야 하는 마음 아픈 일.

무지 길지는 않았지만 그렇다고 짧지도 않았던 유학기간.
친했던 지인이 여행 삼아 놀러왔다가
한 달여를 함께 꼼지락거리다 일상으로 돌아갔다.

이러저러한 이유로 네 명이 부대끼며 와자지껄 지냈던
친구의 집에서 짐을 싸고 기숙사로 돌아온 지 얼마,
그리고 그 몇 달 후,
요리 못하는 유학생 상위 3%였던 나를 위해

온몸으로 먹이고 이거저거 챙겨주었던
꼬맹이 녀석이 연수를 마치고 한국으로 돌아가고.

정말 참을 수 있을 거라 생각했는데,
꼬맹이 녀석을 기차역에서 보내고 돌아오는 길에
길을 걷다 문득, 해에 비껴 길어진 그림자를 보니
혼자 그렇게 서 있는 그림자에게 한숨이 나왔다.

정말이지 내 안으로 들어오는 사람의 공간과 숨결은
좀처럼 느낄 수 없을 정도로 부지불식간에 스며드는데
떠나는 사람의 공간과 자취는 왜 이리도 크고 거대한지 모르겠다.

나는 좀처럼
멋지게 사람을 떠나보내는 스타일은 아닌가 보다.
그렇게 쿨하기엔 너무 미련이 많았고 감정이 많아서,
그렇다고 솔직하게 내 마음을 다 보여주기엔 너무 소극적이어서
혼자 돌아서서 아파하는 스타일이었나 보다.

기숙사로 돌아오니,
하나 둘 친한 이들을 보내는 내 위태위태한 모습이 가여웠을까,
지인의 선물이 문 앞에서 나를 기다리고 있었다.
반쯤 남은 술병과 포스트잇에 작게 적은 글씨.

'오늘 같은 날은 이런 친구도 필요할 거 같아서'

함께했을 때 왜 좀 더 솔직하고 적극적으로 끌어안지 못하였을까.
왜 늘 지나고 나면.

정말이지, 이날만큼은
술을 마시지 않고, 술병을 끌어안은 것만으로도
충분히 취할 만큼 솔직해졌다.
다음 날 눈물이 말라버릴 정도로 펑펑,
친구들의 빈자리를 눈물로 채웠으니까.

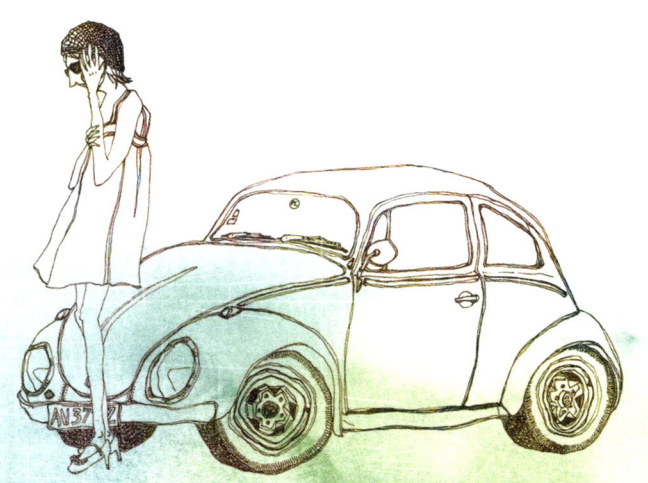

episode 42

차를
얻어 타다

몇 번 차를 얻어 탈 기회가 있었는데
지금 생각해보면, '외제차'를 탄 셈이다.

가장 황홀했던 기억은
타자마자 미터기가 올라가던 빨간색 벤츠 택시를 탔을 때이고,
가장 놀라웠던 기억은
친구 나쯔Nath의 할아버지가 타다가 물려주셨다는
정말이지 차 뒤통수를 한 대 툭 치면 '에헴' 하고 기침이라도 할 듯한
적어도 30년은 넘어 보이는 프랑스 국민차 르노를 탔을 때이다.
이 르노 씨 보조석 앞문은 거의 열리지 않아서
(적어도 내가 탈 땐 열린 적이 없었다.)
항상 운전석을 통해 타야 하는 문제가 있었다.

출장 차 이곳에 왔던 지인 덕에 타봤었던 빨간색 벤츠는
정말이지 프랑스에 있는 차 치고 드물게도
에어컨이 제대로 갖춰져 있어 놀라웠고(프랑스에서는 놀라운 일이었다.)
르노 할아범은 당연히 100% 자연바람을 장착했었다.

내 주변 사람 대부분은 아무래도 학생이었기 때문에
차를 가진 오너들은 가족들이 대를 이어 타다가
대부분 어느 한 곳 이상은 멀쩡하지 않은
세월이 고스란히 담긴 차를 가지는 게 일반적이었다.

그러다 보니 그 외에도 몇 번, '외제차'를 얻어 탈 기회가 있었지만
르노 할아범과 형 아우를 다툴 만큼 오래된 분들이라
농담 삼아 "한국 가면 씨트로엥 얻어 탔다고 자랑해야 겠네요." 하니,
이번에는 차문이 잘 열리니 잡고 타야 한다기에 집으로 가는 내내
손잡이를 부여잡고, 그렇게 웃고 넘겼던 기억들.

내 생에 그렇게 빈티지스러웠던 차들을
다시 타보기란 쉽지 않을 것 같다.
적어도 한국에서 사는 동안이라면.

불편하지만 그래도 꽤 운치는 있었는데.
하지만 멀리 가는 건 좀 힘들었다.
차가 아니라 얻어 타는 내가 말이다.
언제 쓰러질지 모르는 어르신을 모시고 가는 기분이랄까.

나
의

아 아
빠, 버
지

딱히 경상도 남자라 대놓고 말하지 않아도
그냥 서 계시는 자태만으로 충분히 알 수 있을 만큼
인색하신 감정 표현으로 좀처럼 그 속내를 알 수 없는
나의 아빠, 아버지.

아무래도 인터넷에 익숙지 않은 분이라
때때로 손 글씨로 부모님께 편지를 쓰곤 했었는데
아빠께 만큼은 생각대로 표현이 잘되지 않아
마음처럼 따뜻하게 대해 드리지 못한 미련이 많다.

보고 싶은 마음 가득, 책상 앞에 앉아도
편지지에 쉽게 써지지 않는 표현들.
보고 싶다 쓰기 시작하면 너무 아픈 편지가 될까 싶어
그저 잘 있다는 말만 십 여 번, 반복하고 또 반복했던 편지들.

학교 과제에 완전히 지치고 힘들었던 어느 날,
아빠께서 보내주신 편지가 도착했다.

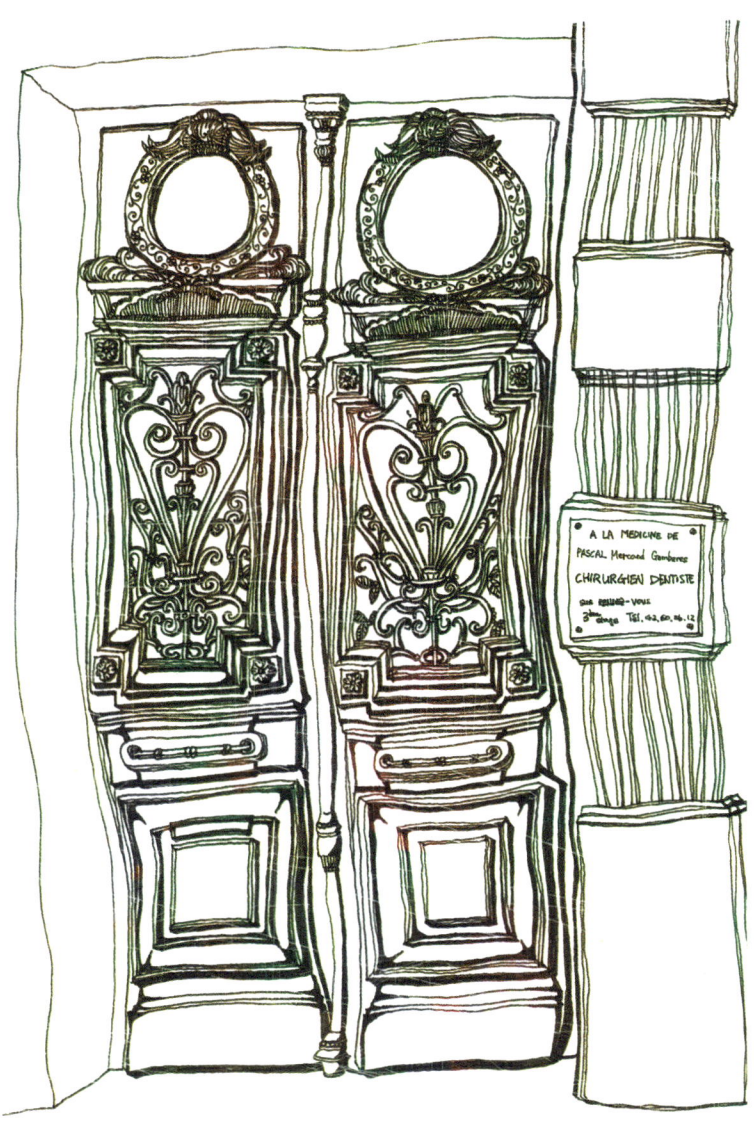

A LA MEDICINE DE
PASCAL Mercand Gombares
CHIRURGIEN DENTISTE
Sur RENDEZ-VOUS
3ème étage Tel, 42, 60, 16, 12

paris. france 156

가을이라, 뒷산 단풍이 곱게 들어
책 속에 끼워 일주일여를 말려 함께 보내주신 편지.
가을이 오고 계절이 흐르고 있음을 느낄 수 있도록
한국의 가을을 편지에 담아 넣어주신 아버지, 당신의 마음.
편지지 사이 삐죽이 튀어나온 단풍의 붉은 잎사귀가
그날따라 지쳤던 마음을 얼마나 위로해주던지.

함께 있었을 때,
일상의 피곤에 지치고 아버지란 이름의 무거 감에
아마도 잔뜩 기울고 처져 있을 당신의 그 어깨를
한 번이라도 제대로 느꼈던 적이 있었던가.

좀처럼 표현이 쉽지 않은 나의 아빠, 아버지처럼
나 또한 머리가 아는 것을 좀처럼 표현하기 쉽지 않은 마음.

아빠, 미안.
정말 미안해요.

오늘만큼은, 꼭
손 편지에 당신께, 한 자 한 자 정성스레 적어본다.

사랑합니다.
나의 아빠, 아버지.

너무 솔직해서 미안해

'옳다' 라는 것이 과연 어떤 정의와 기준에 의한 것일까.
왜 이런 이야기를 하고, 주장을 하고 싸움을 하는지 이해할 수가 없다.
세상에서 장담할 수 있는 것은 거의 없다는 걸 알고 있으면서.

사람의 생각과 이해력과 성향들은
마치 컵 안에 담긴 물처럼 컵의 형태에 따라
많은 시간과 경험과 숙성을 통해 달라지겠지.

왜 이렇게나 솔직하게 생겨먹은 마음일까 싶다.
듣고 싶지 않은, 강요하듯 이해되지 않는 이야기들,
그런 일방적인 이야기들은 그 자체가 왠지
'내 주장을 들어라' 하고 명령하듯 느껴진다.

사람은 언제나 자기 자신의 우물 안에서 산다.
그 우물 안에서 자신이 만든 크기의 희로애락을 즐기고 느끼며
자신의 그 생각 안에서 모든 것이 옳다고 생각하고 사는 것이겠지.

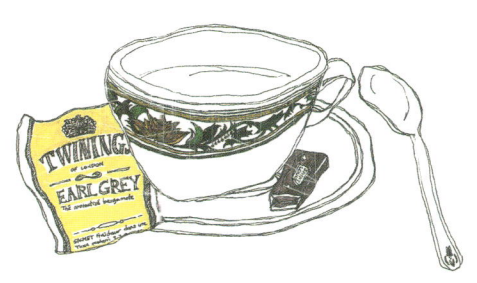

내 우물과 다르다는 이유로
남의 우물에 무책임하게 돌을 던지는 행위.
어쩌면 사람들은 무수히도,
그리고 아무렇지도 않게 그런 행위를 하고 사는지 모르겠다.

내 우물의 깊이와 넓이는 내가 얼마나 어른이 되고
내가 얼마나 받아들이고, 진심으로 이해하고 실천하는가에 따라
분명 달라질 것이라 생각한다.

지금 그리고 내일.
그리고 또, 하루하루가 지난 그 미래의 어느 날.
그때 느낄 수 있는 일.

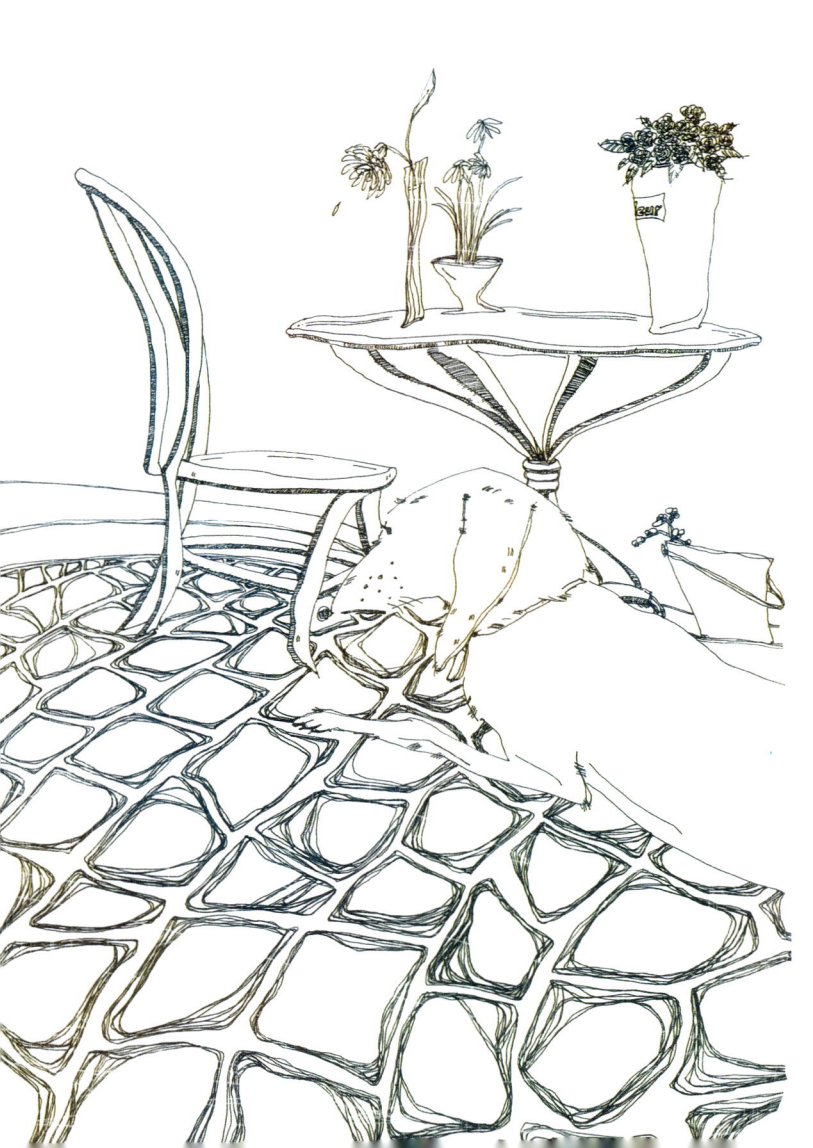

슬픔에
갇히다

아무리 생각해도 답이 나오지 않을 것만 같을 때,
시간은 내 편이라고 열심히 생각하지만
비교적 공평한 기쁨과 슬픔의 시간이 존재허
그리고 그 언제일지 알 수 없는 기쁨의 시간,

그게 참 힘들다.
슬픔의 길이가 너무 길다.

잊고 지내려 하다가도 울컥
어떻게 해야 할지 몰라 하는 내가 불쌍하다.
나만 이렇게 힘든 건가, 억울하고 속상한 마음.

때로는 세상의 모든 슬픔들이 마치
내게만 창을 겨누고 있는 것 같아
나는 그저, 존재하는 것만으로
세상에서 가장 작고 초라하기만 한 것 같다.

캡
틴, 오
   마
   이
   캡
   틴

프랑스에서 외국인으로 생활한다는 건
때때로 원치 않는 차별을 받을 수 있다는 걸
전제로 한다.

그들은 의도하지 않았을지도 모르지만
그리고 아주 사소한 부분일지도 모르겠지만,

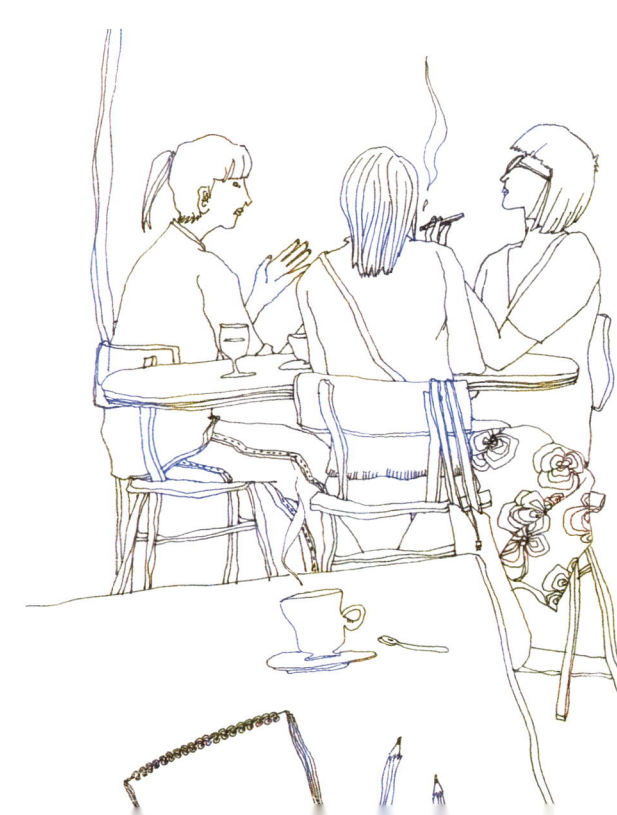

어쨌건, 차별을 받았다고 생각하는 그 순간.
그것도 학교라는 비교적 공정해야 할 공간에서,
졸업하는 순간까지 함께해야 할 한 스승에게서,
딱히 내가 뭔가 잘못해서가 아닌, 알 수 없는 이유로
뭔가 좋지 않은 느낌의 다른 대우를 받았다는 것.
정말 그 서러움과 억울함의 크기는 표현할 수 없을 정도다.

여태껏 정말 열심히, 꿋꿋하게 잘하고 있다고
다독거리고 있었는데
어쩌면 나도 모르게
서서히 퇴적되어 쌓여 있었던
서러움이었을까.

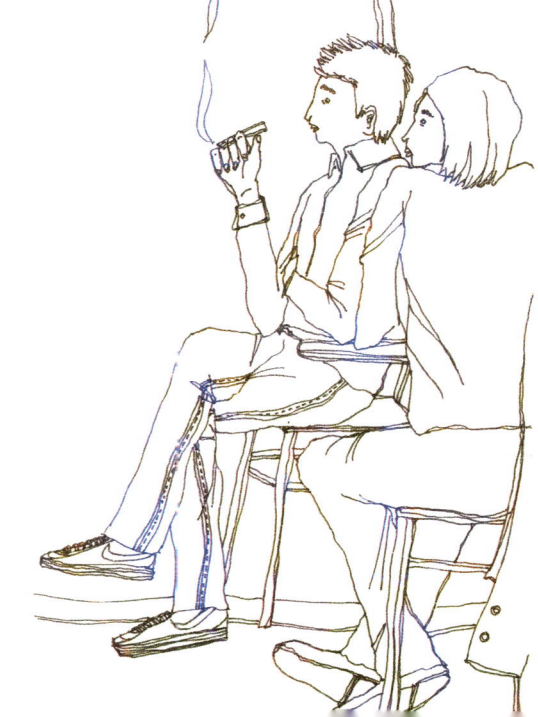

그 다음 수업 교수님인 M. 까데^{M. Kadar}와 다음 프로젝트를 이야기하는데
나도 모르게 참았던 눈물이 주룩주룩 흘러나왔다.

M. 까데는 남의 나라에 와서 공부한답시고 고생 많다고
종종 챙겨주기도 하고, 따뜻한 말도 건네 주셨던 분이어서
뭐랄까, 그래도 내 편이 내 옆에 있구나, 그런 생각이 든 걸까,
몸과 마음과 얼굴이 솔직해지기 시작했다.

눈물이 콧물이 되고 콧물이 눈물과 섞이고
어느 순간 말도 못하고 고개 숙이고 있는데
친구 나쯔^{Nath}가 이전 수업시간에 있었던 일을 설명한다.
내심 고맙게도, 이런 훌륭한 친구 같으니.

그 순간 그의 인자한 눈빛과 마주쳤다.
그 아버지 같은 눈빛으로 나를 가만히 보기만 했던 그 순간.
마치 시간이 정지된 것 같았던 그 순간.

그는 딱 한마디만 했다.

"지금처럼, 잘하고 있으니까 그러니까, 괜찮다."

그때였다.
갑자기, 눈앞에 선 이 지적이고 나이 든 남자가 좋아지기 시작했다.
어쩌면 조금은 불경스러운 존경의 의미로,
그를 좋아했는지도 모르겠다.

그는 여름엔 색깔 양말이 보이게 가죽 샌들 신는 것을 즐겼으며,
철 수세미는 저리가라 할 정도의 지독한 곱슬머리였으며
약간의 매부리코, 구릿빛 피부색과 검은 머리의 유태인 출신이었고,
활짝 웃는 웃음보다는
고개를 약간 숙이고 삐딱하게 미소 짓는 편이었으며
365일 옆구리에 늘 어려워 보이는 책을 끼고 다니며,
우리 학교 거의 모든 이들이 괴로워하는 철학을 가르쳤다.

그럼에도 불구하고
그 모든 그의 모습들이 곱게만 보였던 그때엔
아버지 같았던 그 눈빛에 힘을 얻었고
그의 미소와 조언에 가슴 두근거려 했었다.

이만큼 나이가 들었으면서도
때늦은 사춘기 소녀 마음처럼.

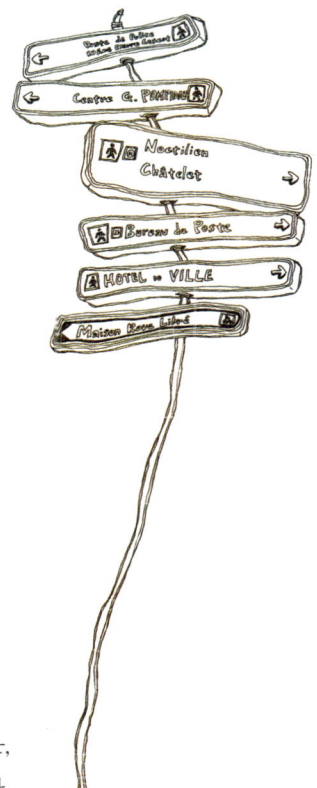

그리고 가끔은,
그의 눈빛과 미소가 지금도 그립다.

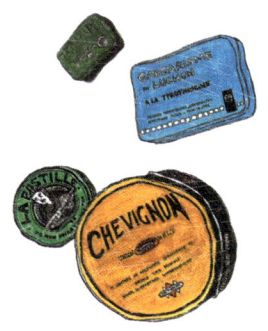

혹독한 봄 감기

하루 종일 정신이 멍하니 늘어진다.
마음에서 먼저 감기가 오더니, 오늘은 온몸에서 소리를 지른다.
병원에 가서 꼬이는 혀로 온갖 아픈 척은 다했는데,
의사선생님은 괜찮으니 약만 삼 일치 먹고 말란다.
쳇, 마음을 치료할 수 있는 약도 달라고요.

약봉지를 쥐고 메마른 거리를 열에 들떠 흐느적 걷고 있다.
여러 가지 생각들이 얽히고설키듯 많이도 떠오른다.

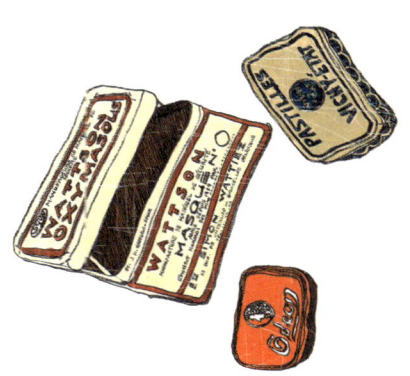

기분이 좋기도 하고 나쁘기도 하고,
지난 일이 생각나기도 하고 잊히기도 하고.
누군가는 또 죽고, 누군가는 또 잊혀지고.

또 다시, 봄이구나.
시간은 어쩌면 그렇게 흘러가는 건데.

때로는
내가 나를 이렇게 낭비하고 있는 것처럼.

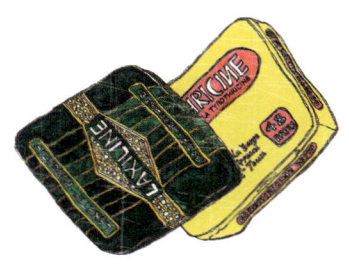

프랑스식 배려

미대 학생들을 위한 영화주간에 나쯔^{Nath}와 영화를 보고 왔다.
감독도 유명하고 영화 역시 상을 주렁주렁 여기저기서 많이도 받았건만
스토리 자체는 좀 난해하여
몰입이랄까, 감동이랄까, 그런 게 쉽진 않았더랬다.

그나마 내가 집을 떠나 객지에 있는 입장이어서
주인공의 가족 이야기 부분에서 툭, 감정이 터져버렸다.
그간 참아왔던 그리움과 향수병으로 눈물 콧물 다 짜내면서
참 우아하지 못한 얼굴로 영화관을 걸어 나오는데, 나쯔가 묻는다.

　"영화 어땠어?"
　"아, 그냥 뭐랄까.(홀쩍홀쩍) 좀 어렵긴 한데 ……. 좀 묘하더라."
　"그래? 난 별로였는데."

헉. 그 한마디에 쏟아지던 눈물 콧물이 쏙 들어가 버린다.
내가 얼마나 펑펑 울었는지 벌건 얼굴만으로도 충분히 알 수 있으련만

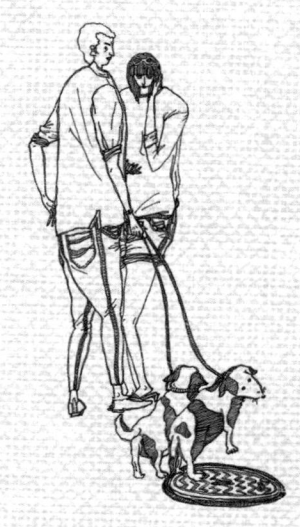

그렇게나 솔직한 입이라니,
게다가 다시 한 번 내 얼굴을 시니컬하게 들여다보네.

  '어우, 깜짝이야. 이번엔 무슨 말을 하려고?
  "배고픈데 뭐라도 먹고 들어갈까? 울어서 더 배고프겠다."

아하, 역시 모르는 건 아니었네.
그런데도 저렇게 솔직할 수 있다니, 신기할 지경이다.
자신의 감정에 대해서만큼은 정말로 분명하고 솔직한 사람들.
이후로도 나쯔와 다른 프랑스 친구들이
이런 식으로 나를 놀랜 건 꽤 된다.

뭐, 배려해주는 척하는 것보다는 낫지만.
때때로 내가 아직도 이 문화에 적응하지 못한 걸까. 그런 놀라움.
아니면 사실에 기반을 둔 오히려 담담한 프랑스식 배려일까.
어쨌건, 내가 마음의 준비를 좀 할 수 있게 시간을 달라니까.

episode 49

밥에,
그리움

김이 모락모락 나는 하얗고 찰진 따뜻한 밥. 밥. 밥.
엄마가 해준 밥이 그립다.
한국에서도 밥을 끼니마다 챙겨먹던 성격은 아니었건만
진심으로 밥이 그립다.

며칠째, 우유에 젖은 시리얼로 연명 중이다.

이번 학기에 중국 애들이 어학 코스로 잔뜩 왔다더니만
마트에서 한 달이 다 되도록 쌀이 품절이란다.

이럴 수도 있구나.

아, 밥.

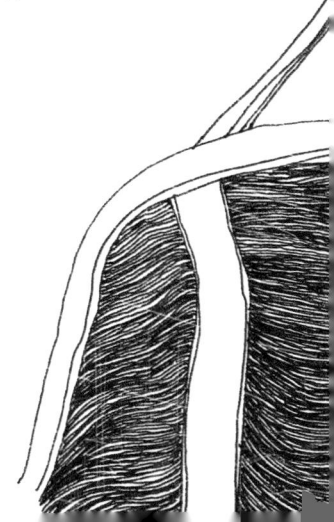

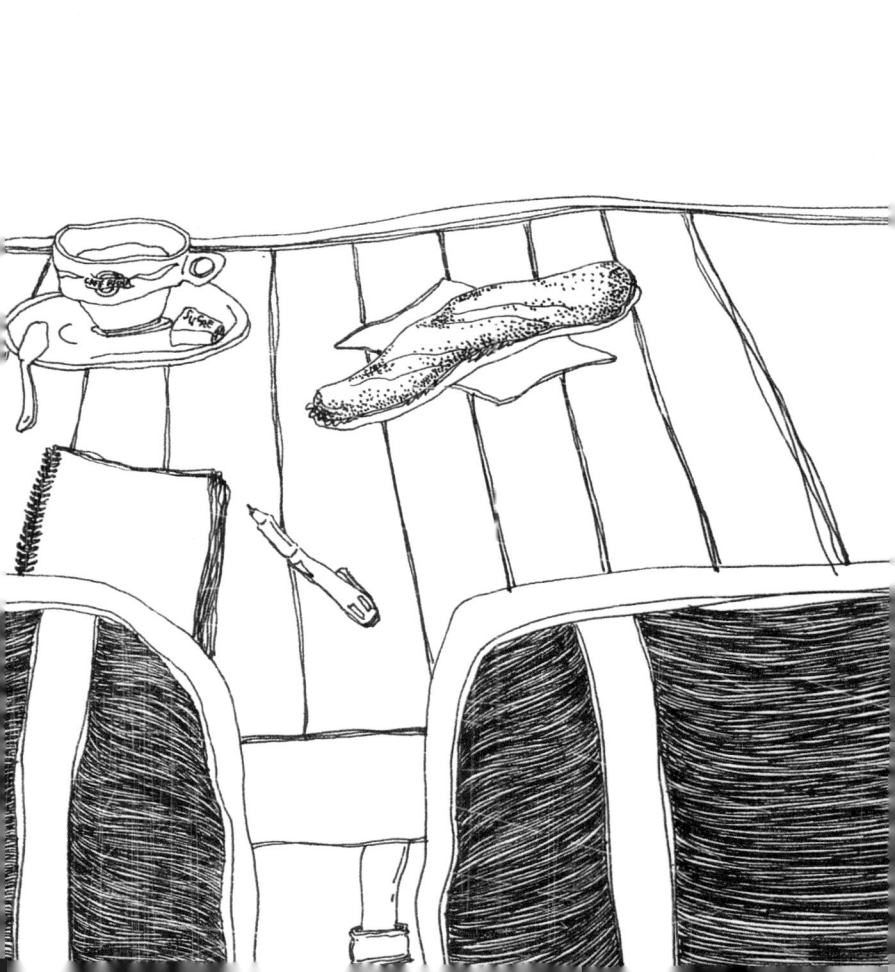

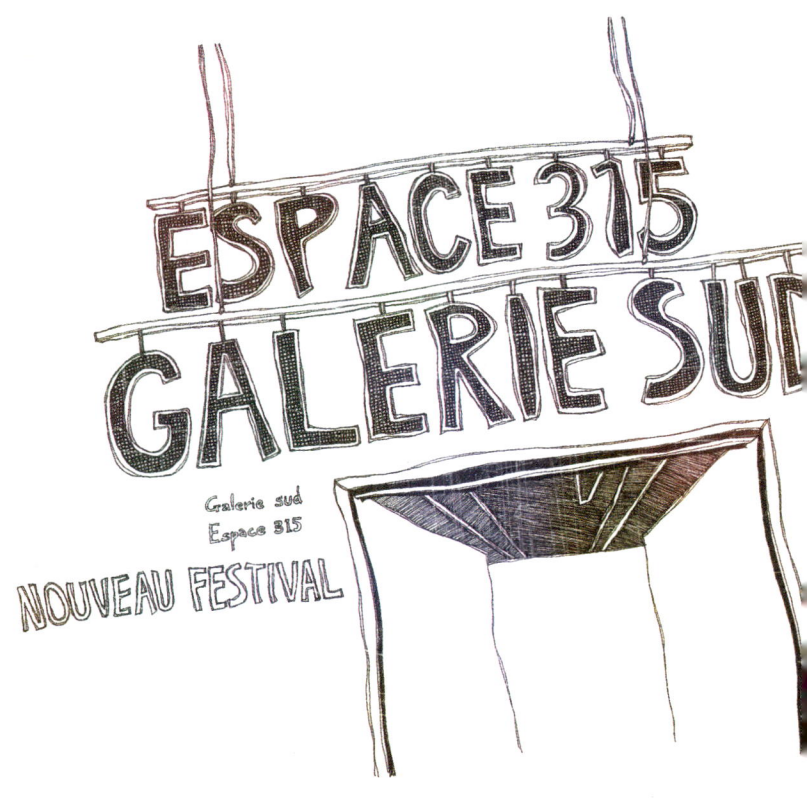

소심하게
　인종차별에
반항하는 법

여느 때처럼 먹고 사는 문제로 마트에 갔던 그 날,
차라리 말을 알아듣지 못했다면 더 행복했을지도 모를
소소하지만 뒤돌아서면 울컥하는 사건이 발생했다.

친구와 장본 물건들을 비닐봉지에 담고 있는데
계산원이 혼잣말로 구시렁대기 시작한다.
'남의 나라 와서 말도 잘 못하면서 물건은 잘도 사네.'

아, 이거.
말로만 듣던, 바로 좀 전까지는
마치 남의 동네 이야기 같았던
그, 인종차별인가?

사소한 것에 목숨을 거는 두 동양인이
바로 태클에 들어가기 시작했다.
그렇다고 이 큰 마트에서
이 많은 종업원을 상대로 승부한다는 건
여러모로 비효율적일 테고,
게다가 불어로 하면 우리가 딸린다.

역시나 대놓고 못하는 소심함에 작전상 마트 입구로 후퇴,
이 짜증나고 열 받는 사태를 어찌 해결할 것인가를 계획하기 시작했다.
이렇게나 글로벌하고 정의로운 민주 국가에서 인종차별적 발언이라니!
어쩌면 그 계산원에겐 사소한 구시렁거림 정도였을지 모르지만
어쨌건 우리에게는 이미 정의로움과 비장함이 오를 만큼 불타올랐다.

우리 작전은 조금의 부지런함이 필요했다.
그 날부터 시작해서 거의 매일,
이 마트의 그 계산원 앞에 출근하는 일이 생겼다.
그리고 우리도 우리만의 무기, 우수한 한국말로 이야기하는 거다.
어느 나라 말이든 비호감 언어나 이를테면 욕설이나 비난,
그런 어감은 어떻게든 상대방이 느끼기 마련이므로.

이틀 정도 지나니 우리를 알아보고 뭔가 불편한 기색이 되더니
한 사나흘 지나니 우리를 보고 얼굴에 시원찮을 주름을 만든다.
그렇게 소심한 복수를 시작한 지 일주일여, 그녀가 보이지 않는다.
혹시나 해서 집요하게 시간대를 바꿔 가 봐도 그녀가 없다.

어라, 왠지 마음이 좀 석연찮다.
소심한 복수라도 하고 나면 시원할 줄 알았는데.
어쩌면 그녀에겐 생계 문제가 달린 걸지도 모르는데
우리가 좀 지나쳤을까.

그렇지만 이런 억울함과 분노는 뭐랄까, 참 화가 난다.
한국에선 좀처럼 느낄 수 없던 차별이랄까, 부당함이랄까.
조금 오버하자면 내가 노력해서 바꿀 수 없는 그런 태생적인 것에 대해
저런 식의 부정적인 말이나 표현을 당한다는 것이
얼마나 속상한 것이었는지
남의 나라에 와서야, 겨우 조금 공감하게 되는구나.

이 사건을 계기로 나는
한 동안 꽤 충실한 반인종차별주의자가 되었다.

외로울 때 드는 생각

아주 많이 힘들고 우울한 아침에는,
해가 창으로 비껴 들어오고 하루가 시작되어도
여전히 어딘가, 그림자 구석 끄트머리
어둡고 따뜻한 동굴 같은 곳에 숨어버리고 싶다.

딱히 내가 노력하지 않아도 나일 수 있는 공간.
때때로 나는 그런 동굴이 그리웠다.

이유를 알 수 없는 애매모호한 외로움은
그럭저럭 버텨낼 수 있을 거라 생각했지만,
방법을 알아도 바로 해결할 수 없는
이런 구체적인 외로움은 정말 견디기 어려웠다.

나는 정말로
있는 그대로의 나를 알아주는 나의 사람들과,
이제는 흘려버린 내 사랑이,
내 사랑의 기억들이 미치도록 그리웠다.

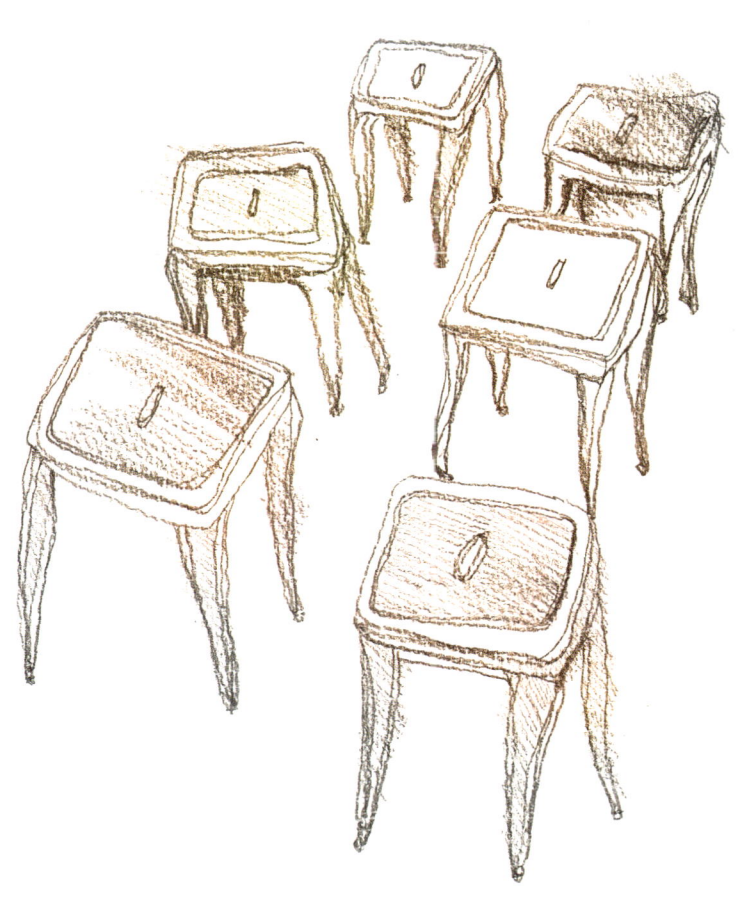

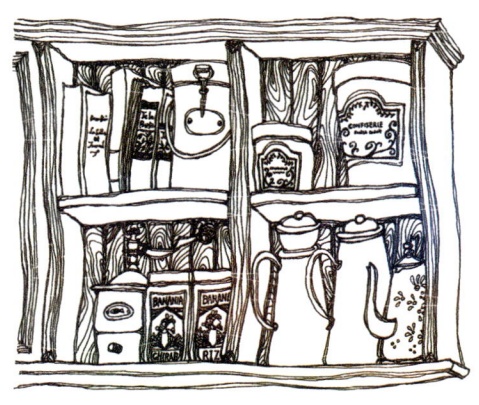

프
랑
스

기
숙
사
에
서

산
다
는

것

기숙사에서 살던 어느 가을 저녁,
이상하다. 공포영화도 아니고 어디선가
물방울 떨어지는 소리가 스산하게 들리기 시작했다.
똑, 똑, 똑! 비가 오는 걸까. 아닌데.

창밖을 봐도 해는 뉘엿뉘엿 제대로 저물고 있고 하늘도 쾌청하다.
무슨 일일까 싶어 천장을 쳐다보니 아뿔싸. 웬 물이 새는 걸까.

어째 이런 일이,
부리나케 아꿰이accueil로 달려가 확인해보니
내 위층의 기숙사 동료께서 '확인되지 않은 가전제품' 사용으로
(아꿰이 담당자는 그렇게 불렀다, 알고 보니 냉장고 냉매가 새서)
아래층 내방까지 물기가 배어 새는 것이라 한다.

아니, 얼마나 샜기에.
아니다. 기숙사를 얼마나 날림으로 지었기어.
한국말로 구시렁거리며 아꿰이 담당자 뒤를 쫓아가니
힐끗힐끗 쳐다본다.
원인 제공자인 위층 기숙사 동료의 따가운 눈초리.

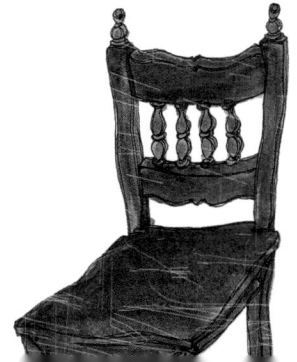

'아니, 이거 내가 잘못해서 문제가 터진 건 아니잖아, 응?'
이쯤 되면 온 얼굴로 대화하는 기술이 생긴다.
그 친구는 '어쩜 그것도 못 참아 고자질이니.'
나는 '미안하지만 어쩌겠냐. 나도 살아야지.'

내 위층 기숙사 동료는 경고 한 번에 잔소리 잔뜩.
이 친구는 그 후에도 역시 똑같은 상황을 벌여
또 같은 경우로 민망하게 대면했었는데
두 번째 경고를 먹고 그 이후 어떻게 되었는지 잘 모르겠다.
(물론 내 방은 더 심한 물바다가 되어 신고할 수밖에 없었다.
참고로 기숙사에서 경고 도장 세 번이면 아웃이다. 짐 싸서 나가야 한다.)

저렇게 문제 많던 기숙사 동료가 나가고 난 뒤엔
민폐로는 한층 더 업그레이드된 녀석이 등장했는데
새벽마다 도대체 뭔 짓을 하는지 쿵, 쿵, 쿵, 쿵.
침대 모서리가 흔들흔들 덜컹거리는 소음 때문에
꼭 새벽녘에 잠을 깨게 만들어 환장할 지경이었다.

아니, 사람이 잠은 자야 하잖아.
분노가 치밀어 천장 찌르기 기술도 여러 번.
사랑도 좋지만, 나도 잠 농사는 지어야지.
하지만 인간적인 이유로 신고는 하지 않았다.
오죽 외로웠을까 싶어 안쓰럽기도 하고, 뭐 대충.

1인용 기숙사에 있다 보면 정말 많은 일들이 발생한다.

일반적으로 남녀 구분 없이 방과 동이 배정도 며,

아무래도 좁은 공간을 활용한 저렴한 1인실이다 보니

화장실과 샤워실, 부엌은 공용으로 설계되어 있고,

다들 철이 들만큼 든 성년이므로 몇 시 후 외출금지,

뭐 그런 건 전혀 없고

시간관념 철저한 아꿰이 담당자들은 6시가 되기도 전에

깔끔하게 퇴근해 버린다.

그야말로 정해진 몇 가지 룰만 지키면 기숙사는 자유공간이 된다.

아, 기숙사에 대해 이야기하기 시작하면

정말 천일야화만큼 많아서 밤도 샐 것 같다.

아무래도 역사가 역사다 보니 공용 샤워실은 딱,

2차 세계 대전을 배경으로 하는 독일영화 속의

아우슈비츠 수용소 샤워실을 연상하는 느낌이었고

(단, 내가 있었던 기숙사 샤워실은 모두 1인용이었다.)

화장실은 학교를 포함해 기본적으로 중간 덮개도 없었다.

쉽게 말하면, 여자들이 화장실에 가면 기본적으로

제일 먼저 엉덩이를 붙이는 그 중간 덮개가 없었다는 말이다.

따라서 제대로 된 건강한 기숙사 생활을 하려면

개인 화장실 덮개를 사 화장실을 갈 때마다 가지고 가거나 아니면 허벅지 힘을 길러 어떻게든 처리하고 나오는 수밖에 없다.
(이 부분은 정말 너무 적나라한 표현이지만 달리 뭐라 표현할 말이 없다.)

그럼 식사는 어떻게?
기본적으로 한 층마다 식사를 간단하게 준비할 수 있도록
전기 플레이트 2개 혹은 4개, 개수대 1개 정도가 세팅되어 있는데
공간이 협소하고 장비도 부족하다 보니
식사 때마다 전쟁터가 따로 없다.
그러다 보니 (정말로) 본의 아니게 불법으로
개인 전기 플레이트를 사서 기숙사 방안에서
해결하는 사람이 상당수이다.
전기 플레이트는 전력사용이 많아 기숙사 내 사용금지 제품이었다.

이러다 보니 기숙사 내 사건사고는 비일비재했는데
한 번은 (내가 있던 기숙사는 아니었고 들은 이야기이다.)
한 여자애가 샤워실에서 샤워하는데
어떤 정신 나간 남자가 몰래 훔쳐보고는
(게다가) 한 번 만져보겠다고 손을 뻗다가
눈이 마주쳐 난리가 난 적도 있었다고 한다.
그렇다고 기숙사가 나쁜 것만은 아니다.

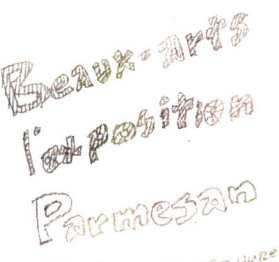

다양한 국적의 사람들이 모여 있는 공간이라
운이 좋으면 시끌벅적 글로벌한 파티에도 함께할 수 있고
갑자기 찾아온 향수병을 함께 달랠 한국 사람도 찾을 수 있고,
무엇보다 저렴해서 부모님께 효도하는 기분도 든다.

기숙사에서 산다는 건,
참 많은 것을 '함께' 공유하며 산다는 말이 된다.

이렇게 많은 것을 공유하고
내가 불편하고 그들이 불편하지 않은 선에서
적당히 눈 감고 적당히 이웃사촌으로 산다는 게,
쉽진 않지만 그래도 나름 정감 있는 생활이긴 했던 것 같다.
지나치게 인간미가 넘쳐 탈일 정도로 다이내믹한 삶이랄까.

나중엔 원룸 같은 공간에 생활하면서
그렇게나 시끄럽고 불편하고 참을성이 필요했던
기숙사 공간과 그 안의 생활들이 간간히 그리웠었다.
그래도 그때, 그 기억만큼 인간미 넘치는 때가 있었나 싶은.

아꿰이(accueil) : 기숙사에 있는 일종의 관리사무소 정도로 볼 수 있다.
정보 전달 등 기숙사 편의를 제공하는 사무실

인생은 다섯 살처럼

갑작스레 추위를 느낀다.
집까지 돌아오는 길에선
그저 '춥다' 라고만 느꼈는데
집에 들어와 작은 전기스토브 옆에 서니
살속까지 스며드는 느낌의 추위다.

원래 너무 심하게 추울 땐 못 느끼다가
적당히 춥게 되면 도리어 그 느낌이 증폭되는가 보다.
마치 추위조차도 감정 같다.

나는 좀 더 절실하게 느껴야 했다.
내가 있어 가장 빛나는 순간.
무엇이든,
이를테면 공부든 사람이든, 일이든 간에
절실하게 매달리고 그 자체에 좀 더 솔직했어야 했다.

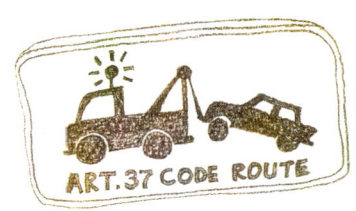

좀처럼 오지 않을 것 같은 프랑스의 봄.
아직은 잿빛 하늘 차가운 겨울 한 가운데서
사실은 지금이 가장 빛나는 순간일지도 모르면서
마치 '추울 것 같은 감정'과 '진짜 추위' 사이를 오가고 있었다.

얼마나 많은 생각과 노력과 경험을 하고 나면
이 순간들을 담담하게 즐거이 받아들일 수 있을까.

지금도 이렇게 보이지 않는 앞을 향해 달려가는 내가,
알 수 없는 어두움에 발을 담그기도 전 두려움에
여전히 겁이 나고 무섭고,
그리고 춥다.

나는 아직도 여전히 내 인생의 다섯 살 같다.

위
로

언제였을까, 친구 녀석이 곧 한국으로 들어간다면서
온갖 종류의 술을 한 바가지 사 들고 기숙사에 쳐들어 온 날.
대낮부터 술 파티를 벌이며 노래도 부르고 뛰어 다니는 등
정말 경고 직전까지 갈 정도로 별스럽게 행동했던 하루.
왠지 나조차도 이성 따위, 잠시 내려놓아야 할 것 같았던 분위기.

그리고 며칠 뒤,
유난스럽게 소란스럽고 슬펐던 그 날,
친구의 시험 발표가 있었단 사실을 알게 되었다.

유학생들에게는,
학교라는 목표가 사라지면
그냥, 아무 것도 없는 것 같이 되어버리는 것 같다.

......

조금이라도,
위로가 되었을까.

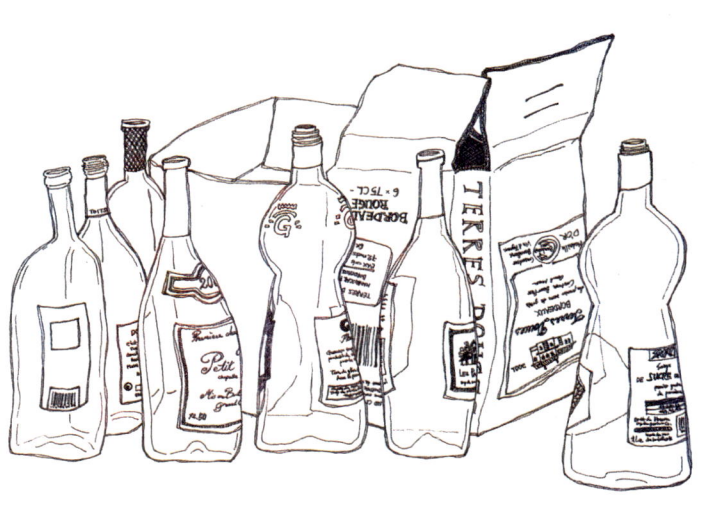

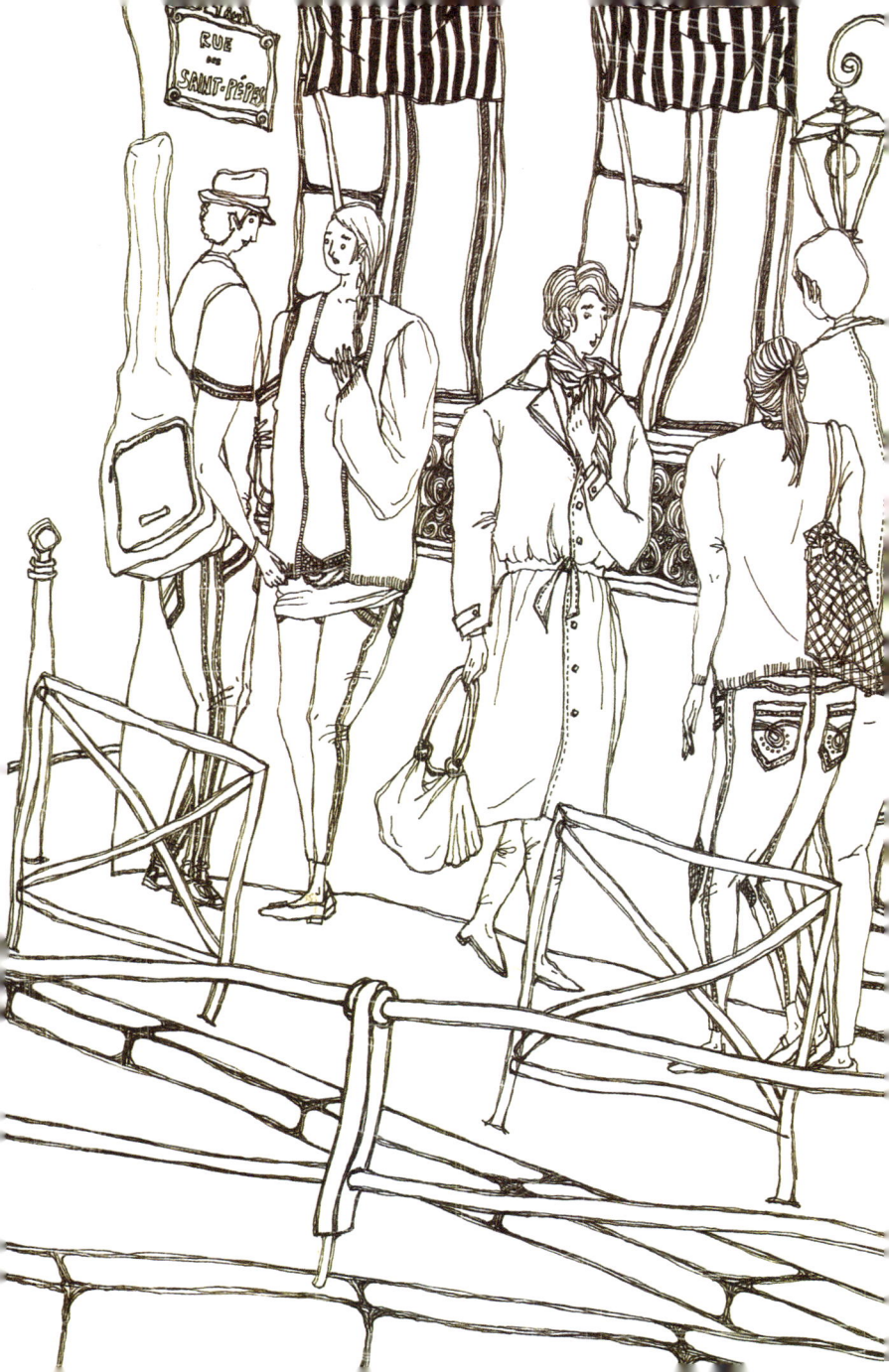

메리
크리스마스
joyeux noel

해가 낮아지고 날씨가 쌀쌀해지는 오후,
바람 사이 눈발이 조금씩 날리고 사람들 옷깃이 높아지던 겨울 날.
거리에는 임시상점이 생기면서 뜨거운 와언 뱅쇼^{Vin Chaud}가 출현하고
지나다니는 사람들 사이로 군밤^{Marron Chaud}파는 소리,
거리를 크게 장식한 커다란 크리스마스트리와 반짝거리는 장식들.

프랑스도 서울과 그다지 다르지 않은 풍경들.

그럼에도 불구하고
이런 특별한 날에는 더 쓸쓸해지는 내 그림자.

혼자서 걷는
내 자신에게.

메리 크리스마스.

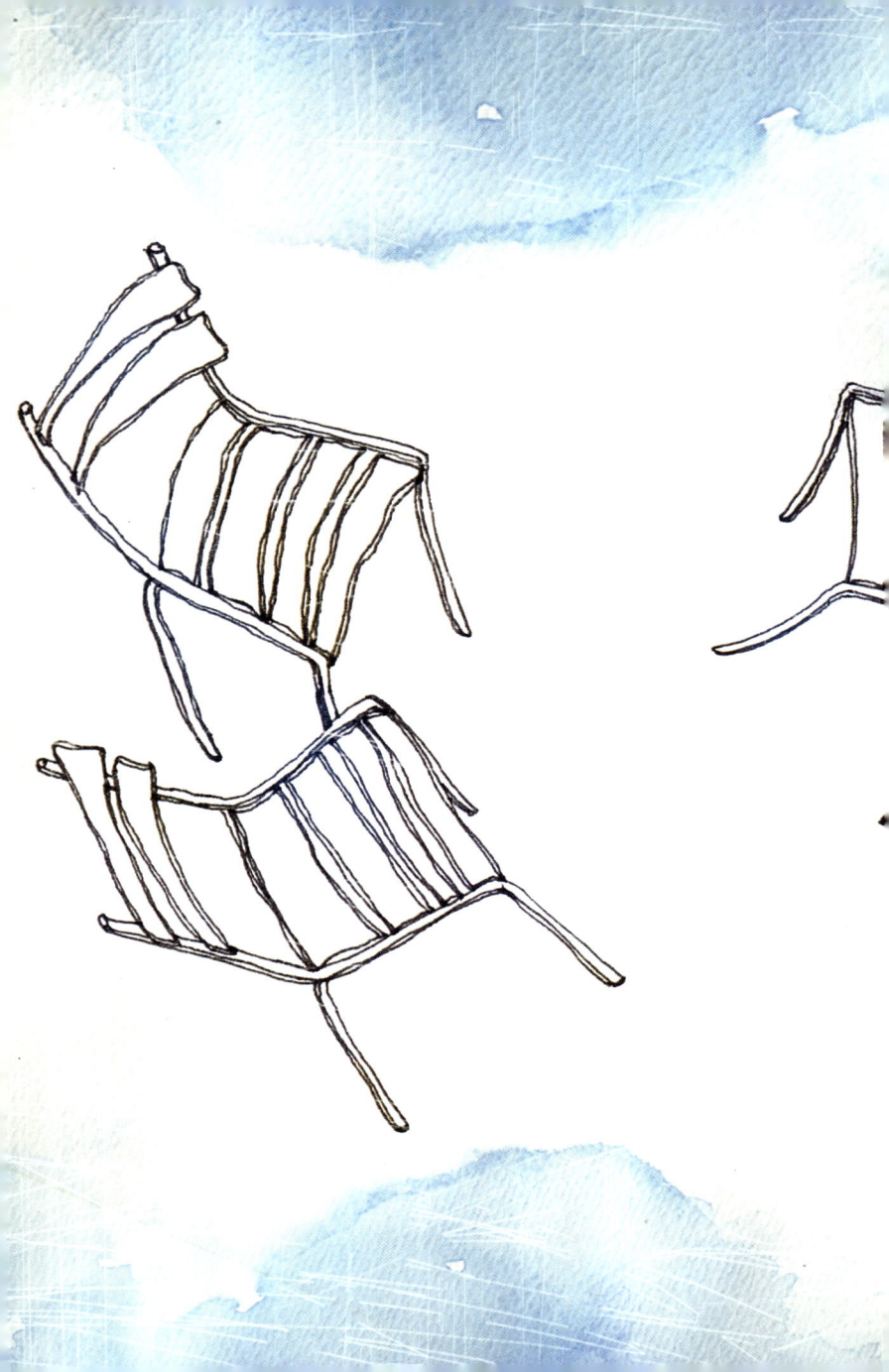

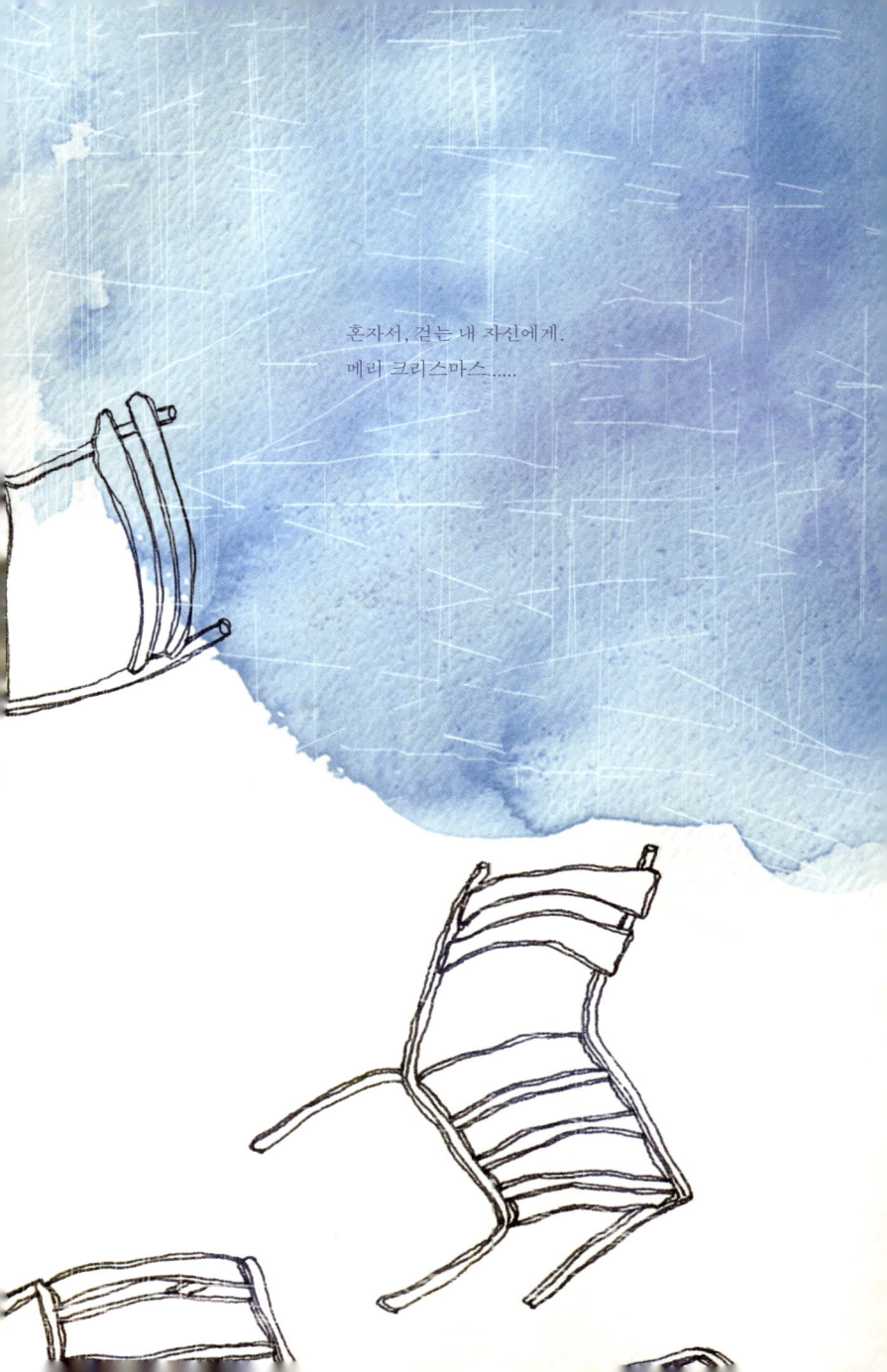

혼자서, 걷는 내 자신에게.
메리 크리스마스......

지나간 사랑과 마주하다

크리스마스를 친구와 함께 보내기 위해
낭시^{Nancy}로 가는 기차를 타면서
창밖을 보다가 문득 눈물이 났다.

결국 나는
그 사람보다 내 자존심을 더 사랑했는지도 모른다.
그가 힘들게 내어 준 마음과 사랑보다,
내가 사랑한다고 느낀 감정들에 더 취해버렸는지도 모른다.

이만큼 시간들이 지나버리고
미련, 자존심, 아픔, 이런 단어들의 크기도
창밖의 흩뿌리는 눈발처럼 이젠 하얗게 흐려질 테지.

사람이란 게, 사랑이란 게
다 그런 거지. 좀은 서글프지만 그런 거지.

'사랑하지 않는 자, 모두 유죄' 라는 어느 작가 말처럼
유죄 선고를 받은 지도 꽤나 지난 시간을 뒤로
그래도, '지나간 사랑' 에 조금은 담담하리라 생각했다.

사랑한다, 사랑이란 건, 이런 막연한 감정들을
마음으로, 머리로 참 열심히도 생각하고 고민했던 기억들.
나이가 든다는 건 이런 것들을 잔뜩 끌어안고 살더라도,
긴 시간을 흘려보내며 적당히 각색하고 윤색한 추억을 통해
훨씬 더 무뎌짐을 이유로, 행복한 기억이라 부르며 살 수 있는
그런 여유를 갖는 것일지도 모르겠다.

그럼에도 아직까지도 난 이 녀석,
사랑이란 놈의 실체를 잘 모르겠다.

그저, 내 기억에 남은 그 사람이 너무 고마워서,
그래도 지금까지 그때의 고왔던 시간을 그렇게 기억할 수 있게 해 준
그 사람이 고마워서 눈물이 났고
또한 이렇게나 긴 시간이 지나버린 지금에서야
아직까지도 제대로 된 작별인사조차 못했다는 사실에
울컥, 눈물이 났다.

너무 무딘 것일까, 아니면 안 그런 척한 것일까, 이제 와서.
아니, 멍청한 건지도 모를 일이다.

헤어진 지 5년여가 되어서야
작별인사를 하겠다는 생각과 용기가 생겼다.

낭시(Nancy) : 프랑스 북동쪽의 로렌(Lorraine) 지역에 위치한 작은 도시이다.
파리에서 동쪽으로 기차를 타고 약 3시간 정도 가면 도착한다.

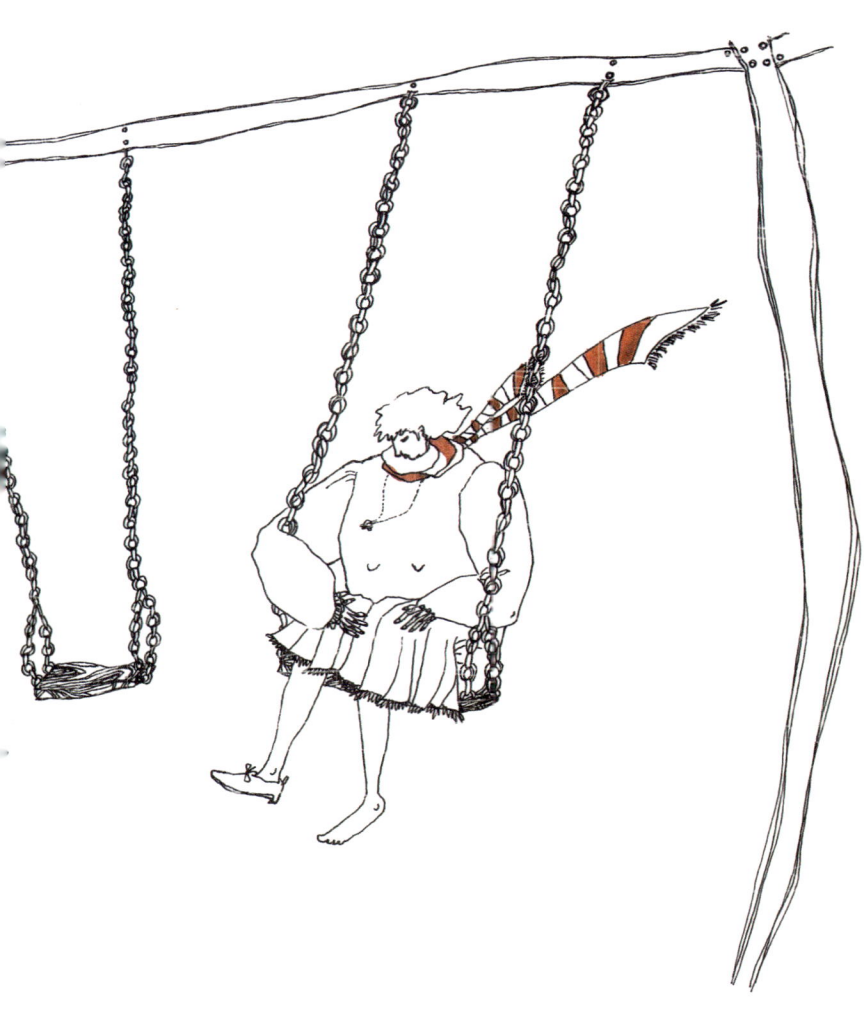

미
련

4년 하고도 6개월여,
그리고 또 다시 4년 7개월.
그렇게 긴 시간을 함께했고
이렇게 긴 시간을 헤어져 있었는데

처음으로 네가 꿈에서 말을 걸더라.
우리 만났던 그때에도 그런 적이 없었는데.
이제야 정말 너는,
안녕이라고 인사를 하는구나.

안녕이라 말하지 않았던 나는
어쩌면 '혹시' 라는 가정을 마음에 품고 있었을 거야.
그 말만 입 밖으로 꺼내지 않는다면
너의, 그 자세히 보지 않으면 알 수 없는
소소하게 스쳐 지나가는 멋쩍은 미소를
언제든 내가 원한다면 볼 수 있을 거라고.

꿈에선 거짓말처럼, 나도
행복하라고 말을 하더라.
그래.
네가 행복했으면 좋겠다고 생각했어.

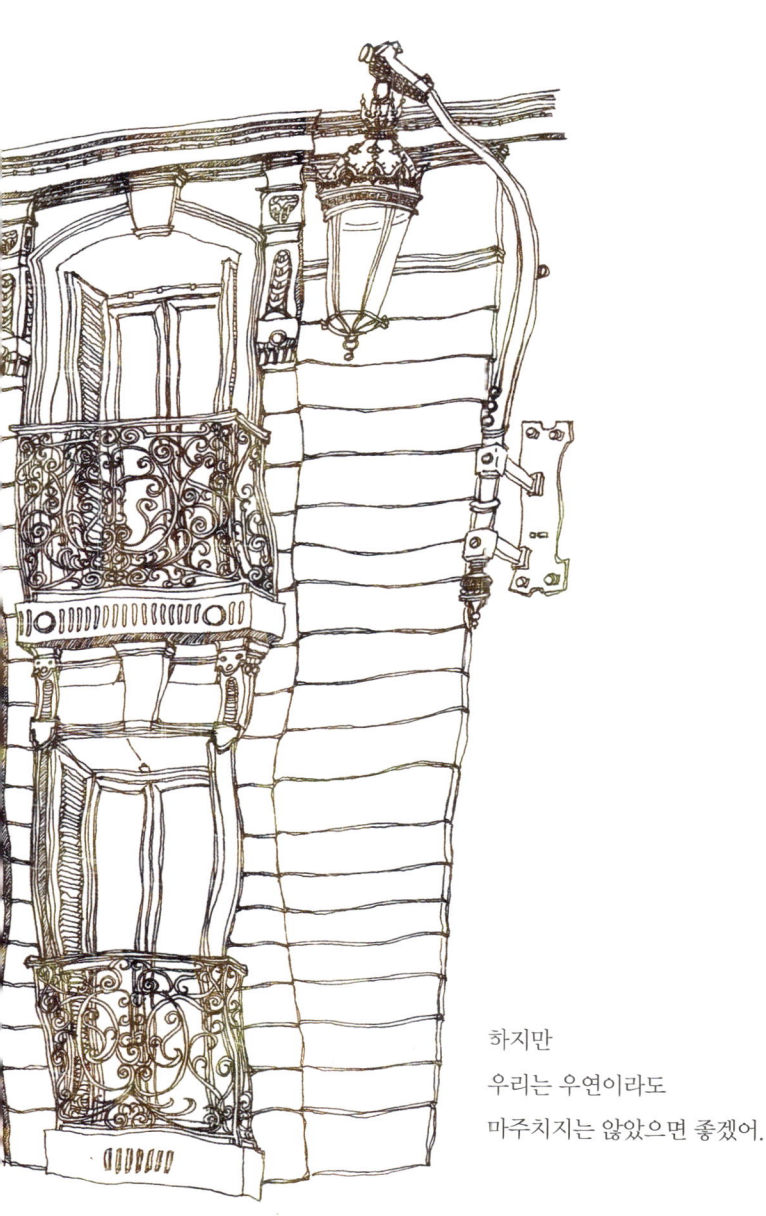

하지만
우리는 우연이라도
마주치지는 않았으면 좋겠어.

episode 58

조금은 기분 좋은 날

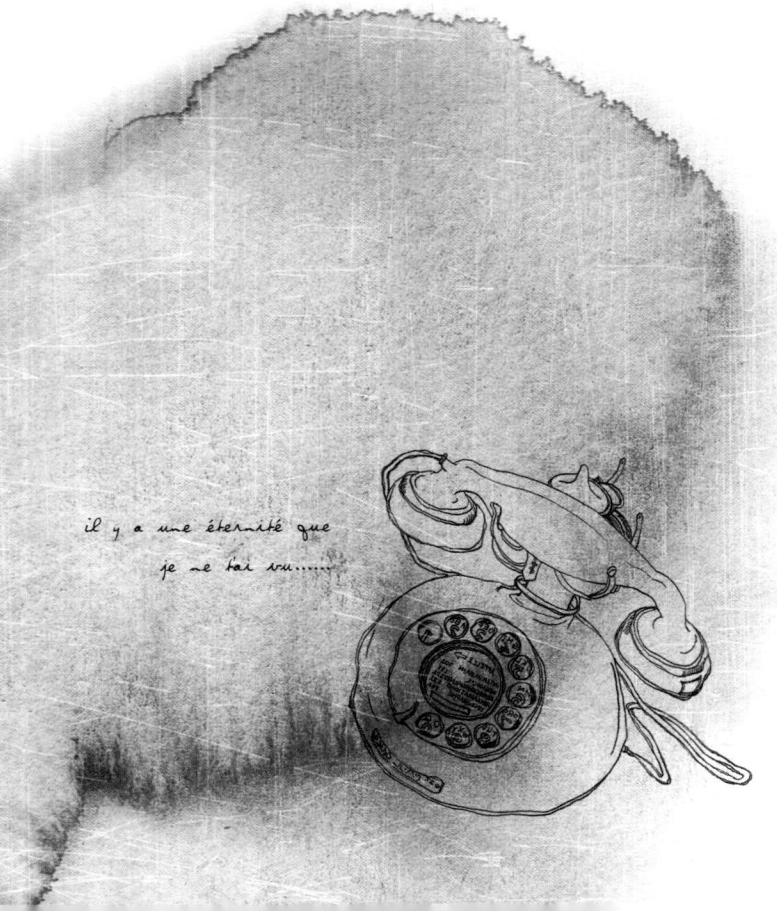

il y a une éternité que
je ne t'ai vu......

프랑스 친구 나쯔^{Nath}네 집에 며칠 다녀오니
세상에, 메일이며 전화며 난리가 났다.
어쩌다 보니 핸드폰 배터리도 없어 한동안 연락 두절,
미리 알리지 못하고 갑작스레 다녀온 내 잘못이 크지.

그 이틀 반 사이,
당장 짐 싸서 들어오라는 엄마의 걱정과
가출 소녀 신고 들어간 친구의 연락과
메일에 답변 없다고 난리 난 친구의 메시지와
눈이 와서 주위가 하얗게 되었다는 지인의 메시지.

귀 안에 고이는 잔소리에도 불구하고
이렇게도 감동을 받을 수 있구나 싶은 생각이 든다.
혼자 있을 때가 편할 때도 있지만 그래도 가끔은
내 존재를 타인에 의해 확인받는 듯한 느낌이 들 때.

사실, 행복이란 어쩌면
아주 작은 곳에서 시작되는지도,
혹은 발견하지 못한 곳에서 갑자기
여기야 하고 나타나는지도 모르겠다.

커피의 효능

몸이 아파 건강검진을 받으러 간 병원에서
피를 뽑고 여러 검사를 하니
어라,
병원 한 구석에 피 뽑은 사람들을 위한
에스프레소 커피 머신이 있다.

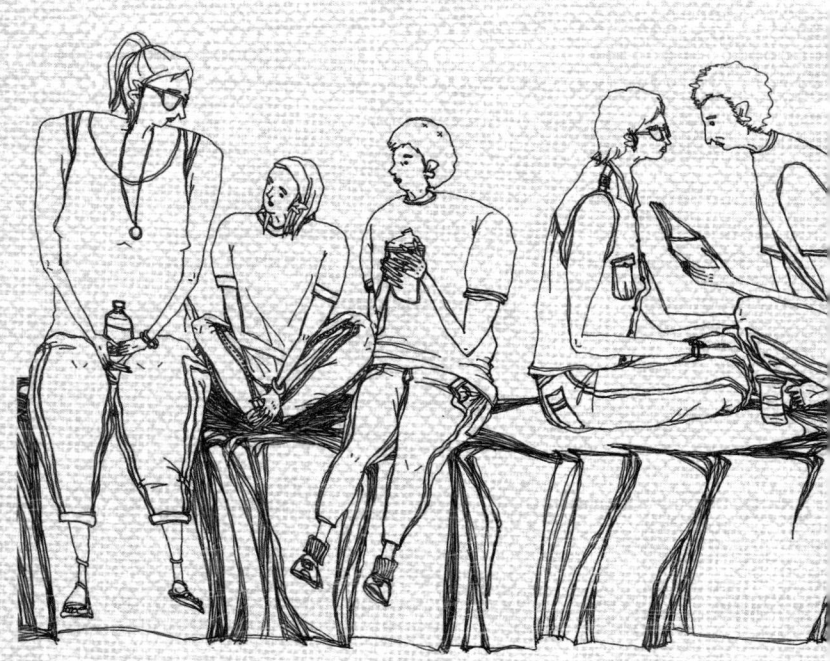

이게 뭘까 했더니만 병원 직원 왈,
한 잔 가득 꽉 채워 쭈욱 들이키란다.
피 뽑은 사람들끼리 옹기종기 모여
빈속에 들이키는 모닝커피라니,

우리나라에선 피 뽑고 나면
크림빵이랑 우유를 주는데.
흑……

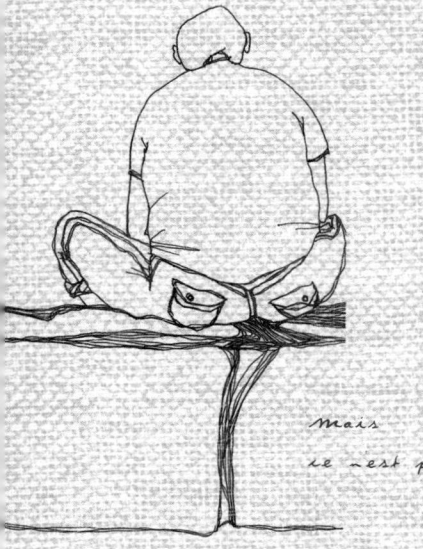

mais
ce n'est pas de ma faute……

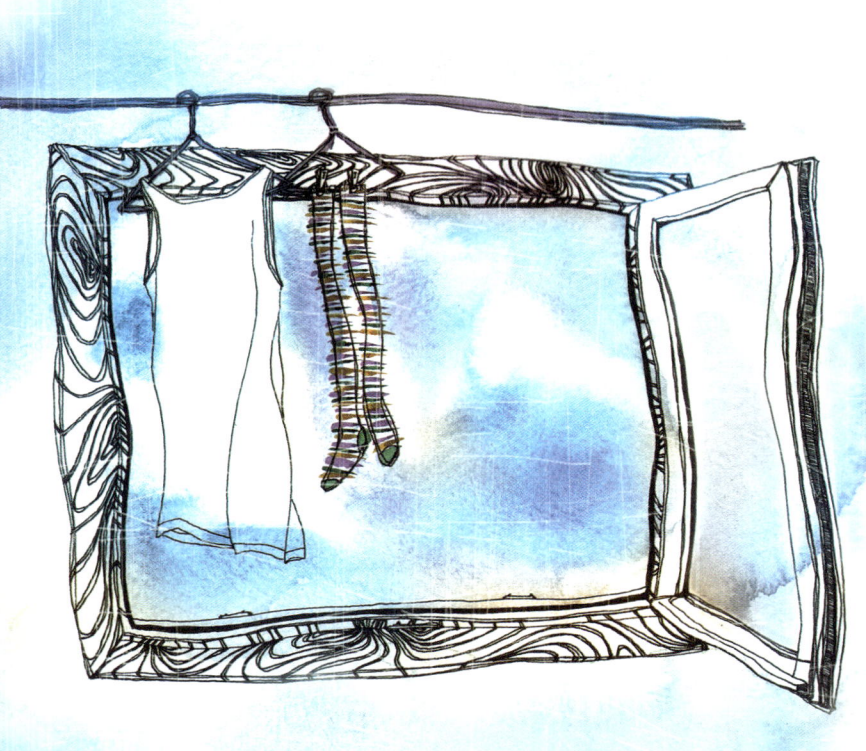

paris. france 204

마지막 순간처럼

매 순간이
마치 마지막인 것처럼 달리고 싶었어요.
나에게 존재하는 오로지 마지막 순간이어서
더 이상은 없는 것처럼 나를 다 드러내 보여주고 싶었어요.

'나' 는 세상에 존재하는 단 한번 뿐인 인생이니까
'지금' 은 곧 지난 과거가 되어 버릴 테니까
'이번' 이 아니면 난 없는 거예요.

마지막 여름 밤, 하늘을 가르고 곧게 올라가는 불꽃처럼
최선을 다해 뜨겁게 타오를 거예요.

지금이 마치 마지막인 것처럼.

난 이다음에 뭐가 될까

이런 무책임한 질문이라니.

10살 때 어른들이 묻는 질문에서
벌써 끝났어야 되는 거였다고 생각했는데
대학 졸업과 취업을 준비하던 4학년 때도,
회사를 다닐 때도, 회사를 때려치울 때도,
유학을 강행하겠다고 생각했을 때도
이것에 대한 질문은 여전히 남았다.

그리고 지금 남의 나라에 있는 이 순간에도
아직 이 질문에 대한 대답은 남아 있다.

나는 이다음에 뭐가 될까.

가장 현실적으로 모범답안을 찾자면
이후 내 인생의 안정적 기반을 찾아줄 수 있는
딱히 즐겁지 않더라도 미치도록 싫지는 않을,
그래도, 말하자면 '전망 있는 선택'을 하는 게 좋겠지.

아니, 그런 거 말고 정말로 내가 하고 싶은 거?
여기까지 와서도 아직 이렇게 주저하고 있는 나 자신이
참, 어리석구나.

여기 와서 가장 많이 느끼는 것은
글쎄, 별로, 라고 생각하다가도 뜬금없이
가끔 심장에 칼이 닿는 느낌처럼 서늘하게 다가오는 긴장감이랄까.
아주 둔하게 멈춰져 있다가도 이렇게나, 심장이 미친 듯이 펌프질한다.
학교에서 얻는 지식, 그리고 그것보다 더
경쟁하는 친구들을 통해 나 자신이 조금씩 나아가고
또, 더 발전을 원한다는 걸 느낀다.

물론 유학을 한다고 해서
뭔가 아주 남다르게 뛰어나진다거나
새로운 것을 우선적으로 받아들이는
긍정적인 모습으로만 발전하는 것은 아니라고 생각한다.

그래도 여기 온 것에 대한 나의 선택을 아무리 생각해도
절대 후회하지 않지만,
가장 즐겁게 공부할 수 있는 지금 나의 작업들에
대체로 만족하고 있지만,

가끔은 눈에 보이지 않는
이 막연한 어둠에 대해 조금 두려울 때가 있다.

언제든지 나에게 공부에서나 일을 찾는 문제에서나
치열함 없이 늘 따뜻하게 준비된 자리와 위치가 존재한 건 아니었지만
그럼에도 불구하고 이런 질문만큼은 아직도 기다렸다는 듯이
기쁘고 즐겁게 대답하기가 쉽지 않다.

나는 앞으로 어떻게 될까.
0.3초 만에 대답할 수 있는 막연한 꿈이 아니라
정말, 내가 이다음에 뭐가 될 거라고 대답할 수 있을까.

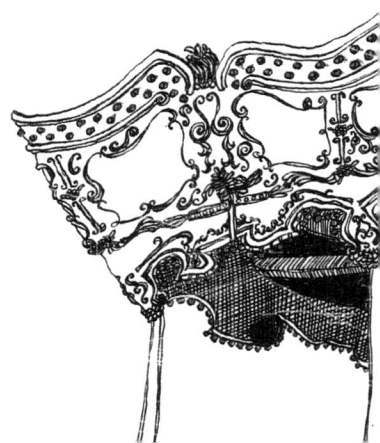

자기가 좋아하는 일?

혹은 안정적 기반이 되는 일?

어쩌면 운이 좋아 자기가 좋아하는 돈이 되는 일?

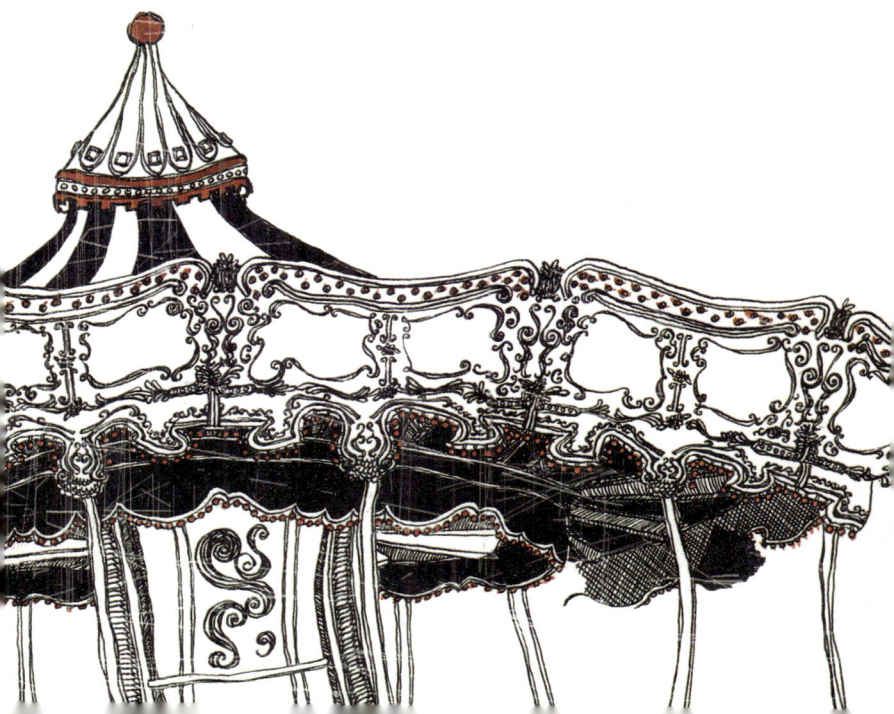

프랑스는 봄

이렇게 해가 좋은 날은
켜켜이 물기와
먼지가 쌓인 몸과
마음을 널기 좋은 날.

프랑스 사람들은 공원에서 몸을 말리고
나는 노천카페에 앉아 마음을 말리고

조금은 꾸벅꾸벅, 나른하게 내려앉는 졸음도
기꺼이 받아줄 만큼 따뜻해지는 오후.

가을, 그리고 겨울 내내
비, 눈, 그리고 잿빛의 흐린 하늘만 내주었던
여기.

프랑스는 이제, 봄이다.

나에게도, 곧 봄이 오겠지.

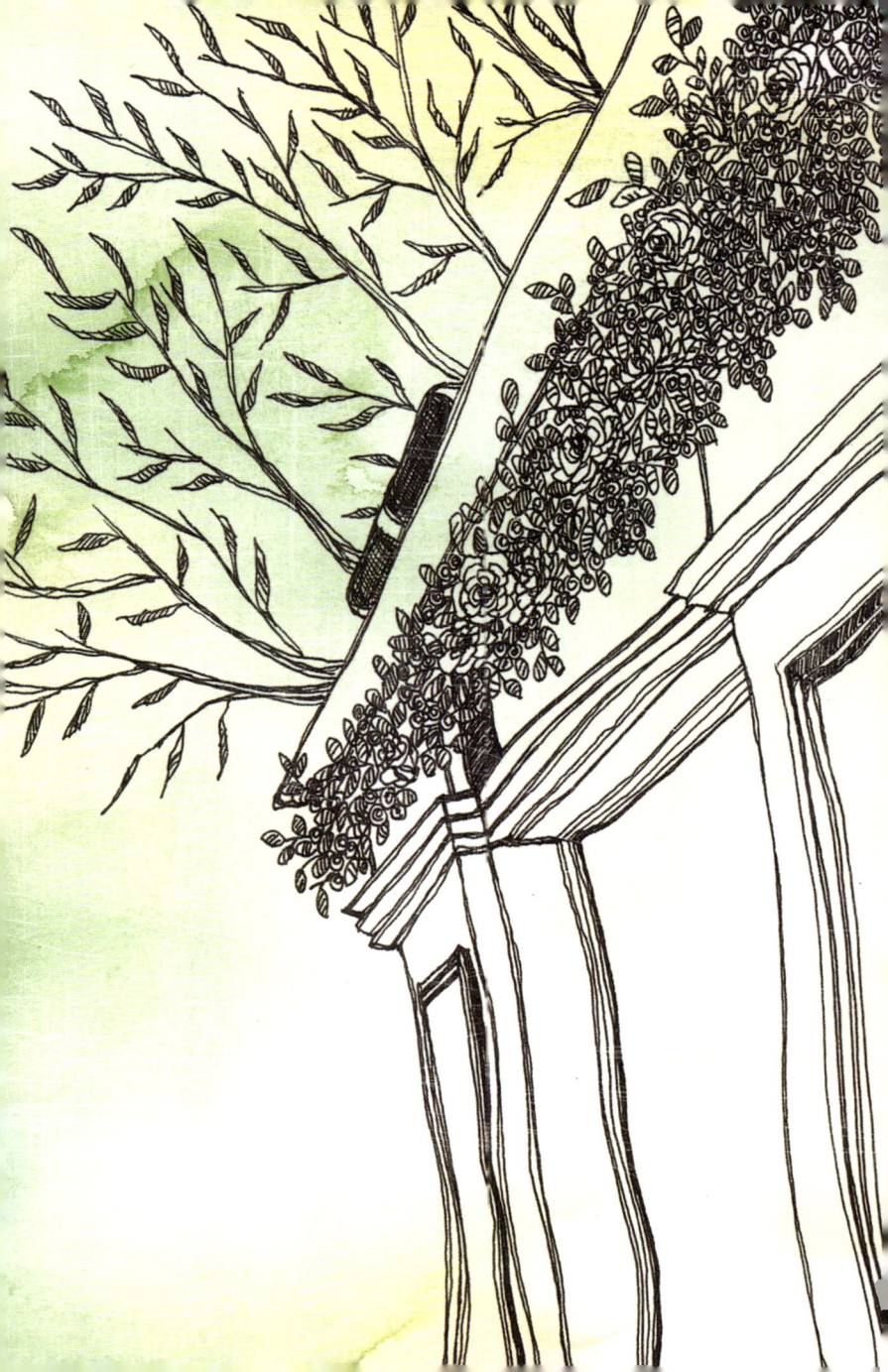

제로
선상에
서서

언젠가 한 번은 그럴 것이다.

내가, 지금까지 내 삶에 있어
그리 혜안이 있게 긴 인생을 살았다고
그렇게 말할 수 있는 건 아니지만
그럼에도 지금,
내가 서 있는 이 삶 자체가, 지금 이 순간이
더 이상 뒤로 물러날 곳이 없을 정도로
마지막 선에 서 있다는 생각이 들 때.

몇 년간의 시간과 노력을 부었던 것들이 한 순간에 사라져 버린 것처럼
마치, 내가 열심히 만들어 놓았던 과거들이 한순간의 꿈이었던 것처럼
정말로 이젠 더 이상,
더 이상 잃을 것이 없다고 생각되어 지는 그 순간.

처음엔 너무 억울하다 못해 가슴이 먹먹해서
가만히 있는데도 눈물이 흘러내렸는데

조금 지나고 나니 지독한 두통 외엔, 어떤 생각도 들지 않는
정말, 인생에 있어 그 '제로 선상' 에 선 기분이 들 때.

…… 사실 그런 현실에 맞부딪쳤을 때,
나 역시 굉장히 허무하고 답답했다. 마치 가슴 속에 뭔가 걸린 것처럼.
이 세상에서 나 하나 정도 없어져도 티도 나지 않을 것 같고.
극단적인 생각들도 떠오르고, 나 외 이 세상 누구도 느껴지질 않고.

왜 나만 이런 걸까,
세상이 나에게만 너무 가혹하고 불공평한 것 같아서.

도대체, 이제 내가 뭘 할 수 있을까.
앞으로 뭘 어떻게 해야 하나. 어느 곳에서도 실마리가 잡히지 않는
빛이라곤 하나도 없는 어두운 방안에 갇힌 기분이랄까.

그리고 지금도,
좀은 어렸던 그때도,

제로 선상에 섰을 때의 나는,
여전히 더 어리고 더 서툴러져서
허둥대고 당황하고 속상해하느라 정신을 놓고 만다.
그 화나고 속상했던 시간을 어느 정도 보내고 나면,
그 순간들보다 더 힘들고 우울하고 답답한 고통의 순간들.

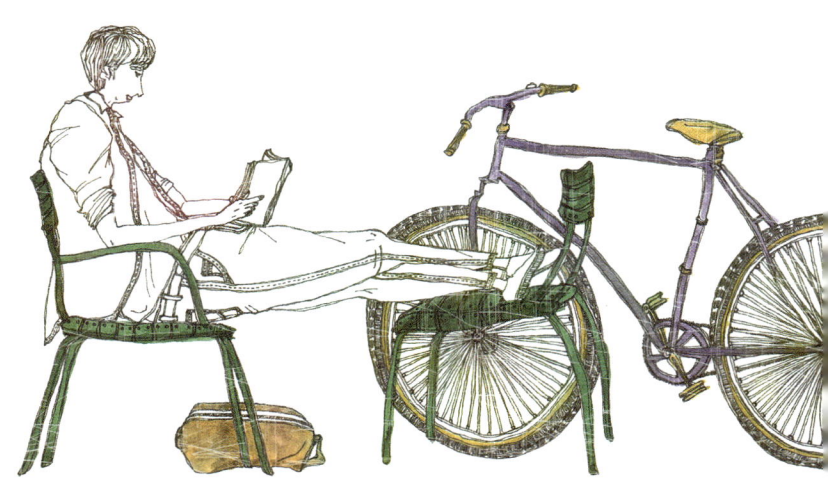

여전히 지금도 힘들고 어려운 순간들마다
그다지 현명하게 대처하는 법을 찾지는 못했지만
한 가지, 확실한 사실은 깨달았다.
시간은 흐르고 있고, 언젠가는 내 편이 된다는 것.

그 힘든 시간들을 지내고 나면
아, 이 정도는 괜찮구나, 하는 순간이
언젠가는, 정말 언젠가는 온다는 것이다.

지금 이 순간엔, 마치 나 혼자만
컴컴한 터널 안에서 힘들게 갇혀있는 것처럼 느껴지지만
그 긴 터널 끝에 먼저 도달해 빛을 맞이한 다른 이들도
모두 한때는 그 어둡고 힘든 터널 안에서
나처럼 어려운 시간들을 나름대로 힘겨워하며 지나쳐 왔다고.

그러니까 더 이상 잃을 게 없는 만큼
조금은 더 용감해져도 될 거라고 생각한다.

친구에게

'친구란 내 짐을 대신 짊어지는 사람' 이란 말이 있다고 한다.
저런 말들이 모든 경우에 다 딱, 들어맞지 않는다 하더라도
너란 존재는 왠지 그래, 맞아 하는 생각이 들었어.

우리가 처음 알게 된 그 얄궂은 학교 휴게실 테이블에서부터
지금 우리가 이제 막 서른의 줄을 타기 시작한 지금
그리고 이 순간조차도 우리의 인연이란 건
끝없이 계속되고 있으므로.

안보면 멀어진다는 건, 어렸을 때나 통하던 말이었나 보다.
그 그리움이라는 놈은 정말 주체할 수 없을 정도로
쉬엄쉬엄 돌아오는 거 같다가도 갑자기 불어난 홍수처럼
한꺼번에 사람을 잠식시키는 힘이 있는지도 모르겠다.

네가 그렇게나 멀리 떠나던 날.
사람을 보내는 게 이렇게 슬프구나,
그런 걸 처음으로 통렬하게 느꼈어.
사랑하는 사람을 떠나보내고 뒤늦은 아픔에
돌아서서 위로 받았던 것도
네가 있어 주었기 때문에 모두 가능했던 일이었는데.

그림자 같아, 나에게 넌.
자주 보지 못하더라도 혹은 같은 경험을 공유하지 못하더라도
아, 내 친구의 이런 미소는
아, 내 친구의 이 표정은
그렇게 내 안에서 자연스레 기억되어 있는 것 같다.

내가 평생 고마워하고 내가 아주 아껴야 할
한때는 잃어버린 거 같았어도 결국은 찾아내는
너란, 나에게 그런 피터팬의 그림자 같아.

나에게 있어 사람에 대한 부분은 여전히 어렵지만
어떠한 장애물이나 시간에 반하는 만큼의
그 벽이라는 게 있다 하더라도
친구라는 말 하나로 모든 것을 상쇄시킬 수 있는
그런 힘이 있을 거라고, 그렇게 믿는다.

먼 훗날, 많은 시간을 뒤로 우리가 서로 다른 선에 서 있고
서로 다른 방향을 바라보며, 서로 이해하기 어려운 말을 내뱉더라도,
우리 사이에 자잘한 잔소리와 토닥거리는 싸움이 끊이지 않더라도,
다른 사람에게서 싫은 소리와 상처를 받는 건 참을 수 없는 것처럼,

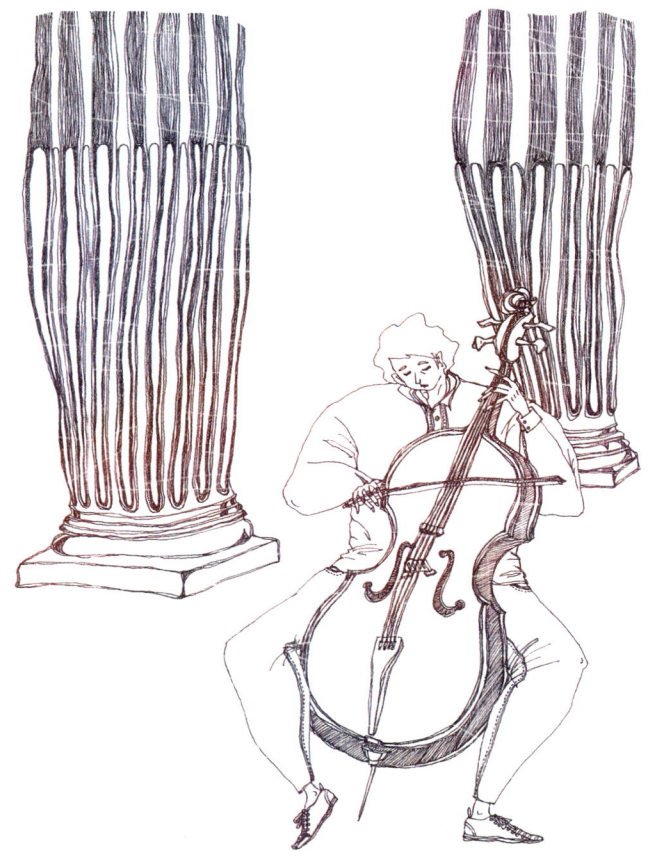

paris. france 2'18

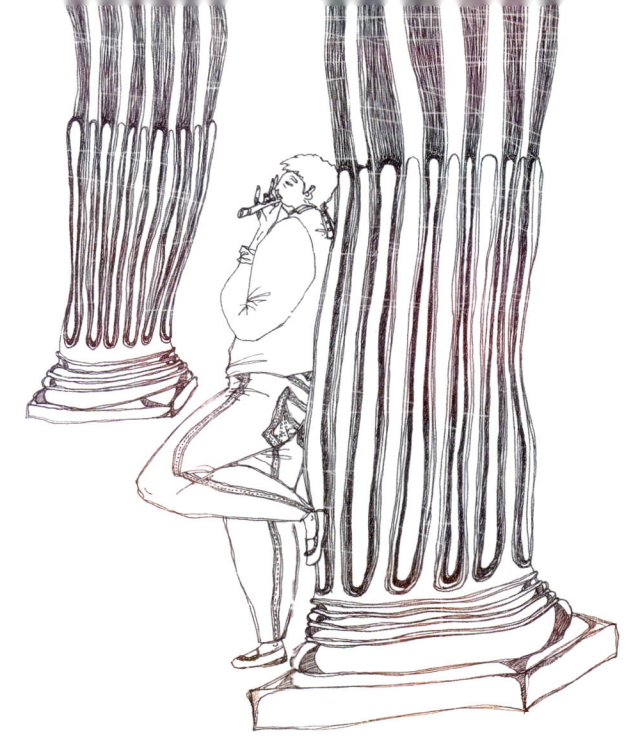

설마 네가 잘못해 그리되었다 해도
말도 안 되는 반론으로 네 편이 되어 주는,

그리고 혼자 하는 네 생각에 사소한 기억들로도
피식피식 웃음이 나는 게 내겐, 친구다.

보고 싶다, 친구.

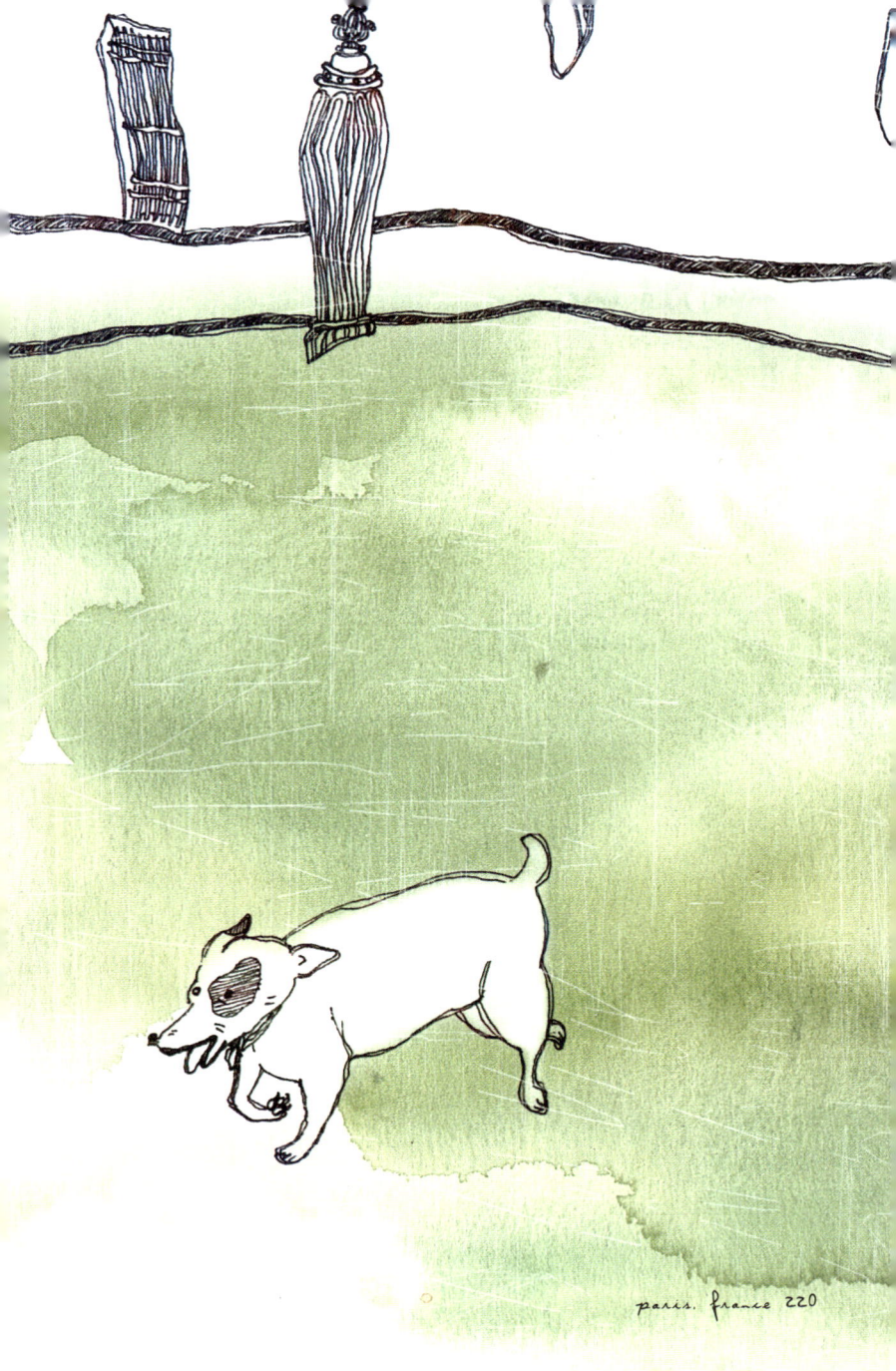

paris. france 220

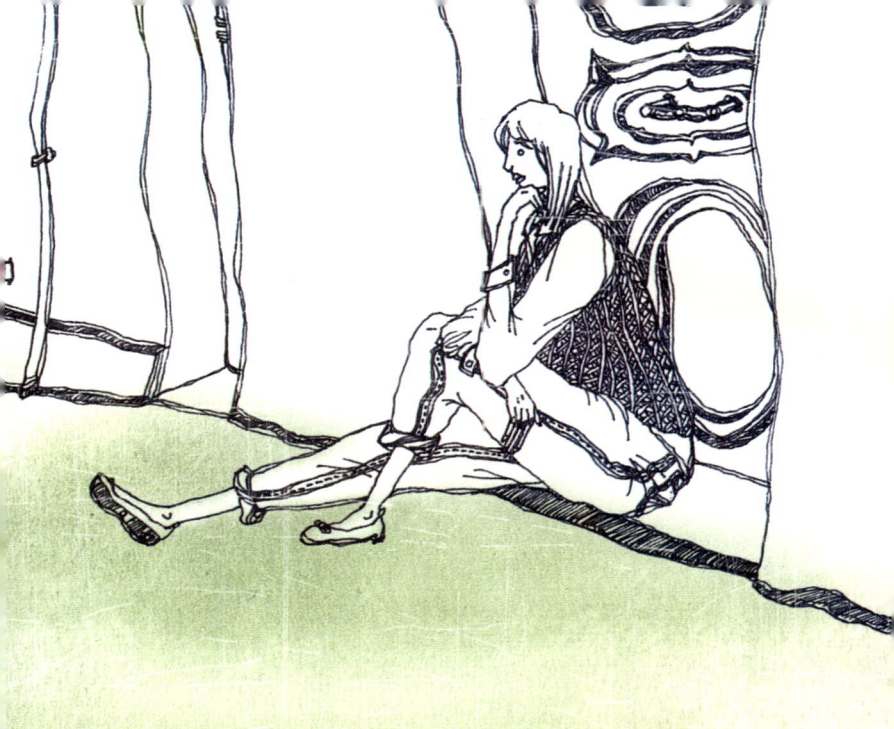

고양이를
부탁해

고양이를 아주 많이 좋아하는 친구와
달빛 아래 나란히 집으로 돌아가는 길에,
그날따라 우연히 길고양이와 벗이 되었다.
그런데 이 고양이 녀석이 야옹야옹 얼마나 살갑게 구는지,
친구가 완전 반해버려 정말 간 큰 생각을 하고 말아 버렸다.

　　"이 녀석, 키울까 봐"

고양이를 덥석 안아 집으로 데려와 먹을 것을 좀 주고 씻기려니
길고양이라 비누와 목욕에 익숙지 않을 터,
우린 둘을 타고 넘어 젖은 채로 온 욕실과 거실을 엉망으로 만들고
날카로운 경계의 눈빛으로 난리에 난리, 진짜 난리가 났다.

겨우 붙잡아 씻기려고 하던 찰나,
털 사이로 빼곡히 보이는 벼룩과 벌레들.

우린 그 상태 그대로 얼음.
한 순간 정지화면처럼 멍하니 있다가
그 나마 정신 차린 친구가 욕실 문부터 잠그고 수습을 시작했다.
드라이기로 대충 말려 고양이를 다시 집 밖에 내어 주고
자신의 무리로 잘 돌아가는지 확인하고 돌아섰다.

　　"야옹아, 미안. 넌 자유야."

고양이에 대해 백지인 나로서는 아직도 카오스에서 헤매고 있건만
친구는 욕실을 후다닥 청소하더니 나보고 옷 다 벗고 씻으란다.

　　"이거 진짜 심각한 상황이야. 고양이벼룩 거의 죽음이거든."

한밤에 둘 다 정신없이 씻고 옷 세탁에 청소도 하고
한바탕 전쟁을 치르고 나서야 제대로 상황파악이 되기 시작했다.

친구는, 그 고양이가 사람을 잘 따르고 예쁜 짓을 하기에
집에서 키우다 길 잃은 지 얼마 안 된 집고양이인 줄 알았단다.
고양이벼룩은 예전에 키웠던 고양이가 한 번 옮겨온 적이 있어
그 경험에 제대로 수습할 수 있었던 것.

우리가 생각하는 식의 선의를 베푸는 것으로
그래도 그 녀석에겐 좋을 거라 편하게 생각해 버렸는데
친구는 목욕을 시켜 비누 냄새 때문에
자신의 무리로 돌아가 괜찮을지 밤새 걱정을 한다.
아, 정말로 못할 짓을 한 셈이 되어 버렸다.
젖은 머리로 둘이 나란히 앉아 죄책감에 참 많이 미안해 했다.

지금,
잘 지내고 있니?

떠나온 사람의 마음가짐

넌 나를 기억해야 해.
나와, 나와의 추억들, 그 순간순간들.
내가 너와 함께 얼마나 많이 웃고 울었는지,
그리고 또 얼마나 많은 감정과 아픔을 함께 나누었는지.

나는 너를 기억할거야.
난 너무 곱고 예쁜 기억들밖에 없는데.
행여 나중에, 고이 접어두었던 네 추억들로
미처 정리되지 못한 미련으로 울어버릴지도 모르는데.

그렇지만.
결국은 할 수 밖에 없는 말.

정말 아픈 단어구나.

안녕.

프랑스, 그리고 파리.

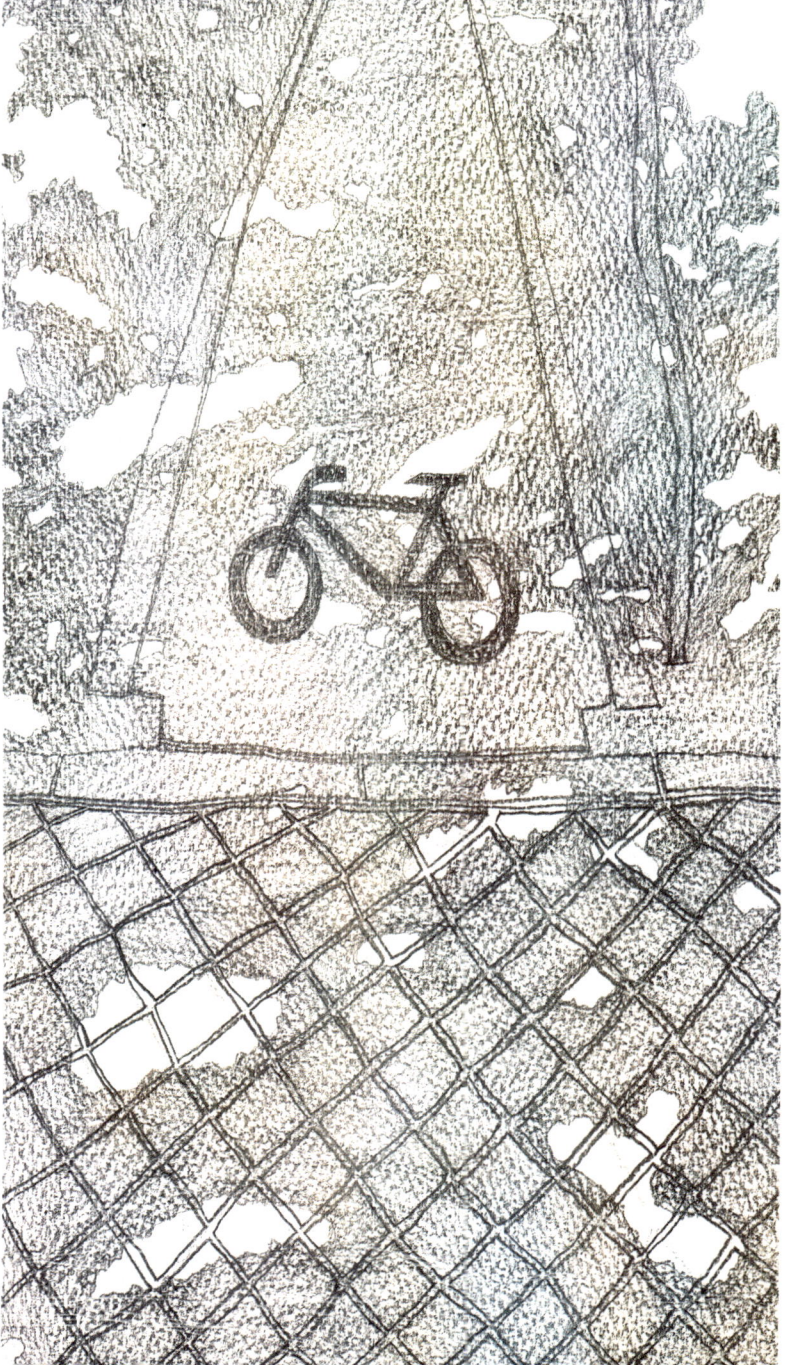

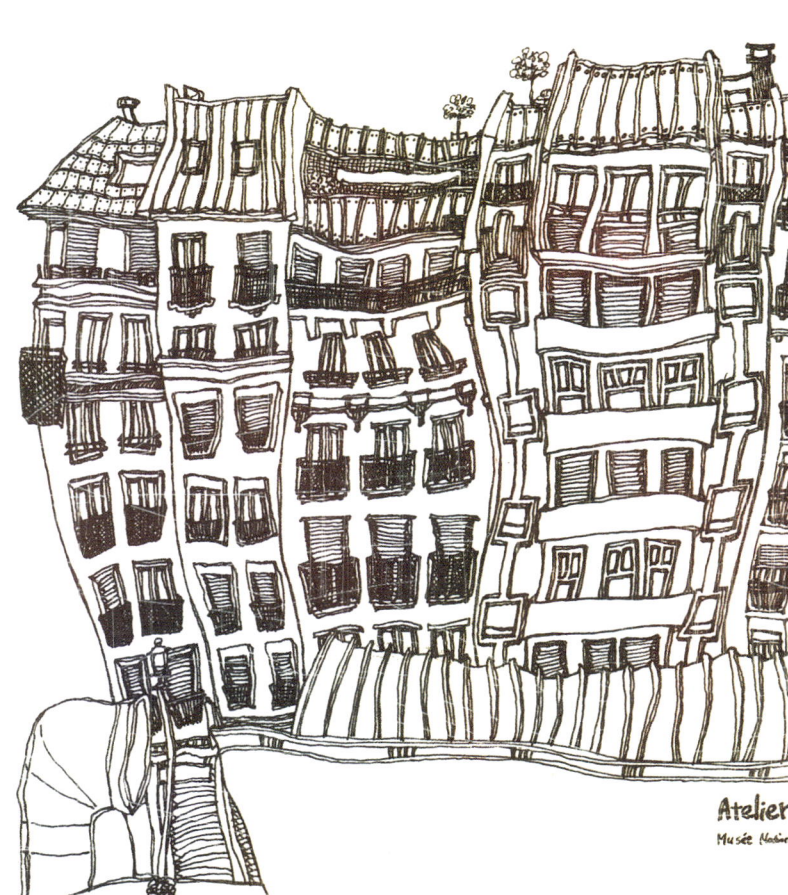

Atelier
Musée Nadin

merci et au revoir,
mon amour
paris et france......

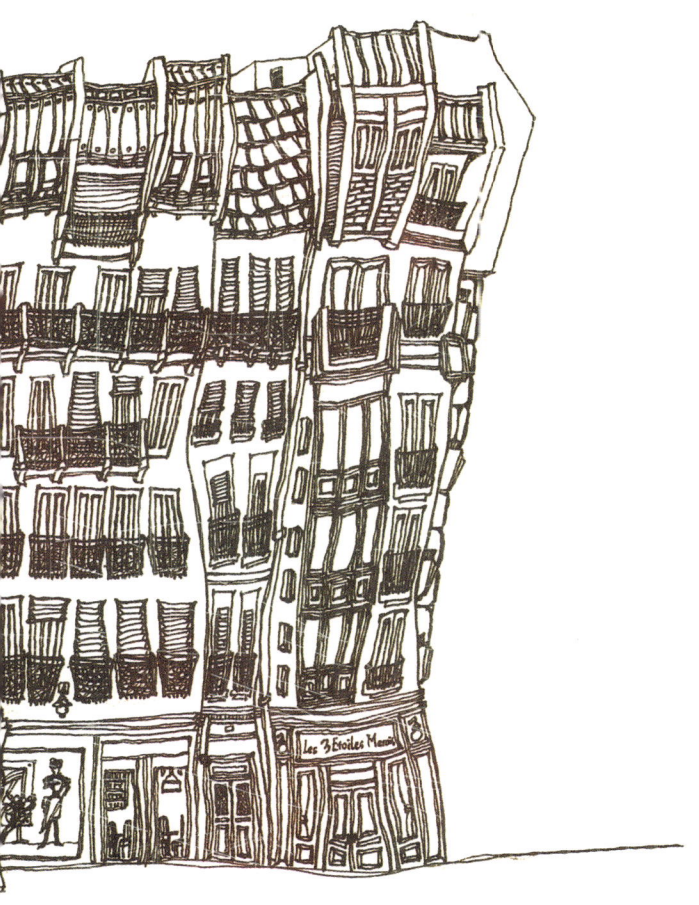

프랑스에 두고 온 것들

그 많고 많던, 달콤하고 맛있는 빵들.
요리 못하는 사람들에게도 공평한 맛을 전달하는
따뜻하고 포근한 치유의 양식.

그대에 대한 미련.
주섬주섬 어설프게 주워 담은 마음 조각들,
제대로 입에서조차 담지 못했던 이별인사에 대한
담담한 떠나보내기.

내 어리고 유치한 어리광.
신체적으로도 정신적으로도 치기 어렸던 실수들과 미련들,
홀로서기와 외로움의 시간을 지나 온
쑥스럽지만 대견한 성장통.

그리고

그리움, 새로움.
나를 이만큼 성장하게 해준 시간들, 장소들,
그리고 여기에서 시작되고 함께했던
소중한 나의 사람들, 사람들.
프랑스란 단어만 생각해도
마음 한쪽 뻐근하게 다가오는 그리움.

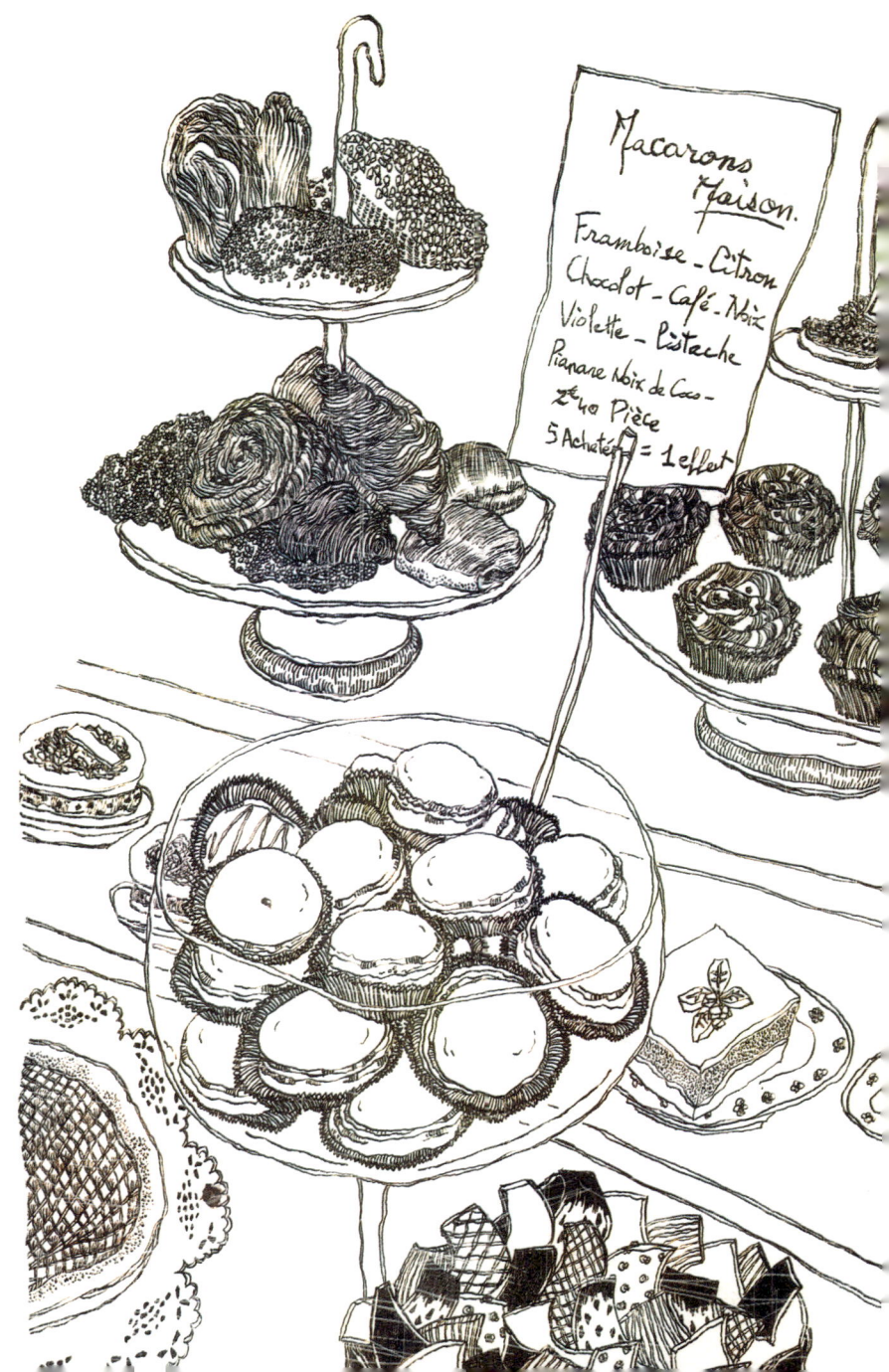

Macarons
Maison.

Framboise - Citron
Chocolat - Café - Noix
Violette - Pistache
Banane Noix de Coco -
2€40 Pièce
5 Achetés = 1 offert

어쩌면, 영원한 자기편을 만들고 싶어서
가족을 만드는지도 모르겠다.

tu me manques, vraiment......
à ma famille......

떠나는 사람과
남은 사람들

이상하게도, (나 역시 한동안 그러했지만)
내 주위엔 해외에 장기간 나간 사람들이 꽤 있다.
그 이유가 공부든 출장이든 간에 말이다.

어느 나라에 살든, 사람 사는 곳은 다를 바 없고
정들면 고향이고 익숙해지면 그게 바로 집이라 하지만
그래도 내 어렸을 때 삶과 그 흔적, 가족들이 있는
여기, 이곳을 떠나 다른 곳을 집으로 삼는다는 것.

여기 있는 사람은 여기의 일상대로,
그곳에 있을 사람들은 그곳의 일상대로 생활하고
그러다 우리나라에 잠시 들어오는 기분이란 거, 어떨까.

사실, 난 프랑스에 있었을 때
중간에 한국을 들어오지 않아봐서 그 마음은 알 수 없다.
(두고두고 독한 놈이란 말, 참 많이 들었더랬다.)

그리고 지금,
남아 있는 사람의 입장이 되어
때때로 여기에 돌아오는 친구들을 환송해주고 있다.

뭐랄까.
좀, 슬프다.

떠난 이에 비해 남은 이들에게는 어쩌면
새로울 것 없을 것 같은 반복되는 내 일상을
어느 순간, 치고 들어와 주는 그 일탈 같은 방문에
반가움과 그리움으로 완전히 마음을 빼앗겼다가도
그 얼마간의 기간이 지나면 다시 주저 앉혀야 하는
그런 착잡한 마음 때문에 이런 생각이 드는 걸까.

떠나는 사람의 입장도, 떠나보내는 사람의 입장도,
항상 슬픔이 차오르기는 마찬가지인 것만 같다.

그래서 사람은
어쩌면,
영원한 자기편을 만들고 싶어서
가족을 만드는지도 모르겠다.

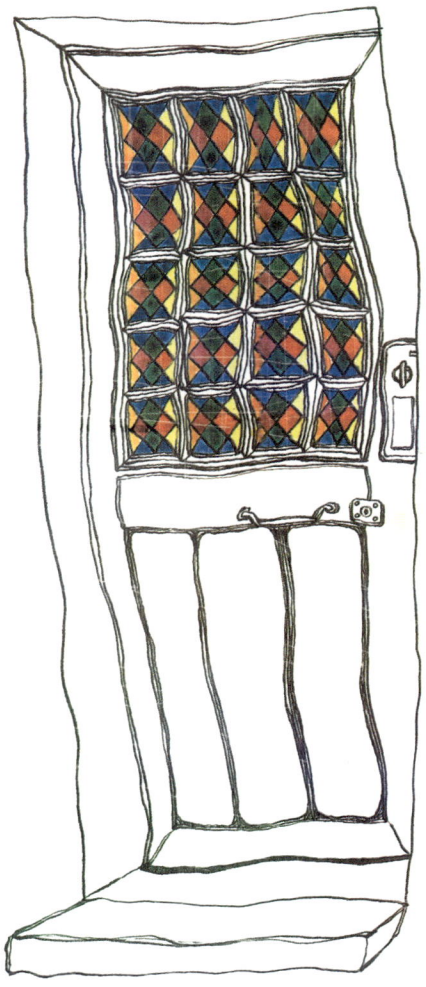
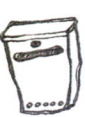

et après 233

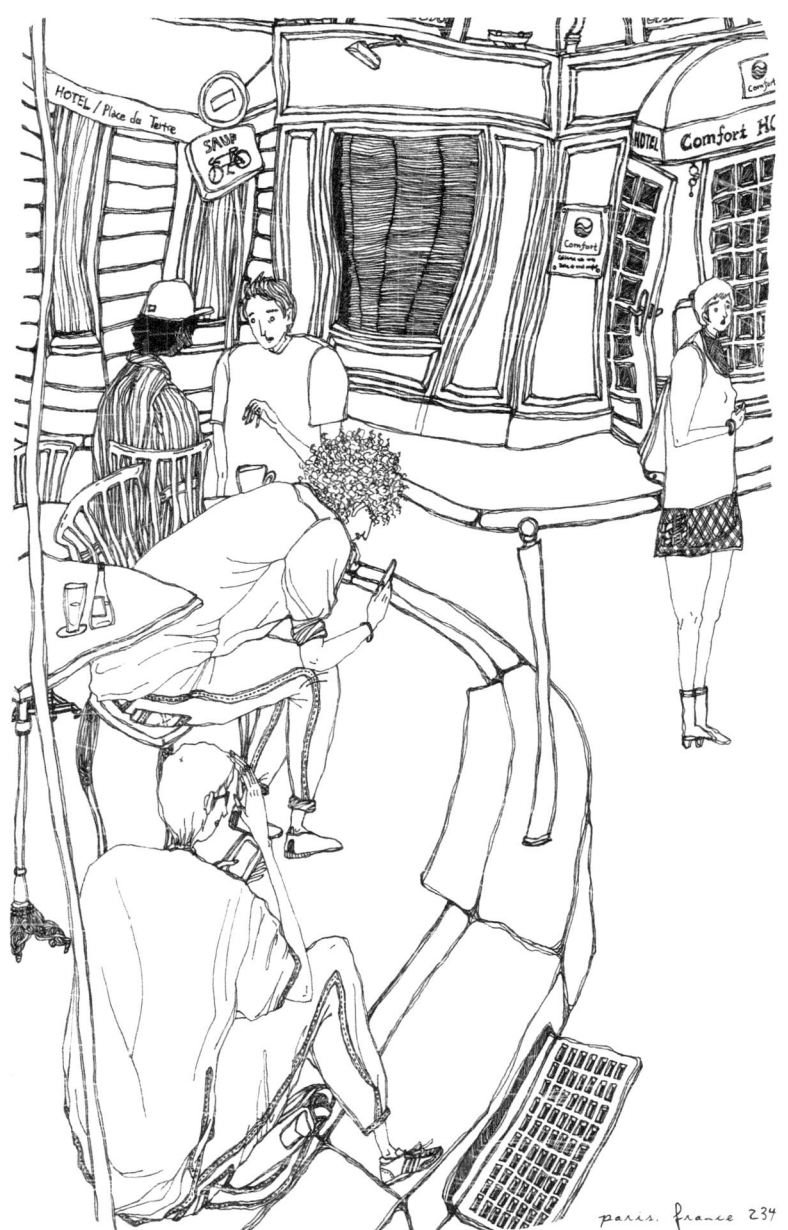

paris. france 234

늦둥이라 미안해

사람을 좋아하는 문제나
내가 좋아하는 일을 찾는 부분에 있어서도
난 늘 늦둥이였다.

이게 아니면 안 돼, 하고 매달릴 만큼
그 당시에는 절실하게 느끼지 못하였고
내 마음도 진심이 아니었다고 생각했는데,

시간이 흐르고 많은 것을 깨닫고
어느 정도 추억이나 경험을 가지고 나면
그제야 이게 아니면 안 되는 거였구나,
하고 손을 내밀게 되는 것이다.

늘, 왜,
깨닫기 시작하면 그제야
시간이 흐르듯 사라져 버릴까.

보는 이 마음에 따라
거리 풍경은
달라진다

늘 가던 장소나 항상 거기에 있어서 일상같이 느껴졌던 거리들이,
사실 누군가에게는 인생에서 꼭 한 번은 가보고 싶었던 장소였다거나
한 번쯤 살아보고 싶은 거리라는 생각이 들 때,
별스럽지 않았던 거리가 갑자기
하나하나 새롭게 느껴지듯 보일 때가 있다.

흔한 유행가에 나오 듯
그 누군가와 함께했던 곳,
함께 차를 마시고 식사를 했던 곳,
처음 만나고 설레는 감정을 만들었던 곳,
차마 돌리지 못하는 이별의 미련을 내려두었던 곳.

소소하지만 그때 그곳의 절실했던 감정이 담긴 그런 장소들이
얼마나 많은 시간이 지나야 새삼스런 추억으로
무던하게 다가올 수 있는지는
경험해본 사람만이 느낄 수 있을 것이다.

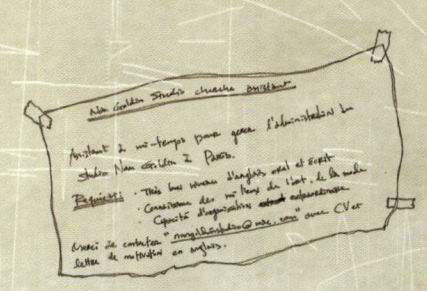

왠지 기억 속의 그 공간에서,
그와 내가 팔딱거리는 심장과 뜨거운 감정을
은밀하게 공유했을 거라 느꼈던 한 순간,
정체되어 머릿속에 미련처럼 머물렀던 그 공간들이
그 오랜 시간이 지나서야 삐걱거리고
다시, 현재의 시간으로 돌아오는 경험.

한참 늦은 공부로 스트레스 받고 외로움에 지쳐갈 때
멀리 한국에 있는 친구들은 수화기 너머
'프랑스, 파리, 좋겠다. 얼마나 로맨틱한 단어냐? 부럽다.'

하긴 친구들 머릿속 프랑스에 있는 나는
조금 힘들어도 신나게 유학생활을 즐기는
그저 부러움의 대상일 수밖에 없었을 테지.

사실, 유학이란 걸 누가 등 떠밀어서 온 게 아니라
내가 좋아 내 공부하겠다고 짐 싸서 떠나온 것인데
투덜거리는 것도 어찌 보면 배부른 투정이겠지.

그럼에도 그렇게나 친구들이 부러워했던 그 공간 안의 나는,
그 공간의 새롭고 신선하고 톡톡 튀는 이국적인 즐거움을 느끼기엔
하루하루 목까지 차오르는 외로움과 성장통으로
마음의 여유가 없었고,
아주 많이 아프고 피곤하고 지쳐 있었으며,

내가 굳이 나에 대한 핑계나 포장을 하지 않아도
자연스레 나를 알아줄,
나와 같은 말과 행동과 생활양식을 공감하고 나눌 수 있는 이른바,
'나의 사람들'에 대한 지독한 향수병 때문에
프랑스라는 공간이 주는 감정의 선은 그리 긍정적이지만은 않았다.

지금 나는.
누구와 함께, 어느 공간에서,
어떤 시간을 살고 있는가.

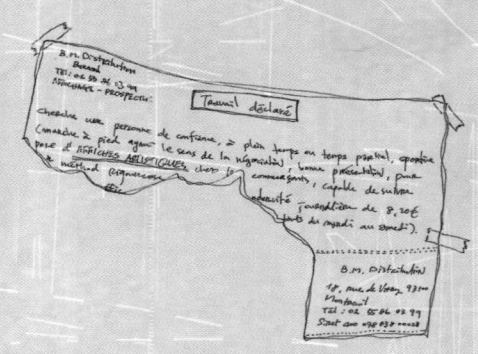

그 시절 그곳에서의 나는,

마치 누군가의 힘에 의해 등 떠밀리듯,

생각에도 행동에도 여유가 없었고

일상조차도 나를 조곤조곤 챙길 만큼 관용窟이지 못했더랬다.

나는 너무 젊었고, 쉬지 않고 계속해서 팔팔 끓고 있었기 때문에

한 번 식어버리면 스스로를 어찌할 수 없을 것 같아

자기 전에는 내가 오늘 무엇을 했었는지,

그리고 내일은 무엇을 해야 하는지를 끊임없이 생각했고,

아무것도 하지 않고 하루를 보내는 날에는

(사실 그런 날이 생각보다 아주 많았음에도 불구하고)

뭔가 알 수 없는 우울감에 하루를 마치는 기분이었다.

늘 마음이 뭔가에 의해 채근된 듯,

알 수 없는 무언가를 위해 달리기를 준비하는 심정으로.

그건, 사실 공부 때문이 아니었을 거다.
대상이 공부였든, 회사였든, 일이였든, 사람이었든 간에
내가 나 스스로 '이러이러하게 해야만 해' 라고 만들어놓은
그 작고 고독하고 답답한 공간에 스스로 들어앉은 것일지도 모르겠다.

나를 더 강하고 단단하게 해줄 수 있는
숨을 돌릴 수 있는 여유를 전혀 생각하지 못했던 게
딱, 그만큼 밖에 하지 못했던 그 기억 속 장소의 내가
지금까지도 나는 가장 안타깝다.

아마 이제, 이만큼의 시간이 지나고, 그리고 언젠가,
다시 프랑스에 가게 되는 날에.
내 메마른 감정으로 멈춰버렸던
프랑스에 대한 미련과 추억의 시간들은
다시 삐걱거리며 돌아가게 되겠지.

그때가 되면, 조금은 어른이 된 마음으로
그때 그 기억 속의 나와,
화해할 수 있을지도 모르겠다.

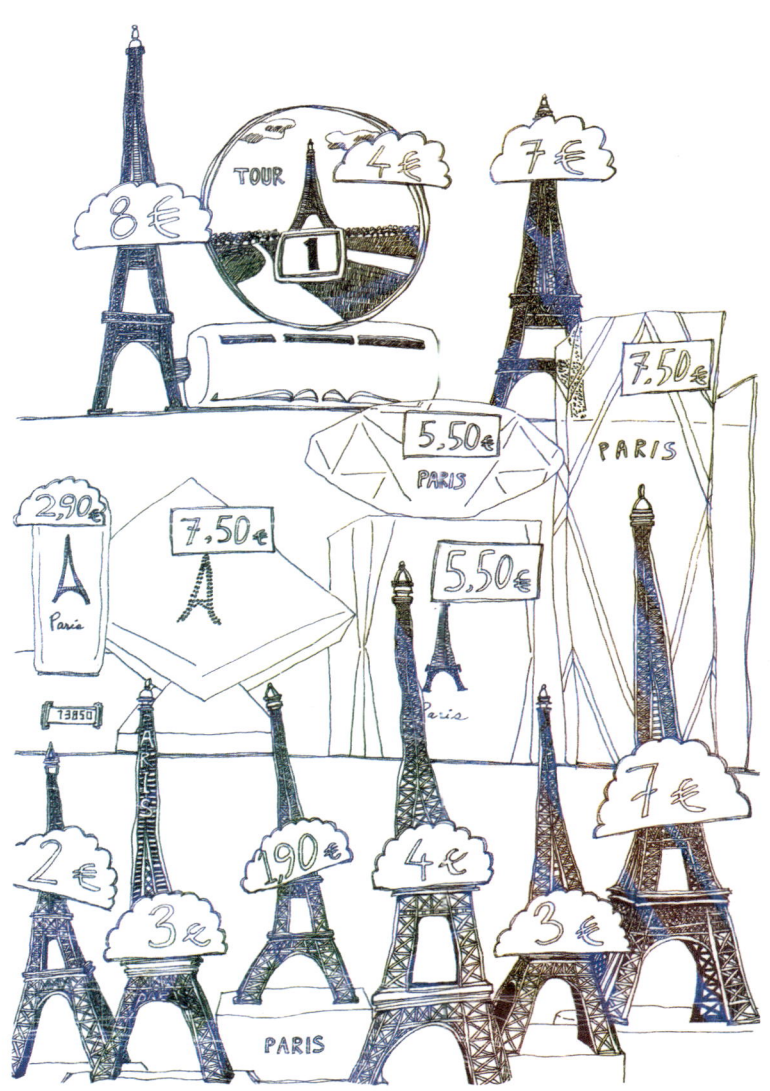

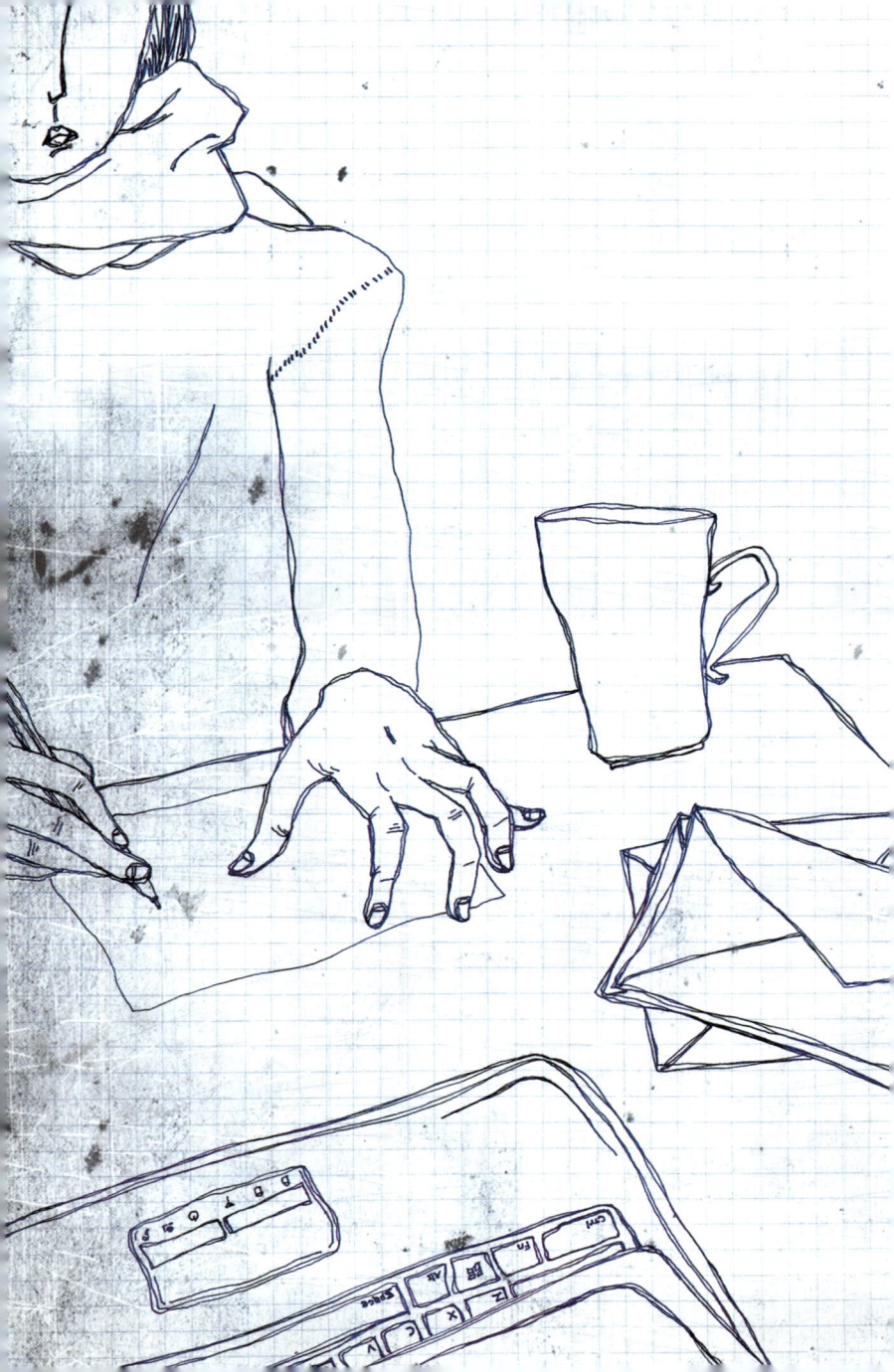

그
에 보
게 내
는

편
지

어제까지도 내 곁에서 숨을 쉬고
늘 내 곁에 있을 것만 같았던 그가
하루아침에 나를 뒤로 하고 떠나갔습니다.
아니, 그는 미리 떠날 준비를 했는지도 모르겠어요.
그저, 내가 너무 늦게 알아버렸겠지요.

일상일 거라고 생각했습니다.
일상에 너무 자연스럽게 들어와서, 내게 스며들어 있었고
나 역시 그의 일부처럼 '언제나' 그렇게
함께 닮아 있을 거라 생각했습니다.
우리는 매일을 함께했고, 많은 것을 공유했으며
감정을 모두 공감했다고 생각했어요.

떠나가는 순간에도 그렇게나 나를 배려해 주었으면서.
아프지 말라고, 숨죽여가며 그렇게 조심조심
마치 내가 느끼지도 못할 정도로 그렇게.

사람들은.
우리가 인연이 아니라고 위로하고 다독여 주었지만
왠지 난, 좀 억울했어요.

내가 뭘 잘못 했을까.

내가 뭘 놓친 걸까.

내가 지키지 못한 그, 그리고 그 마음.

마치 심장 한 구석을 떼어내듯 아프고, 아프고 또 아팠습니다.

가끔 생각했던 우리의 미래, 그에게 주고 싶었던 선물,

그저 마음에만 담아두고 전해주지 못했던 표현들,

그 많은 것들이 후회와 고통으로 다가와 더 많이 아팠습니다.

나는, 미련퉁이라 그럴까요.

아직도, 여전히.

그가 그립습니다.

이건 좀 나쁜 꿈을 꾼 거라고 해도 믿을 것처럼

여전히 그가 보고 싶습니다.

paris. france 244

향수병
나는 언제나

좀처럼 적응되지 않는 시차 때문에
들썩이는 생각들을 머리에 가득 채우고
여기, 서울의 새벽을 맞이한다.

도착했던 그 날들엔, 프랑스에 비해 너무나 빠르게 돌아가는
서울의 시간과 생활흐름에 좀처럼 적응하지 못해
늦은 걸음마를 다시 배우는 미숙아처럼 뒤뚱거리더니

겨우 얼마 지났는데 벌써
화려한 저녁시간의 불빛과 시끌벅적한 이야기들,
적당히 참견하고, 좀은 넘치게 걱정해 주는 가끔만 쓸모 있는 오지랖,
유행에 민감한 젊은이들의 치맛자락에 나도 덩달아 닮아가는 시선,
이런 것들이 몸과 마음에 익숙해지기 시작했다.

그러고 보면, 약간 우습기도 하다.
고작, 그 몇 년, 프랑스에 얼마나 있었다고.
내 인생의 대부분은 여기, 이 도시에서 이루어졌는데 말이다.

프랑스에 비해 훨씬 더 빠르고 다이내믹한 여기,
서울의 시간 덕에 뒤에 남겨두었던 그리움들이,

좀처럼 느껴지지 못했는데
이렇게 사소한 것 하나하나로
가슴이 시큰거리고 두근거린다.

아프지 말라고 포스트잇에 날려 적은 프랑스 친구의 메모와
좁디좁은 기숙사 침대 위에서 친구와 함께 뒹굴며 들었던 프랑스 노래,

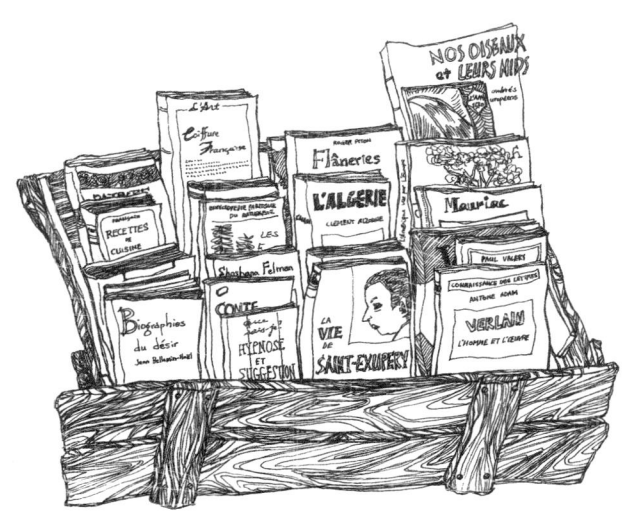

어쩌다 책 속에서 찾게 되는 메모와
어쩌다 우연히 듣게 되는 그 노래와
그런 사소한 몇 가지 기억들로 봇물 터지듯 흩어져 나오는 그리움들.
함께 또는 혼자, 웃고 울고 아파하고, 그리고 성장했던 그 시간들.

프랑스에 있었을 땐 그렇게나
여기의 모든 것들이 그립고 보고 싶었는데
이젠, 여기에서 나의 가족과 친구들이 함께 있음에도
프랑스에 두고 온 친구들과 내 어린 날들의 그리움 때문에
여전히 나는, 향수병에 걸린 것처럼 아프다.

이젠 건강하게 보내주어야 하는 예전의 추억들을
웃으며 보낼 수 있을 만큼 철들어야 하는 나이임에도
옷자락 한 끝을 움켜쥐고 놓지 못하는 아이의 칭얼거림처럼
나는 왜 이렇게나 과거 지향적인 걸까.

아직은 얼마나, 언제까지 갈지 모를
여전히, 나는 향수병 중이다.

함께 또는 혼자, 웃고 울고 아파하고,

그리고 성장했던 그 시간들......

en tout cas......

je te remercie énormément

pour tout ce que tu as fait......

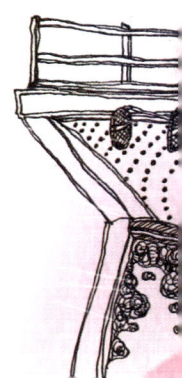

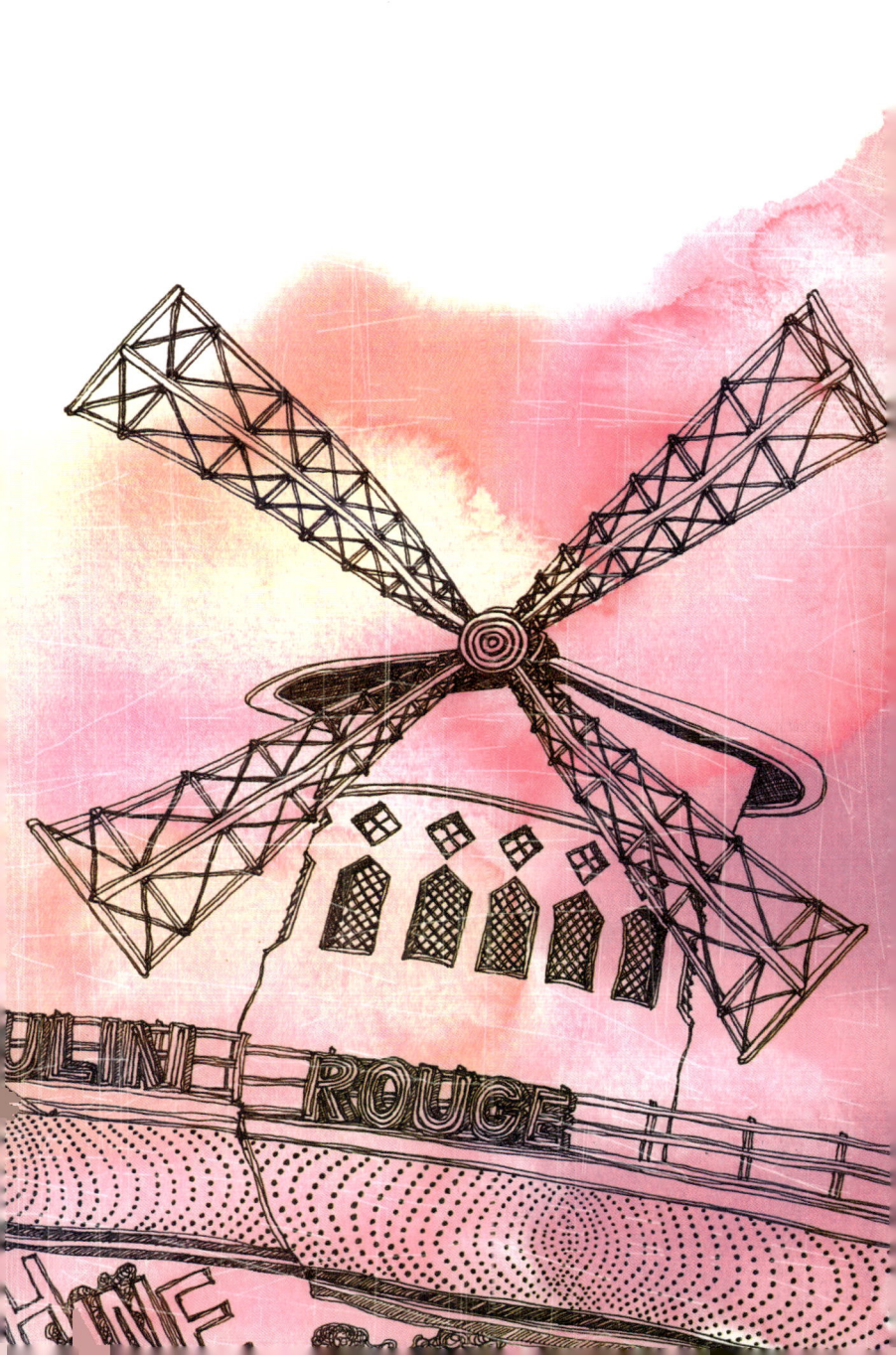

시작에 앞서는
엄살

라디오에서 어느 여가수는 구슬프게 노래하고
여전히 방향을 잃고 혼란스러워 하는 나는 그 자리 그대로,
예민해질 대로 예민해진 심장은 살짝 긁히는 소리에도
쉬지 않고 대거리를 하느라 힘들고 피곤해 한다.

생각이 많아지고 뭘 해야 할지 모를 순간이 오는 것은
현재 내가 아무것도 하지 못하고 있다는 것이겠지.

무엇인가를 선택하고, 시작한다는 것.

사실 알고 있다.
양쪽으로 갈린 길의 교차로에 서서 그 길로 가면 어떤 변화가 있을지.

단지, 확신이 없다는 것과
그만큼 노력할 자신이 없다는 것.

얼마만큼 감당하고 얼마만큼 열심히 하는가에 따라
그 길 끝의 나는 분명히 달라져 있을 것이다.
어떤 길을 가더라도 아마, 후회는 하지 않을 것이다.
그 순간, 그것이 최선이었을 것이라고 믿고 있기 때문에.

단지, 지금은.
아직 선택하기 전의 두려움, 떨림.
혹은 약간의 두근거림과 눈치.

뭐든 시작하고 달려가기 시작하면 오히려 편해지므로,
틀에 박힌 말이지만.

힘낼 것.

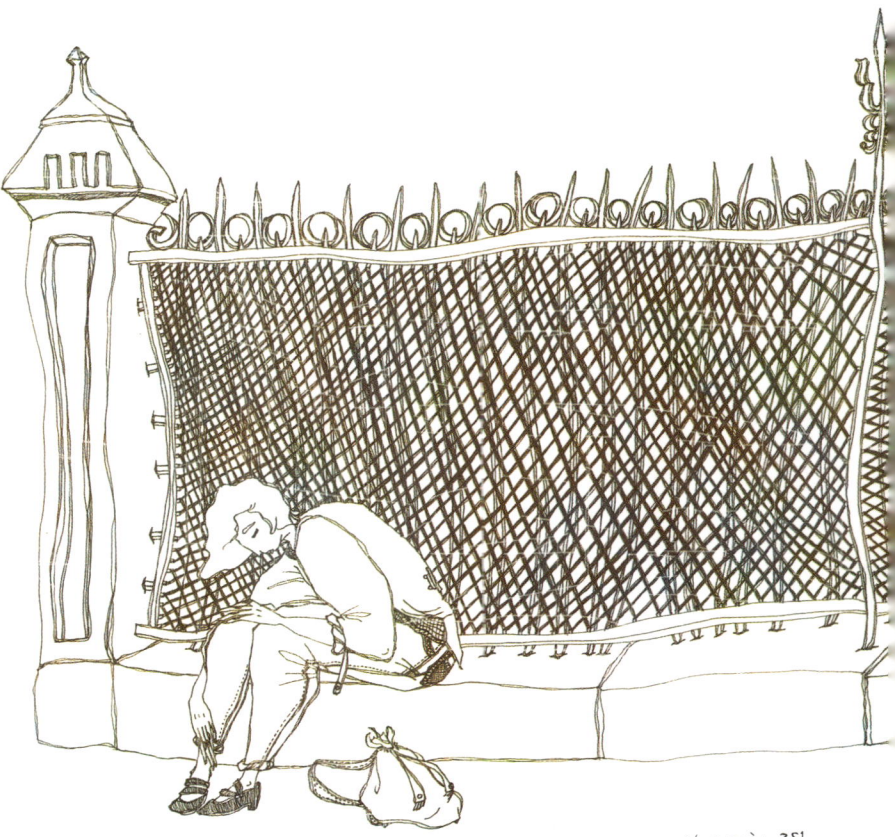

et après 251

아
픔
의 크
기

아주 가끔은,
내가 기분 좋게 이겨내기엔 너무 벅찬
많은 우울한 소식들과 힘든 것들이 쏟아져 내릴 때가 있다.
커다란 슬픔에 갇혀 잠식되는 듯한 느낌.

왠지 굉장히 억울하다는 생각과
세상이 너무 불공평한 것 같은 생각에 마음이 다치고.

힘들고 어려울 땐 좋았던 기억과
앞으로의 좋을 일들을 상상하고 이겨내야 한다고들 하지만
내가 그럴 만큼 긍정적인 사람도 아니고
참 흔하게도 그런 감정에 대해서만큼은
더더욱 집중도가 높아지는 것이다.

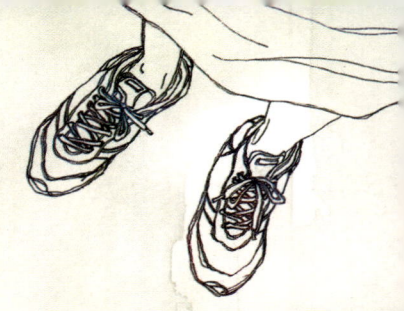

때때로, 이런 때가 되면
감정의 끄트머리에 웅크리고 앉아 작은 번데기처럼 몸을 말고
아픔의 시간이 지나가고 그 크기가 작아지도록
시간의 흐름 안에 나를 놓아두고 싶은데.

이런 순간은 쓸쓸하게도 내 생각처럼 오지 않기 때문에
내가 아닌 다른 사람들의 눈에는
그야말로 잠적처럼 보이게 되는 것이다.
또 어떤 이의 눈에는 게으름으로도 보일 테니 말이다.

아플 때는
아픈 시간의 흐름과 크기만큼
충분히 아파해야 그만큼 건강해진다고 생각했다.

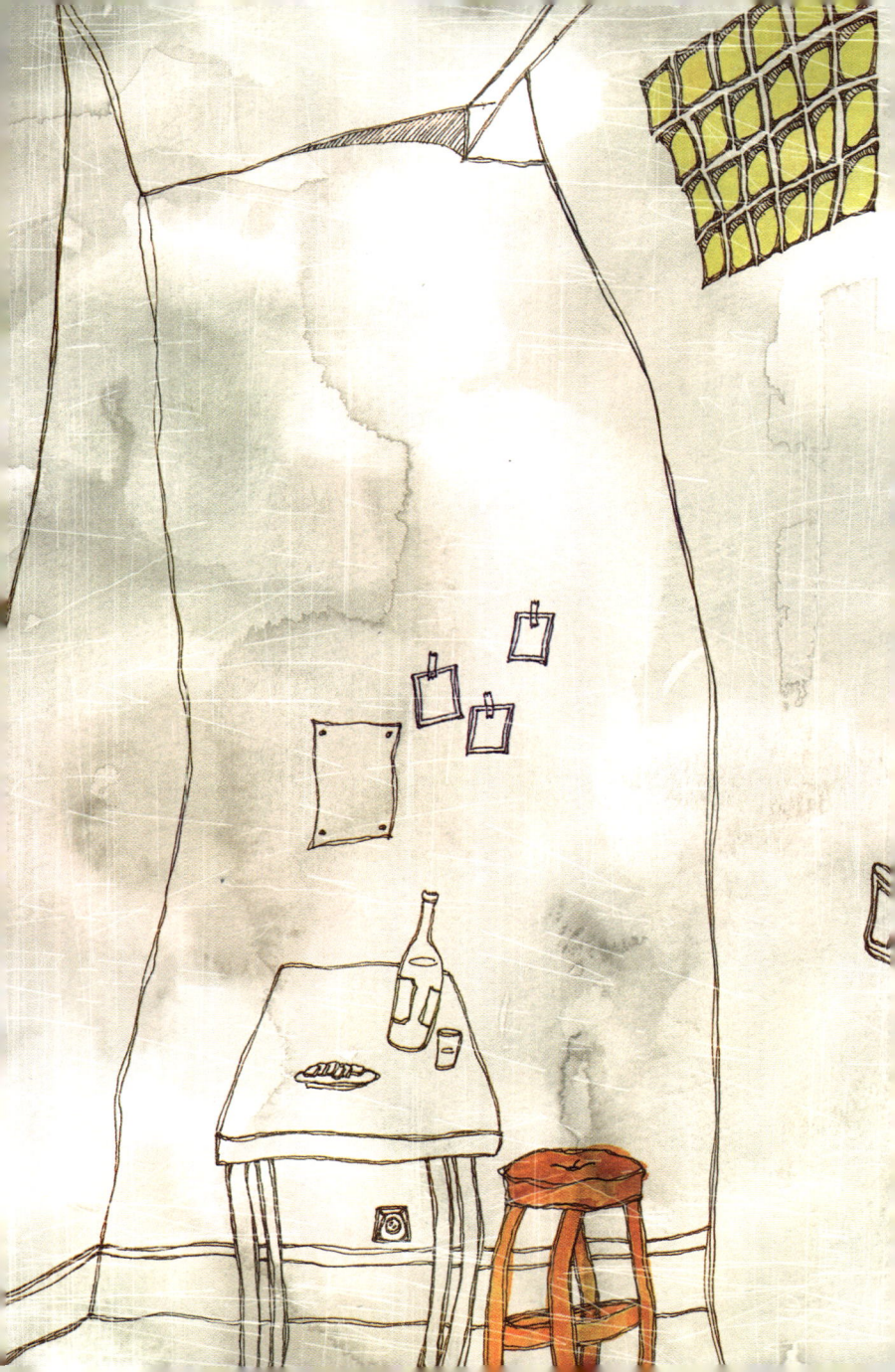

다른 사람들의 생각이나 시선보다는
내 마음의 상실과 고통의 위로가 더 중요하니까,
그런 내 생각이 맞는다고 꾹꾹 우기면서
가끔은 성장과 치유를 위한 잠적을 하곤 했다.

그래서 난 늘 비틀거리듯 아프고, 상처받고
그런 시간들만큼 아파하는 시간이 지나고
그 다음 날이 되면 다시 일어나서 또 새날을 맞이할 것이다.

먼 길을 돌아 인사하다

간만에, 예전에 작업했던 애니메이션과 일러스트들을
다시 정리할 일이 생겼다.

이제는 지나버려서 별로 감흥이 없을 것 같았던 지난 일들이,
많은 시간을 통해 흩어지고 작아졌을 거라 믿었던 기억들이,
파일을 열고 그 페르소나쥬Personage(인물)들을 마주 대하니
마치, 그때의 치열하고 가슴 절절했던 순간이 다시 다가오는 느낌이다.

나는 충분히 외롭고 힘들고,
감성에 푹 빠져 있었던 듯하다.

그때에 나를 통해 쏟아져 나왔던 내 캐릭터들은
드러내지 못하는 외로움 속에 울고 있었고
꽤나 긴 시간이 지난 지금에도 짠한 느낌이 전해진다.

그렇게 치열하게 매달릴 때가 내 인생에 또 있을까.
어쩌면, 있을 수도 있겠지.

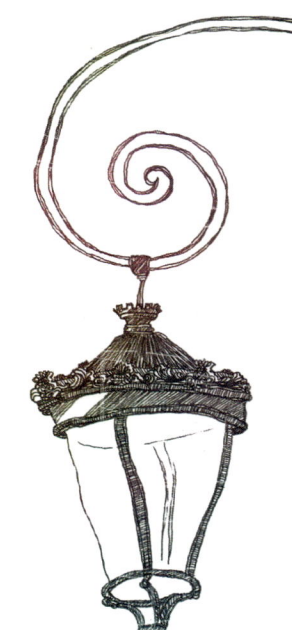

나는 많이 아팠고, 많이 성장했다

je me sens qu'il y a
beaucoup de progrès,
après la maturité……

하지만 나를 그렇게 밀어붙이면서
뜨거운 피와 젊음과 그리고 주체할 수 없는 감정과 맞부딪쳤던
내 삶의 순간들은 두고두고 다시는 없을 것이다.

나는 많이 아팠고, 많이 성장했다.
내게 있어 프랑스에서의 공부는 아주 큰 경계였고
아픈 성장이었으며 즐거운 고행이었다.

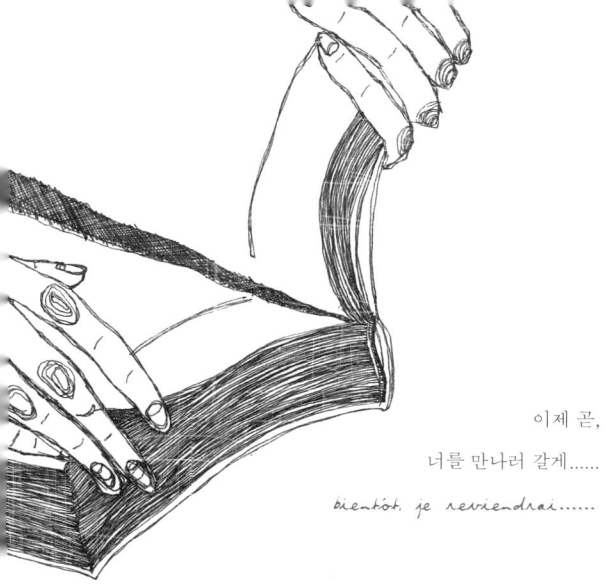

이제 곧,

너를 만나러 갈게……

bientôt, je reviendrai……

마 떠
음 날
가 사
짐 람
의

다시 만날 수 없을지도 모른다는 생각을 한 적도 있었어.
어쩌면 그럴지도, 그렇게 생각하니 참 서글퍼지더라.
한때 내 생활 속에 완전하게 들어와 버려서
네가 나의 전부였던 때도 있었는데.

참 신기해.
추억을 이렇게 떠올리면서 웃을 수 있다는 거.
심장이 두근거리고 깊숙한 기억 그 안의 네가 보여.
많은 시간, 함께했던 그 순간들, 그 감정들.
그때, 떠나오고 나서야 알게 되더라.
네가 내게 얼마나 특별한 존재였는지.

서로에게 있었던 각자의, 변화의 시간 동안
많이 달라지고 어쩌면 못 알아볼지도 모르겠어.

떠난다는 게, 이렇게 가슴 벅찰 수도 있구나.

이제 곧,
너를 만나러 갈게.

나 자신을 위한
조언

남들처럼 살아간다는 것.
그 나이에 맞춰 비슷하게 살아간다는 것.

사람들이 모두 다
선택하는 삶이 다르고 선택하는 시기가 다르고
결정하는 것들이 다 다르다지만 그래도 그런 것들이
이 현실이란 틀 안에서 열심히 살아가는 모습의 하나일 텐데.
그래도 가끔은 이 현실이란 공간에서 나만 혼자
튕겨져 나온 듯한 느낌이 들 때가 있다.

지금도 어쩌면, 여전히 과도기일지도 모를 그런 시기이고
뭘 해야 할지에 대한 것은 여전히 어지러울 정도로 답답하다.
급한 마음이 앞서고, 보이지 않는 미래에 답답하기도 하다.

하지만, 아직은 아주 조금 방황해도 되지 싶다.

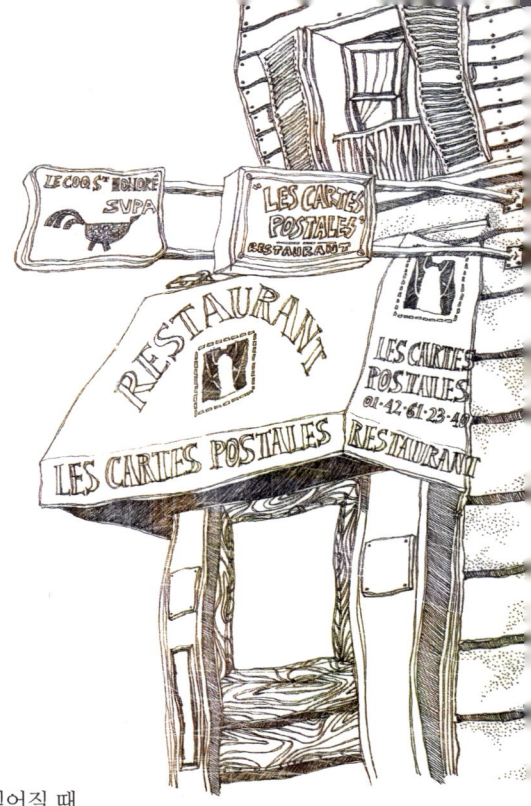

무엇이든 생각이 나고 하고 싶어질 때,
그때가 가장 적기이고
가장 제대로 열심히 할 수 있고
스스로에게 가장 솔직해 질 수 있는
늦지 않은 시기라고 생각한다.

조금은 느리지만
지금을 살아가는 내가
지금 행복하다 느끼면
그걸로 되지 않을까.

변
화
의 시
    간
    들

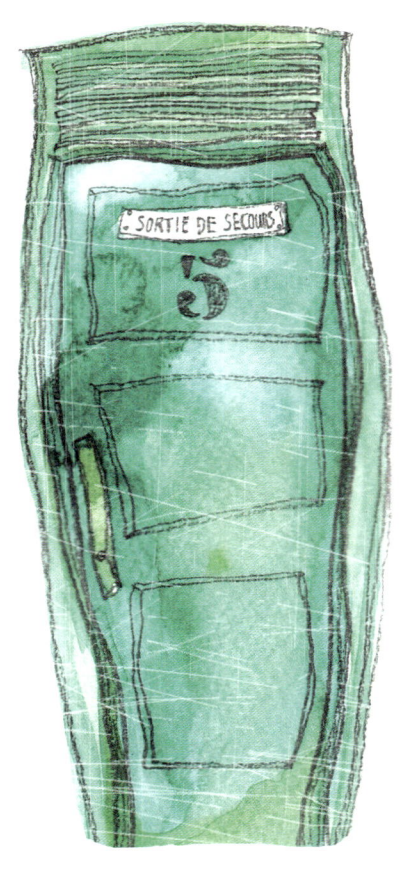

좀처럼 변하지 않을 줄 알았어.

넌 유난히 느리고 좀처럼 한결같을 거 같다서
내 머릿속의 너는 별로 지금까지도 다르지 않을 줄 알았지.
내가 너와 함께했을 때 네가 가진 시간의 흐름이
내가 속한 여기의 흐름보다 느린 편인 것 같아서 말이야.

좋은 변화일까. 그렇겠지?
많이 변했구나. 생각보다 말이야.
좀 더 현대적이라고 해야 할까, 새롭다고 해야 할까.

어때, 나도 많이 변했지?
예전보단 좀 더 겁이 많아지고 더 소심해지고
이젠 좀처럼 모험과 변화에 적응하기도 쉽지 않아.
대신 조금은 생각에 깊이가 생긴 것도 같아.
아, 물론 눈가 주름도 좀 더 생겼지. 좀 슬프다. 하하

우리, 얼마만이지?

반갑다, 파리 그리고 프랑스.

다시, 꿈을 꾸다

청춘이라 말하긴 좀 거창하지만,
내 뜨거운 한때의 일부를 그곳에 두고 왔어요.
지금 떠올리면 조금은 민망하리만큼 무모했던
서투르고 어설퍼서 사랑스러웠던 그때.

다시 태어나면, 하고 묻는 이들에게
뭐, 그렇더라도 별반 다르지 않을 거라고 대답합니다.

어려서부터 총명해 자기의 갈 길을 한방에 찾는
그런 영특함 따위는 기대되지 않았던 인생입니다.
가끔은 왜 이렇게 고생길일까, 눈시울 붉히기도 며칠,
지나친 욕심처럼 보여도 지금만큼은,
그 순간까지 달려보자고, 매달렸던 열정의 순간들.

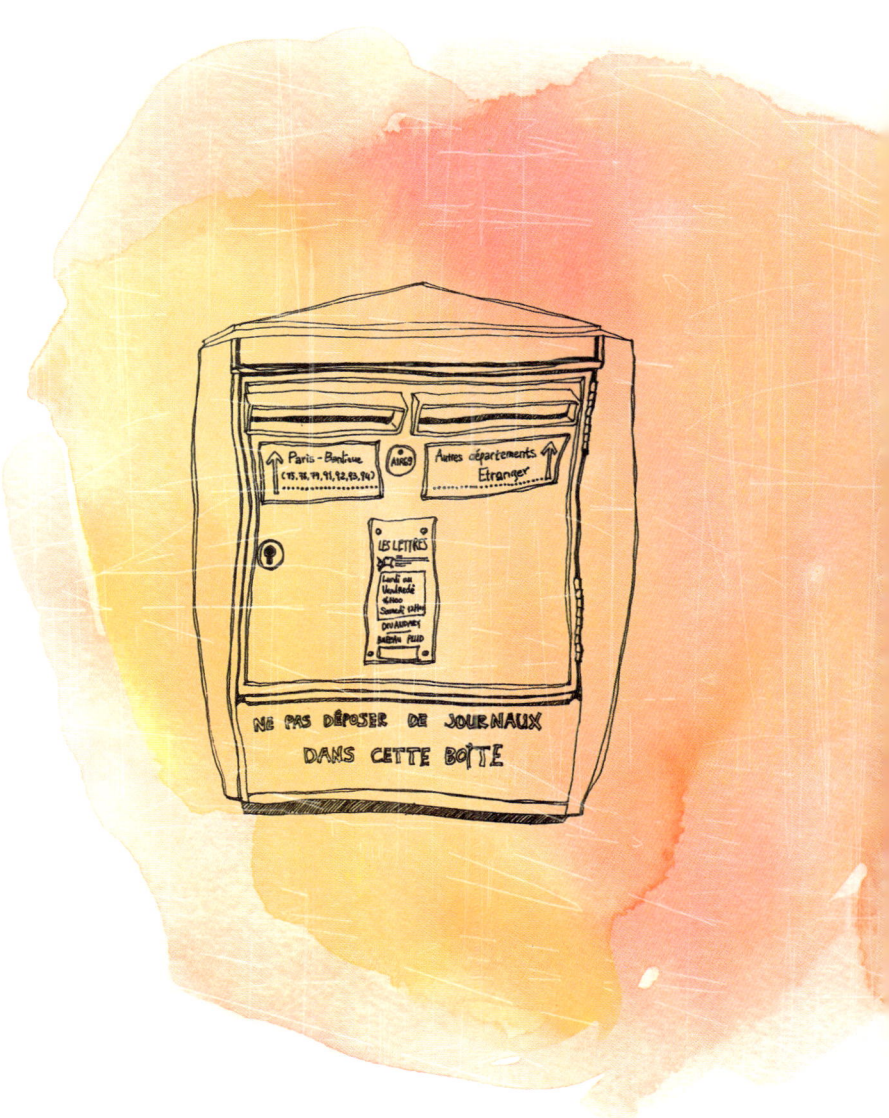

아주 조금의, 타인에 대한 이해와
아주 조금의, 욕심에 대한 노력과
아주 조금의, 없음에 대한 부끄러움,

참 희한하게도
그렇게 뜨거운 순간이 지나고 나면
끝, 하고 대단원의 막이 내릴 줄 알았겠지만
인생은 그러기엔 너무 긴 마라톤 같습니다.
여전히 알 수 없고, 여전히 힘들고, 여전히 두근거리는.

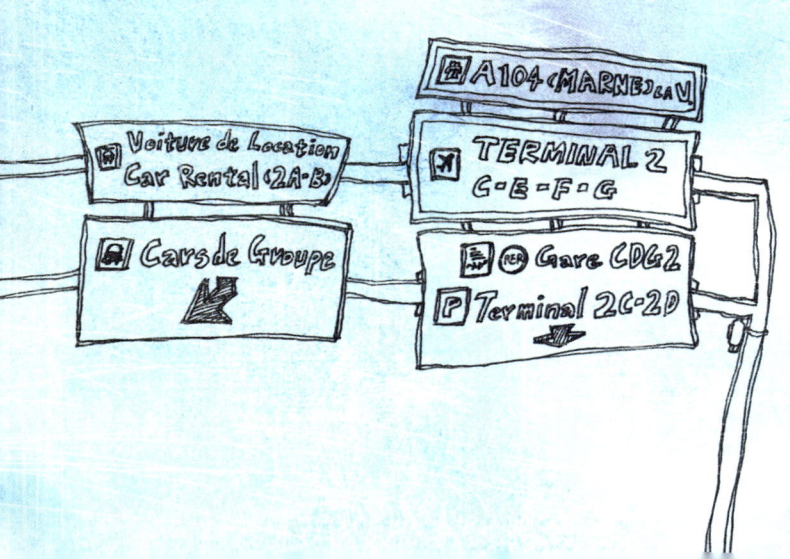

지금 이 순간에도,
내 안에는 반짝거리는 꿈이 있습니다.
자신을 집어 삼킬 만큼 크고 강렬했던 불꽃은
화톳불 속의 작은 불씨처럼 길고 더 뜨겁게 남아있습니다.

나는,
다시 꿈을 꿉니다.

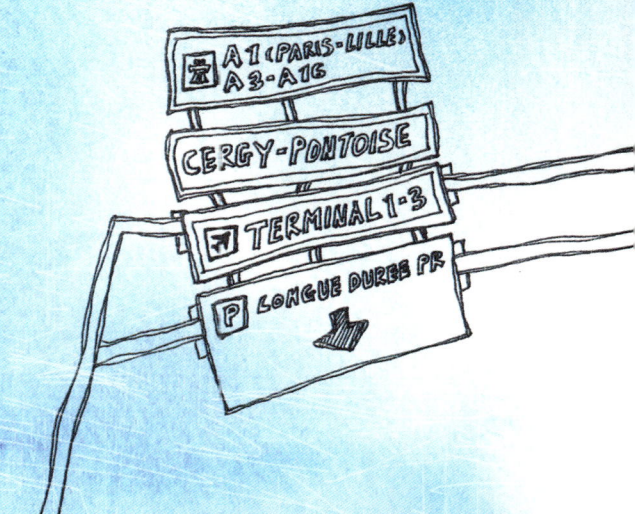

epilogue
마 치 면 서......

문득, 고개를 뒤로 돌아보니
참 아프게 웃곤 했던 나의 스무 해 때 기억들이
생각보다 밝게 잘 지내고 있는 것 같습니다.
누구도 치대지 않았는데 혼자 그렇게 지쳐있는 것 같더니만
사실은 저렇게나 밝은 얼굴로 웃을 줄 알면서도 말입니다.

그때 나는 그 밝음이 너무 눈부셔서 싫었던 것 같습니다.
마치 가슴 속 거대한 불덩이가 시도 때도 없이 타오르는 것처럼
나는 약간 허용량을 초과한 열정을 안고 있었는지도 모릅니다.

예민하다는 말이 듣기 싫어 자격지심에 쿨한 척 허세도 많았고
때로는 스스로가 대단한 것 같은 착각에도 빠졌다가,
알고 보면 작은 성냥 하나만도 못 되는 것 같아 부끄럽기도 했고
좋은 성격의 사람인 것처럼 포장도 해보고
뭐, 그랬습니다.
온 세상의 모든 것들에 대해 별스럽게 걱정하면서도
내 세상의 어떤 것도 제대로 해내지 못하는 것 같았지요.

시간이라는 힘은 참 신기합니다.
서른이 되고, 나이의 무게도 느껴지네요.
조금은 나에게 자연스러운 옷을 찾아 입기 시작한 것도 같습니다.

이제는 사랑하고 헤어지고 기뻐하고 아파하는 것이 자연스러운 일이고
타인의 작은 비난에 일일이 상처받지 않고
조금은 뻔뻔한 미소를 지을 수도 있으며
행여, 상처받고 울고 비틀거리더라도
다시 일어나 환하게 웃을 수 있음을 알고 있습니다.

사랑과 사람과 마음, 그런 모든 것들의 소중함과
간직할 것은 소중하게,
버릴 미련들은 과감하게,
조금은 용기도 생겼지요.

우리 모두에게는 누구의 스무 살이라도 이야기가 있습니다.
아픈 기억들뿐이라면 그것으로 인해 내가 덜 아플 수 있는 걸 찾을 수 있고
철부지 같은 기억뿐이라면 그것으로 인해 이제 어른이 될 기회가 있으며
행복하기만 해서 다행이라면 그것으로 인해 밝은 미소를 지을 수 있고
그렇게 우리는 서른이 되고 어른이 되는 것 같습니다.

예술에 발을 걸치고 있다는 핑계로 나의 예민함을 당연한 듯 휘둘러도
내가 가장 나다울 수 있도록 기다려 주고 응원하고 웃어 준
나의 가족들과 친구들, 그리고 내 주위의 모든 이들에게 감사합니다.

고마워요, 앨비스.

여기, 이렇게,
……그리다

episode 1 특별한 장소에 대한 기억

노트르담 드 파리 Notre Dame de Paris **뮤지컬의 한 장면 같은, 오래된 노천카페 앞에서**
파리 어디에서나 흔히 볼 수 있는 카페, 사람들, 시니컬한 수다 그리고 따사롭게 내리는 한 줌의 태양.

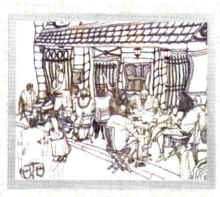

episode 2 무엇인가를 시작한다는 것

여행자를 위한 지침서
벼룩시장에서 우연히 발견한 여행가방. 오랜 세월 동안 책 읽기를 좋아하던 주인의 소중한 짐을 품고 참 많이도 여행했을 것 같아 보이던 녀석.

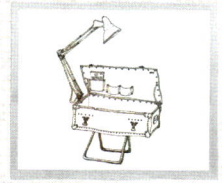

푸른, 페리에 Perrier
유학시절 유난히 더웠던 이상기후 속에 나를 구원했던 페리에. 차가운 초록색병 그 색깔만으로도 한낮의 뜨겁고 건조했던 심장이 시원해지던……

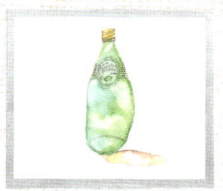

episode 3 그래, 내가 항상 옳다

여행자와 이정표
보면 볼수록 더욱 미로 속으로 빠져들게 하던, 나 같은 길치에게는 별로 도움도 되지 않던 파리의 이정표들……

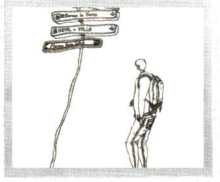

노을 녘 굴뚝들

해가 뉘엿뉘엿 저물어 가는 하루, 몽마르트르 Montmartre 언덕에서 내려다 본 풍경들……

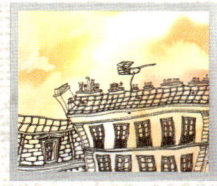

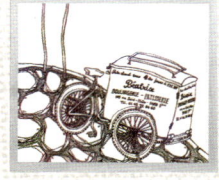

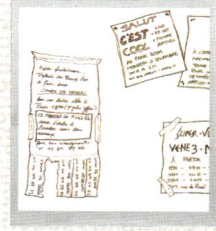

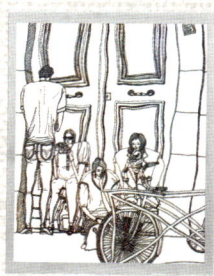

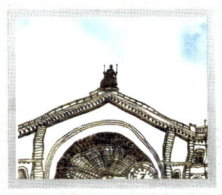
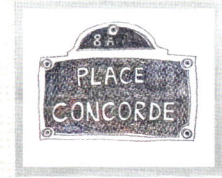
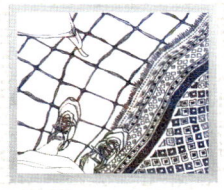
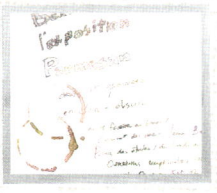
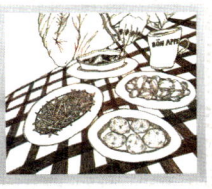

episode 11 섭섭해

습작 1

그리다 만 프랑스 거리 풍경. 지나칠 때마다 너무
나 평범하고 익숙하다고 느꼈지만, 지금은 아주 많
이 그립다.

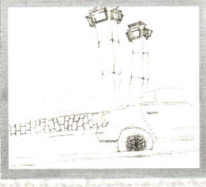

episode 12 기차역에 대한 단상

기차역의 추억

여전히 나를 매료시키는 소리. 파르륵 소리를 내며
떨어지는 파리 기차역의 시간표.

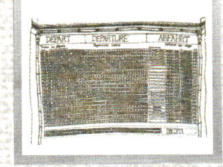

episode 13 고인의 에너지라도 받겠어요

회색빛 거리

파리 한 거리에 있던 식료품 조합Syndicat de
l'épicerie 건물 앞 풍경

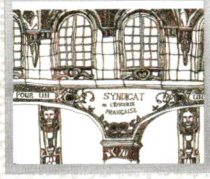

episode 14 이유 만들기

친절한 파리 지하철

지하철 어디서나 흔히 볼 수 있는 표시. 파리의 지
하철은 정말 복잡해 보이지만 나 같은 길치도 웬
만해선 길을 잃지 않도록 안내해준다.

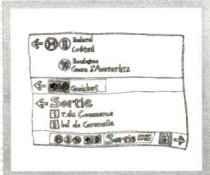

카페에서의 볼키스Bisous

꽤 이른 아침, 파리 골목 깊숙한 어느 카페에서.
그들에게 볼키스는 흔한 인사.

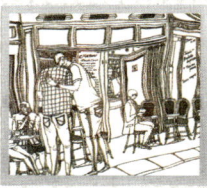

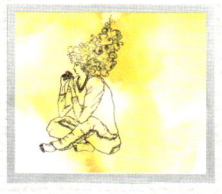
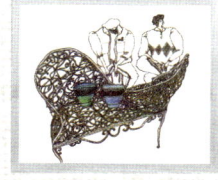
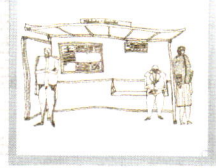
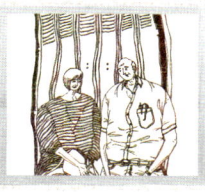
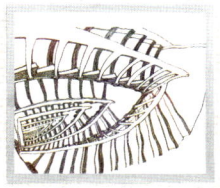

episode **20** 나이가 들었다고 생각될 때

캠퍼스 풍경

유학생들 사이에선 '소대학'이라 불렸던 소르본느
Sorbonne 대학 앞 계단의 한가로운 학생들 모습.

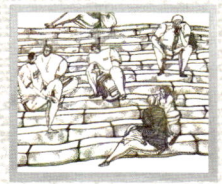

episode **21** 나보다 더 사랑하지는 않기를

연인들 1

이유는 알 수 없지만 훌쩍거리는 그녀를 보듬는 손길
그리고 거리의 연인들을 멀리서 혼자 바라보는 나.

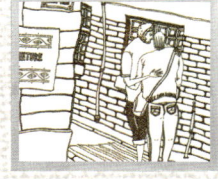

episode **22** 나는 아픕니다

나의 벼룩시장 보물

이제는 추억이 돼버린 옛 프랑스 노래를 담은 커
다란 검은색 레코드판들.

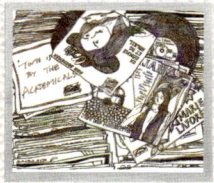

그녀, 카페, 비 오는 날

한 사람뿐인데도 두 잔의 커피 잔이 놓여 있구나.
그녀는 지금 무슨 생각을 하고 있는 걸까?

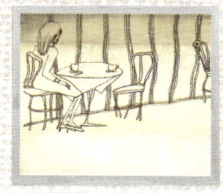

episode **24** 이거 다 오해야

늦은 오후 시내 거리 풍경

파리의 어느 거리에서. 가족처럼, 친구처럼 혹은
연인처럼 보이기도 하는 옷과 피부색이 다양한 사
람들의 모습들.

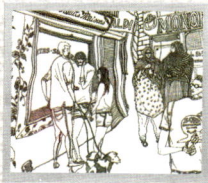

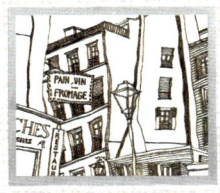
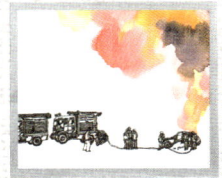
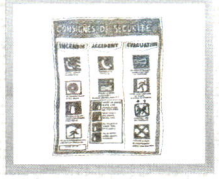
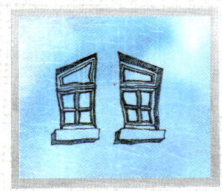
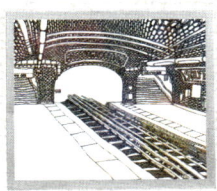

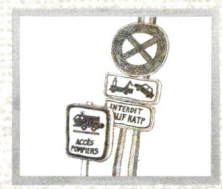
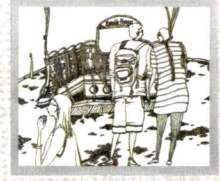
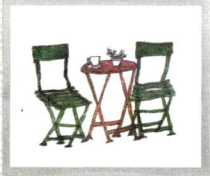
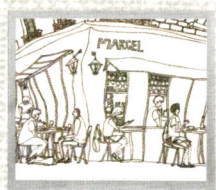
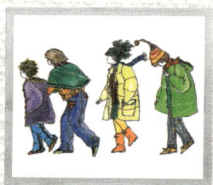

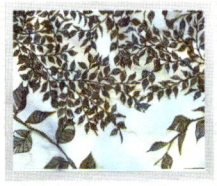
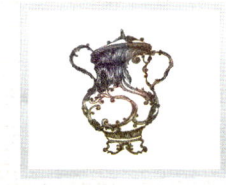
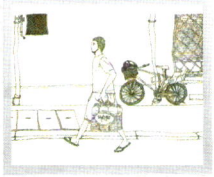
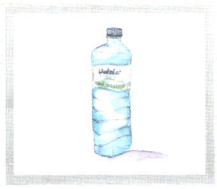
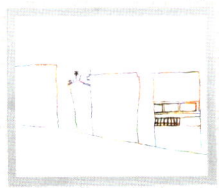

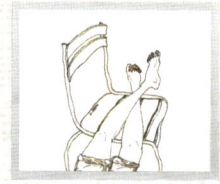
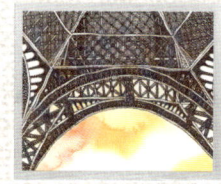
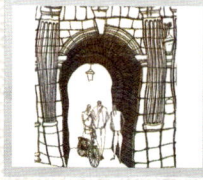
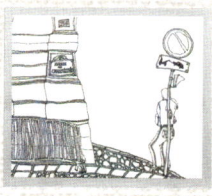
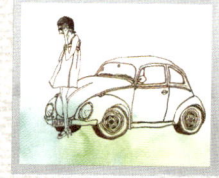

episode 43 나의 아빠, 아버지

병원 입구를 지나다

파스칼Pascal이란 이름의 의사선생님이 계실 병원
앞에서. 프랑스 병원은 일반적으로 커다란 간판이
나 표시 없이 건물 앞에 작은 문패만 있을 뿐이다.

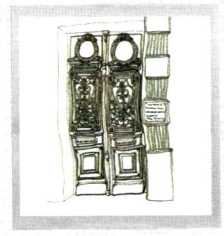

episode 44 너무 솔직해서 미안해

카페에서 홍차 한 잔

몸이 안 좋을 때나 감기 때마다 큰 위로가 돼 주
던 트와이닝 차Twining Tea. 한 카페에서 오랜만에
호사스런 찻잔으로 대접받았었다.

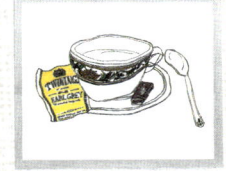

episode 45 슬픔에 갇히다

여긴 내가 지킨다

어느 꽃집 앞에 나른한 모습으로 엎드려 있던 나
이 많은 개.

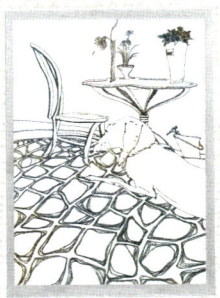

episode 46 캡틴, 오마이 캡틴

사람들을 보다

보통 노천카페에 앉아 거리를 구경하다 펜을 들곤
했지만 이 날은 어두운 카페 안에서 사람들의 모
습을 스케치했다.

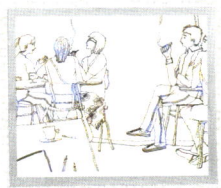

책 냄새에 취하다

파리에서 제법 오래된 서점 중의 하나인 셰익스피어
서점Shakespeare & Company 2층에서 창밖을 바
라보다.

episode 47 혹독한 봄 감기

없는 게 없어요

벼룩시장 한구석에 펼쳐있던 여러 가지 약 케이스와
사탕 케이스. 알록달록한 색상에 나는 시선을 빼앗
겼다.

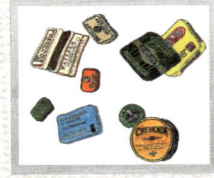

episode 49 밤에, 그리움

밥 대신 커피

늘 그랬듯이 노천카페 지정석에 앉아, 바게트
baguette에 카페 에스프레소expresso 한 잔.

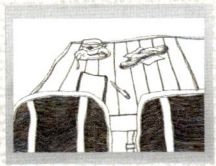

episode 50 소심하게 인종차별에 반항하는 법

공간

퐁피두센터Centre G. Pompidou의 어느 전시장 문
앞에 서서, 문을 열고 들어설 때라야 새로운 세상
을 만날 수 있다.

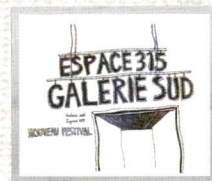

episode 51 외로울 때 드는 생각

약속 Rendez-vous

학교 강의실. 프로젝트 체크를 위해 교수님을 기다
리며, 멍히 빈 의자를 바라보다.

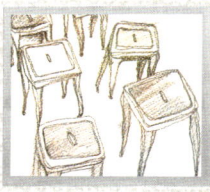

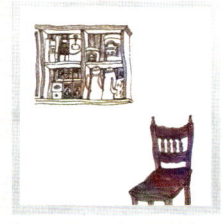
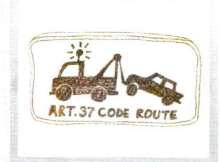
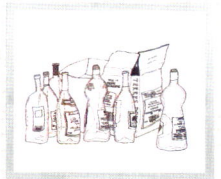
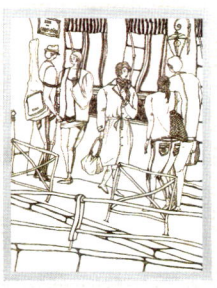

그리고 아무도 없는

뤽상부르 공원Jardin du Luxembourg, 사람은 보이지 않고 외롭게 놓인 의자들

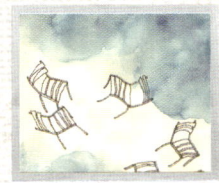

episode 56 지나간 사랑과 마주하다

아이들 놀이터에서

해질 무렵 아이들은 모두 집으로 돌아가고, 아무도 없는 이곳에서 나는 쓸쓸한 마음으로 깊은 상념에 잠간 빠지기도 했었다.

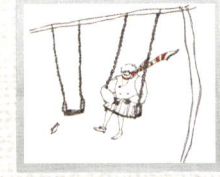

episode 57 미련

그대가 있다면

화려하게 장식된 창문과 발코니를 보면서, 어쩌면 저런 집엔 꽤나 로맨틱한 누군가가 살고 있을 거란 근거 없는 상상을 하곤 했다.

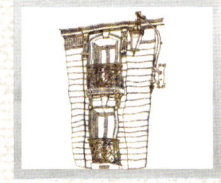

episode 58 조금은 기분 좋은 날

오래된 검은색 전화기

프랑스에 있으면서 종종 들렀던 벼룩시장은 가난한 유학생에게는 큰 힘이자 즐거운 눈요기였다.

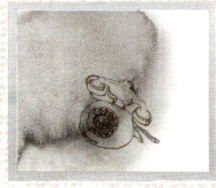

episode 56 커피의 효능

강둑을 산책하다

센강La Seine의 흐름을 따라 북쪽으로 걸어가다 운하 근처에 모여 앉아 쉬는 사람들의 수다를 듣다.

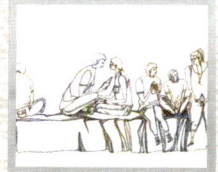

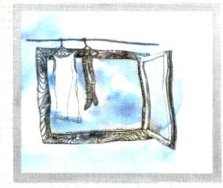
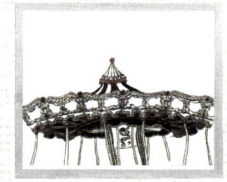
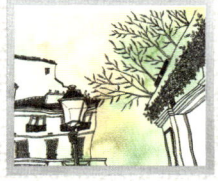
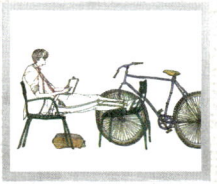
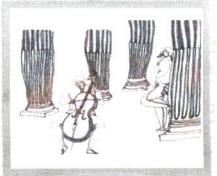

고양이를 부탁해

산책

몽마르트르 Montmartre 언덕을 지나 어ㄴ 주택가
에서 강아지를 산책시키며 휴식을 취하는 사람.

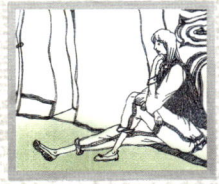

떠나 온 사람의 마음가짐

나무 그늘 자전거

나뭇잎 그늘에 덮인 자전거도로, 그 길을 한가로이
걷다.

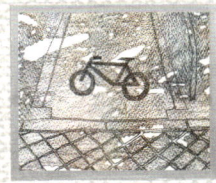

브랑쿠시 건물

퐁피두 전시관 Centre G. Pompidou 왼쪽으로 보이
던 브랑쿠시 아틀리에 Atelier Brancusi, 뒤쪽 건물
들과 함께 퍽 인상적이었다.

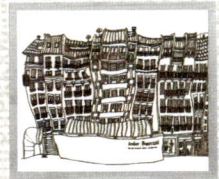

프랑스에 두고 온 것들

지금도 그리운

쇼윈도 너머로 따뜻하고 포근해 보이던 프랑스 빵
과 과자들.

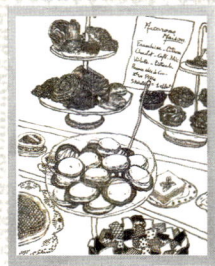

떠나는 사람과 남은 사람들

오 라팽 아질

몽마르트르 Montmartre 언덕 너머, 오 라팽 아질 Au
Lapin Agile이라는 오래된 술집을 찾아갔다. 피카소
를 비롯한 유명 예술가들의 자취가 서린 그 곳.

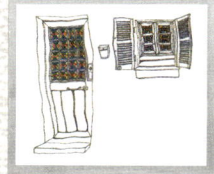

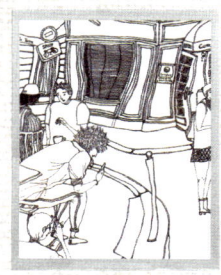

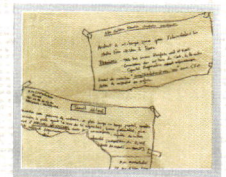

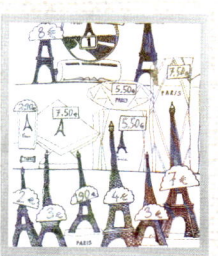

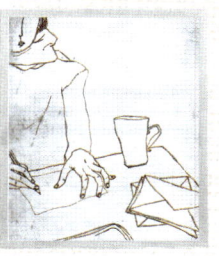

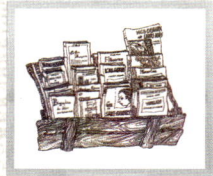
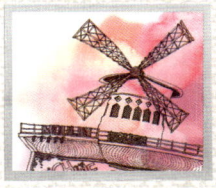
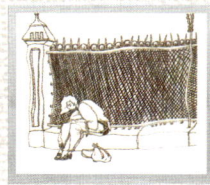
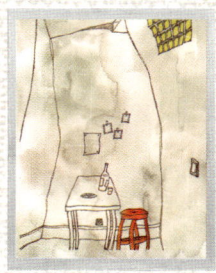
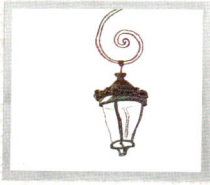

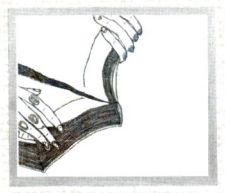
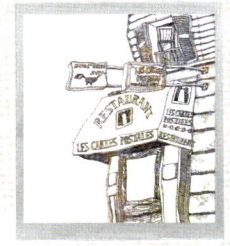
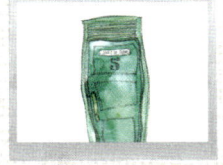
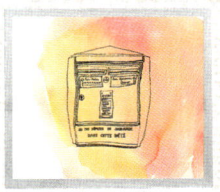
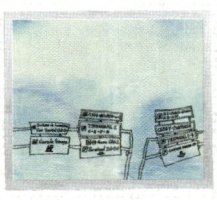